Elisabeth Büchle

Winterleuchten am Liliensee

Roman

GerthMedien

Kapitel I

1965

Charlotte Vogel betrachtete kritisch den Briefumschlag. Er sah aus, als hätte er nicht nur den Weg von Füssen bis hierher an den Liliensee hinter sich, sondern eine halbe Weltreise. „Schicken sie die Post neuerdings über die Salomonen?“, fragte sie und prüfte mit einer Hand, ob ihre Hochsteckfrisur noch richtig saß.

„Nein, Mama. Nur über Liechtenstein“, erwiderte Robert, der sein Frühstück mit einem letzten Schluck Kaffee hinuntergespült hatte und sich nun erhob.

„Na, so was! Und weshalb das?“

„Ach, meine liebe kleine Mama!“ Ihr ältester Sohn lachte, zog sie im Vorbeigehen kurz an sich, wobei die Knöpfe seines Uniformhemdes ihr in die Seite drückten, und verließ die Küche.

Charlotte folgte ihm und lehnte sich an den Türrahmen. Wieder war sie viel zu gutgläubig gewesen, etwas, wofür ihr Ehemann sie seit dreißig Jahren liebte und ihre drei Söhne sie seit gut zwanzig neckten.

„Du weißt ja nicht einmal, wo die Salomonen liegen“, rief sie Robert zu. Er saß auf einer Holztruhe im Flur, wo sich eine gewaltige Anzahl Schuhe und Stiefel ein Stelldichein gaben, Jacken hingen, Hüte thronten und sechs Gewehre in der abschließbaren Vitrine auf ihre Nutzung warteten.

Robert, der einmal mehr auf die Krawatte verzichtet hatte, die eigentlich zu seiner Forstuniform dazugehörte, war dabei, sich seine schweren Arbeitsschuhe zuzuschnüren. Wie sein Vater und dessen Vater – und Generationen vor ihnen – arbeitete er als Förster in diesem Teil des Schwarzwaldes. Entsprechend muskulös war er gebaut, oft allein unterwegs und trotz seiner inzwischen neunundzwanzig Jahre noch immer nicht verheiratet. Und dabei wollte Charlotte so gern eine weitere Frau im Haus haben und viele Enkelkinder um sich scharen.

„Vermutlich sind die Salomonen auf Seite fünfundzwanzig in deinem Roman zu finden?", mutmaßte Robert, ergriff seine grüne Jacke mit den geflochtenen Schulterstücken, lächelte sie an und stapfte durch die offen stehende Tür davon.

„Seite neun", rief Charlotte ihm noch nach, obwohl er sie sicher nicht mehr hören konnte. Sie drehte sich in ihre große, hellblau geflieste Küche hinein und setzte sich auf die Eckbank an dem wuchtigen Esstisch.

Georg, ihr zweitältester Sohn, hatte bereits mehrmals angeboten, die Tischplatte für sie abzuschmirgeln, damit sie wieder wie neu aussah, doch Charlotte weigerte sich vehement, ihm die Erlaubnis dafür zu geben. Viel zu sehr liebte sie jede einzelne Kerbe, jedes Brandloch, jeden Farbklecks auf der Holzplatte, erzählten all diese Makel doch ihre eigene Geschichte. Sie waren für sie wie wertvolle Perlen der Erinnerung an die Anfangszeit ihrer Ehe, an die Kinder, die hier gegessen, für die Schule gelernt, gescherzt und gelacht, so manches Mal aber auch geweint hatten. Oder zornig gewesen waren.

Mit dem Zeigefinger fuhr sie über eine tiefe Kerbe. Robert hatte sie mit seiner Axt hineingetrieben. An jenem Tag, als er erfahren hatte, dass das Mädchen, das er liebte, nur mit seinen Gefühlen spielte. Irmgard war schwanger gewesen. Von einem anderen. Dennoch hatte Robert ihr angeboten, sie zu heiraten. Daraufhin hatte sie ihn schallend ausgelacht und dabei sein Herz in Fetzen gerissen.

Zwei Wochen später war Irmgard tot gewesen. Gestorben, weil irgendein Pfuscher das Baby hatte ungeschehen machen wollen. Und Robert hatte getrauert. Um Irmgard, um das tote Kind, um eine verlorene Liebe und den Verlust seines Vertrauens in die Menschheit.

Charlotte seufzte leise und griff nach dem unbenutzten Messer auf dem Tisch. Vermutlich hatte Georg es wie so oft eilig gehabt, zu seinem nächsten Bauprojekt zu kommen, sodass er lediglich ein trockenes Brot hinuntergeschlungen hatte. Vorsichtig ritzte sie den zerknitterten und mit Flecken verunzierten Umschlag auf und entnahm ihm ein weiteres Schreiben des Füssener Bürgermeisteramtes.

Vor einigen Wochen hatte sie von einer früheren Nachbarin einen Brief erhalten, in dem die alte Dame ihr mitteilte, dass Charlottes Kindheitsfreundin Gerda gestorben war. Nachdem der erste Schock über diese Nachricht verflogen war, hatte Charlotte voller Schmerz an Gerdas sechsjährige Tochter gedacht, deren Patentante sie war. Gerda und sie hatten seit Charlottes Umzug hierher in den Schwarzwald nur mehr sporadisch Kontakt gehalten, umso erfreuter war sie damals gewesen, dass ihre Freundin von einst offenbar doch noch ihr Glück gefunden hatte. Ebenso über die Einladung zur Tauffeier und die ihr zuteilwerdende Ehre, die Patentante des Kindes zu werden. Erst am Tauftag hatte sie erfahren, dass der Vater des Mädchens nicht mehr an Gerdas Seite war.

Gerda war schon immer wie ein schillernder Schmetterling gewesen, der von einer Blüte zur nächsten flatterte, ohne sich Gedanken über das Leben zu machen oder sich daran zu stören, was andere von ihm dachten. Nun flog und schillerte sie nicht mehr. Traurig schüttelte Charlotte den Kopf.

Kaum dass die Nachricht sie erreicht hatte, hatte Charlotte zuerst einen und dann etliche weitere Briefe an das zuständige Amt geschrieben, bis ihr endlich zugesagt worden war, dass man Trudi zu ihr schicken würde. Als Patentante, so fand sie, stand es ihr zu, das nun elternlose Kind bei sich aufzunehmen, zumal Gerda keine Geschwister gehabt hatte.

Erwartungsvoll überflog sie die Zeilen, und bald schon legte sich ein fröhliches Lächeln auf ihr Gesicht. Gerdas Tochter war unterwegs zu ihr und durfte hier bei ihnen im Forsthaus leben. Zwar unter Vorbehalt, falls sich doch ein Verwandter oder gar der Vater melden würde, aber das erschien Charlotte äußerst unwahrscheinlich.

Nun würde also doch noch ein Mädchen in dieses Haus einziehen. Voller Vorfreude betrachtete Charlotte den Esstisch, plante bereits, wo sie von nun an ein weiteres Gedeck auflegen würde, hörte schon das helle Lachen des Kindes in diesem Raum. Ein zweites Mal, diesmal weniger flüchtig, las sie die Zeilen und schrak zusammen. Trudi sollte bereits heute am Bahnhof von Schiltach eintreffen, und zwar in etwa zwei Stunden.

Charlotte sprang auf und stieß sich die Oberschenkel heftig am Tisch. Das schmutzige Geschirr klapperte und übertönte ihren verhaltenen Schmerzensschrei. Mit dem Briefbogen in der Hand eilte sie aus der Küche. Ihre Schritte polterten über den Holzboden des Flurs, klackerten über die Fliesen im Eingangsbereich und auf die abgenutzten Stufen, die sie zu dem gekiesten Innenhof führten.

„Robert?“, rief sie laut, in der Hoffnung, dass er noch in der Nähe war. Der gegenüberliegende Berg, der den Liliensee wie eine schützende Wand vom nächstgelegenen Tal abschirmte, warf den Ruf zurück.

Lisa Schwaiger sah zu, wie der Zug an Geschwindigkeit gewann und stampfend, ratternd und bekrönt mit einer grauen Rauchwolke allmählich aus ihrem Blickfeld verschwand. Als sie sich umwandte, war auch der Stationsbeamte verschwunden. Die Dreiundzwanzigjährige stellte ihren Koffer ab, strich sich eine ihrer hellblonden Strähnen aus dem Gesicht, die unter ihrem grauen Hut hervorgerutscht war, der wie eine Mütze wirkte, aber weit hinten am Kopf getragen wurde. Er passte farblich perfekt zu dem breiten, asymmetrischen Revers ihres ansonsten blauen Wollmantels.

Prüfend sah sie sich um. Sie war allein. Anders, als man ihr gesagt hatte, wurde sie nicht am Bahnhof dieser kleinen Ortschaft erwartet, die in bewaldete Hügel eingebettet war.

„Ich habe das bereits befürchtet“, sagte sie auf Französisch zu ihrem Koffer, dessen Verschlussschnallen sie mitfühlend anschauten, wie sie fand. „Es ist ja auch zu komisch, dass plötzlich eine Freundin von … Gerda Interesse an mir zeigt. Warum also sollte sie mich einladen, bei ihr zu wohnen?“ Diese Frage stellte sich Lisa nicht zum ersten Mal. Gespannt schaute sie das Gepäckstück an, das sich weiterhin in Schweigen hüllte. „War es also doch die falsche Entscheidung, hierherzukommen?“

Die seltsam anmutende Eigenart, sich mit allem Möglichen und Unmöglichen zu unterhalten, hatte sich Lisa bereits im Kindesalter angeeignet. Sie war oft einsam gewesen, da war es von Vorteil, solche Gesprächspartner zu haben. Auch wenn die meist sehr verschwiegen waren – was manchmal durchaus praktisch war.

Da die Novembersonne nicht sonderlich wärmte und sie keine Ahnung hatte, was sie jetzt tun sollte, knöpfte Lisa den Mantel über ihrem A-Linien-Kleid zu. Sie setzte sich auf den Koffer und ließ ihren Blick über die Schienen zu dem wuchernden Buschwerk gegenüber des Bahnhofgebäudes gleiten, weiter zu herbstlich verfärbtem Gehölz und schließlich hinauf zu den Bergen, die von im Wind schwankenden Bäumen bevölkert waren. Ein Bussard flog über den Taleinschnitt, und im Gebüsch neben ihr raschelte es. Lisa vermutete, dass eine neugierige Maus die seltsame Erscheinung vor ihrem Zuhause begutachten wollte. Wäre Lisa nicht völlig allein auf diesem verwaisten, ihr fremden Bahnhofsgelände, würde sie sich sicher an der guten Luft erfreuen, an der Stille und den hübschen Herbstfarben. So fühlte sie sich eher … verlassen. Wieder einmal.

„So sieht man aus, wenn man noch Urlaub übrig hat und meint, seiner Neugierde folgen zu müssen", erklärte Lisa dem Nager in seinem Versteck. *Und wenn man die Sehnsucht nach einem Zuhause in sich trägt und dieses dann seltsamerweise von einer Fremden angeboten bekommt.*

Lisa ignorierte den ziehenden Schmerz in ihrer Herzgegend. Sie hatte Gerda – ihre Mutter – nicht erst jetzt verloren, sondern bereits vor vielen Jahren. Ihre Mutter hatte es nie lange mit einem Mann ausgehalten, einigen ihrer Verehrer war Lisa lästig gefallen. Nun war Gerda gestorben, was anscheinend eine Freundin von ihr auf den Plan gerufen hatte.

Lisas linker Mundwinkel zuckte. Offenbar war diese Bekannte ebenso unzuverlässig, wie ihre Mutter es zeitlebens gewesen war. Wenn die Frau es nicht einmal für nötig hielt, sie abzuholen …

Sie zog den Mantelkragen enger um ihren Hals. Inzwischen fror sie. Vielleicht wäre es besser, sich auf den Weg in den Stadtkern von

Schiltach zu begeben, bevor sie hier festfror. Ergeben erhob sich Lisa.

Im selben Moment hörte sie ein Motorgeräusch. Sie neigte leicht den Kopf und war sich sicher, dass es sich ihr näherte. Also wartete sie ab und sah bald darauf ein Fahrzeug mit offenem Verdeck, das an einen Militärjeep erinnerte, aber Türen und eine kleine Ladefläche hatte, um eine Kurve biegen. Es verschwand kurz hinter Buschwerk und einigen Laubbäumen mit gold verfärbten Blättern, ehe es wieder in Sicht kam und nur wenig später quietschend vor ihr stoppte. Ein groß gewachsener, breitschultriger Mann in einer Art Uniform sprang heraus und sah sich suchend um, wobei sein Blick Lisa lediglich streifte, als sei sie gänzlich uninteressant für ihn. Schließlich fuhr er sich mit beiden Händen durch das dunkelblonde Haar.

Enttäuscht wandte Lisa sich ab. Ihre Hoffnung, endlich abgeholt zu werden, war dahin. Wobei sie zugeben musste, dass der stattliche Mann nur wenig Ähnlichkeit mit einer Frau hatte, die eine Freundin von Gerda gewesen sein sollte.

„Entschuldigen Sie bitte, Fräulein." Seine Stimme war sehr tief und klang besorgt. Lisa drehte sich um und hob fragend die Augenbrauen. Es war ihr unangenehm, mit einem wildfremden Mann allein auf diesem abgelegenen Bahnhof zu sein.

„Sind Sie vorhin aus dem Zug gestiegen?"

Ihr lag die Frage auf der Zunge, ob er annehme, sie sei vom Himmel gefallen, das unruhige Flackern in seinen blauen Augen hielt sie jedoch davon ab. „Ja, das bin ich."

„Haben Sie ein sechsjähriges Mädchen und dessen Begleitung gesehen? Die beiden müssten mit Ihnen hier angekommen sein."

„Tut mir leid, ich war die einzige Reisende, die sich getraut hat, hier auszusteigen." Mit einer Handbewegung erfasste sie das einsame Gebäude, die Schienen und die Bäume in ihrer unmittelbaren Nähe.

Der Mann runzelte die Stirn und besah sich dann die bewaldeten Berge, als überlege er, ob das Kind dort hinaufgestiegen sein könnte. Sein Blick glitt zurück zu ihr, wanderte über ihren Mantel, der dem gängigen französischen Chic entsprach, und hinunter bis zu ihren silbernen Ballerinas. „Danke", murmelte er und öffnete dieses Mal die Tür, um einzusteigen.

Offenbar hatte das Fehlen des kleinen Mädchens ihm einiges an Energie aus dem Körper gezogen. Ob sie seine Tochter war? Lisa schüttelte den Kopf. Dafür schien er viel zu jung zu sein.

Der Motor sprang knatternd an, verstummte aber gleich darauf wieder. Lisa sah zu, wie der Mann den rechten Arm auf die Rückenlehne des Beifahrersitzes legte und sich leicht zu ihr hinüberbeugte. „Werden Sie denn abgeholt?"

„Ich bin davon ausgegangen. Allerdings –" Sie zuckte vielsagend mit den Schultern.

„Wenn Sie möchten, nehme ich Sie ein Stück mit. Ich muss ohnehin nach Schiltach oder kann auch einen Umweg fahren, falls sie woanders hinwollen."

Lisa biss sich auf die Unterlippe. Durfte sie das freundlich klingende Angebot annehmen? Sie könnte durchaus zu Fuß gehen, zumindest bis ins Zentrum der kleinen Schwarzwaldstadt – wo auch immer das lag, denn von hier aus konnte sie nur die Dächer von zwei weiteren Häusern sehen. Dort könnte sie sich nach einer Busverbindung in Richtung Vierbrücken erkundigen. Allerdings war ihr Koffer unangenehm schwer.

„Wo müssen Sie denn hin?", erkundigte sich der Mann nicht mehr ganz so freundlich, wohl weil ihr anhaltendes Zögern ihn ungeduldig werden ließ.

Lisa kramte den Zettel mit der Adresse hervor, die sie aus Füssen übermittelt bekommen hatte. Sie beugte sich über die Beifahrertür und reichte ihn dem Fremden. Der warf einen Blick darauf und schaute sie dann mit misstrauisch zusammengekniffenen Augen an. Unwillkürlich trat Lisa einen Schritt zurück. Was stimmte mit der Adresse nicht? Verbarg sich dahinter etwa ein Freudenhaus? Ein Friedhof?

„Sie wollen zu uns?"

„Zu ... *Ihnen?*" Lisa riss die Augen auf. „Sie sehen aber nicht wie eine Frau namens Charlotte aus."

„Ich bin auch nicht Charlotte. Aber ihr Sohn."

„Dann werde ich ja doch abgeholt!"

„Falsch. Ich soll ein sechsjähriges Mädchen namens Trudi abholen. Heißen Sie Trudi?"

„Nein. Lisa. Und sechs bin ich schon seit ein paar Tagen nicht mehr."

Sein Blick glitt an ihr entlang, von ihrem Gesicht bis zu ihren Füßen und wieder zurück. Es lag allerdings nichts Anzügliches darin, eher etwas Neugieriges. Und Bewunderndes?

„Das verstehe ich nicht", verriet er leise.

„Ich auch nicht", stimmte sie ihm zu.

„Sie sind die Tochter der Freundin meiner Mutter? Gerda Schwaiger?"

Lisa nickte. Ihre Mutter war demnach unverheiratet gestorben. Offenbar hatte sie bis zu ihrem Tod das Leben auf ihre unverbindliche Art ausgekostet.

Der Mann stieg wieder aus, packte ihren mit Stoff bezogenen grauen Koffer, als wäre er lediglich mit Federn gefüllt, und legte ihn auf die freie Fläche hinter den Sitzen, ehe er ihr die Beifahrertür öffnete.

Noch immer zögernd kletterte Lisa in den Wagen. *Wenn das mal kein Fehler ist …* Sie beruhigte sich damit, dass der Fremde den Namen ihrer Mutter gewusst hatte. Dies war doch Beweis genug, dass er sie zu der Frau bringen würde, die darauf gedrungen hatte, sie kennenzulernen, oder nicht?

Kapitel 2

Robert steuerte den Jeep über die enge, in Serpentinen den Berg hinaufführende Straße und warf dabei immer wieder einen Blick auf seine schweigsame Beifahrerin, die unübersehbar fror. Er konnte sich keinen Reim darauf machen, wie das Patenkind seiner Mutter rund fünfzehn Jahre hatte überspringen können und weshalb es sich einen anderen Vornamen zugelegt hatte. Allerdings war die junge Frau hübsch anzusehen, mit ihrem im Fahrtwind wehenden hellen Haar, den ebenmäßigen Gesichtszügen, der kleinen geraden Nase und dem zauberhaften Schmollmund. Sie besaß an den richtigen Stellen Rundungen, und wenn sie sprach, klang das hinreißend, mischte sich in ihr Deutsch doch ein leichter bayrischer, vorrangig aber ein französischer Akzent.

Kurze Zeit später fuhren sie durch Vierbrücken, jene Ortschaft, zu der die wenigen Häuser am Liliensee offiziell gehörten und durch die der Fluss sprudelte, der den See speiste. Seit das kleine Hotel am See eröffnet worden war und Roberts Bruder Georg den Campingplatz baute, waren einige Bewohner von Vierbrücken nicht mehr so gut auf die Leute vom Liliensee zu sprechen, weil diese, so behaupteten sie, ihnen die Touristen wegnahmen.

Sie passierten eine der Brücken im Dorf und gelangten schließlich über die ebenfalls kurvige Straße des nächsten, jedoch deutlich niedrigeren Berges ins benachbarte Tal. Auf dieser natürlichen

Grenze zwischen Vierbrücken und dem Liliensee stand das Forsthaus der Familie Vogel, allerdings auf der dem See zugewandten Seite.

Die Novembersonne brachte die Wasseroberfläche zum Glitzern, als hätte des Nachts jemand die Sterne vom Himmel gepflückt und sie auf den See gestreut. Die Wolken zogen träge dahin, ihre Spiegelbilder auf dem Gewässer taten es ihnen gleich.

Roberts Passagier beugte sich weit vornüber und betrachtete lächelnd das Blau, das, umschmeichelt von den vielfältigen Grüntönen der Vegetation, zu ihnen heraufleuchtete. Die wenigen Häuser am breiteren Ende des Sees wirkten, als hätte ein Kind beim Aufräumen ein paar seiner Holzklötze vergessen. Das älteste Gebäude zählte nicht mehr als sieben Jahre. Das Forsthaus, das aus rustikalen Holzbalken und grauem Stein erbaut worden war, thronte bereits seit einigen Jahrzehnten oberhalb des Sees. Allerdings hatte Georg inzwischen das Reet des tief gezogenen Walmdaches durch pflegeleichtere Schindeln ersetzt.

Robert bog in die Auffahrt zu seinem Zuhause ein. Für einen Moment verdeckten hohe Fichten den Blick ins Tal, doch vor dem Forsthaus gaben sie erneut den Blick auf den See frei. Das Fachwerkhaus thronte auf einer Ebene, die jenseits der großen Holzterrasse steil abfiel. Die Terrasse war durch ein leicht abfallendes Dach geschützt, das von schlanken Holzsäulen getragen wurde, die sich harmonisch in das Gesamtbild einfügten. Dieser Vorbau war das Zimmermanns-Meisterstück von Georg.

Robert fuhr am Anbau vorbei auf die dem Hang zugewandte Seite und in den U-förmigen Innenhof. Als er den Motor ausschaltete, kam bereits Artemis, die braune Labrador Retriever-Hündin seines Vaters, angerannt, im Hintergrund, dort, wo die kleine Streuobstwiese lag, vernahm er das Gegacker der Hühner.

„Hier wohnen Sie also?“ Faszination lag in Lisas Stimme, die zuerst die große Holzterrasse und den Blick auf den See bewundert hatte und nun das zweistöckige Gebäude mit den grünen Fensterläden und der einladend offen stehenden zweiflügeligen Tür bestaunte.

Robert wandte sich um und schaute die junge Frau prüfend an, die ihren Blick lächelnd über die bewaldeten Höhenzüge und die herbstlichen Wiesen wandern ließ. Ihre Begeisterung stimmte ihn misstrauisch. Er fragte sich, seit er ihren Koffer in den Jeep gehoben hatte, wer diese Person war und was sie dazu veranlasst hatte hierherzureisen. Die kleine Trudi war diese Erscheinung, die aussah, als wäre sie einem Modemagazin entsprungen, jedenfalls nicht.

Ob sie sich einfach nur irgendwelche Vorteile von seiner Mutter erhoffte? Wie aber sollte sie davon erfahren haben, dass Charlotte sich um die Tochter ihrer verstorbenen Freundin bemühte? Und wie wollte sie erklären, dass sie – und nicht das kleine Mädchen, das Charlotte vor sechs Jahren über das Taufbecken gehalten hatte – einen Anspruch auf … ja, auf was hatte? Auf die Zuneigung seiner Mutter?

Robert stieg aus und fing gerade noch Ellen auf, die herbeigelaufen kam und über eine der sich über den Parkplatz windenden Baumwurzeln stolperte. Seine einundzwanzigjährige Cousine trug sogar jetzt im Winter eine dieser Hosen, die an den Waden endeten und die sie so „vorzüglich“ fand. Dazu einen Wollpullover, in dem sie beinahe ertrank.

„Langsam mit den jungen Kiefern“, murmelte er.

„Es heißt Pferden“, korrigierte Ellen ihn prompt.

„Kürzlich hast du mich geschimpft, weil ich dich ein wildes Fohlen genannt habe. Du wolltest nicht mit einem Tier verglichen werden, erinnerst du dich?“

„Grundsätzlich stimmt das. Aber deshalb –" Sie winkte ab und warf einen irritierten Blick auf die etwa gleichaltrige Frau im Wagen. Artemis saß vor der Beifahrertür und schaute den Neuankömmling nicht weniger neugierig an.

„Wen bringst du denn da? Kannst du eine Sechsjährige nicht von einer erwachsenen Frau unterscheiden? Bring sie schleunigst zurück und hol das Kind, ehe es verloren geht!"

Robert grinste und ergriff Lisas Koffer. Ellen wandte sich der Eingangstür zu und rief laut: „Tante Lotti, du hättest nicht immer auf eine Schwiegertochter drängen sollen." Ihre zwei geflochtenen rotblonden Zöpfe wippten nicht weniger spöttisch auf Ellens Schultern, als diese klang, während sie fortfuhr: „Jetzt hat Robert einfach eine wildfremde Frau –"

Robert schaute Ellen so böse an, dass sie verstummte. Inzwischen war Lisa ausgestiegen, hatte der erstaunlich zahmen Artemis den Kopf getätschelt und gesellte sich nun zu ihnen. Neben der stämmigen Ellen in ihrem nachlässigen Aufzug und den derben Wanderschuhen wirkte sie wie ein zartes Reh, wobei sie längst nicht so mager aussah wie jenes britische Model, das weithin als Twiggy bekannt war. Das Braun von Lisas Augen passte jedenfalls perfekt zu Roberts Fantasie mit dem Reh.

Charlotte trat in die Tür, stutzte kurz und kam dann über den weißen Kies herbeigeeilt, während sie ihre Hände an einem Handtuch abtrocknete. Vermutlich hatte sie gerade eines der sonst leer stehenden Zimmer auf Hochglanz poliert. „Charlotte Vogel", stellte sie sich vor und reichte der Fremden die Rechte.

„Lisa Schwaiger. Und ich habe keine Ahnung, warum hier alle annehmen, dass ich sechs Jahre alt sein und Trudi heißen müsste."

„Weil meine Freundin Gerda Schwaiger eine sechsjährige Tochter namens Trudi hinterlassen hat, deren Patentante ich bin", klärte

Charlotte sie sachlich auf. „Ich habe mich darum bemüht, dass Trudi zu uns ziehen kann, und heute sollte sie hier ankommen."

Robert sah seine Mutter bewundernd an. Sie war, obwohl sie ihm und seinen Brüdern oft den albernsten Schabernack glaubte, in der Lage, diese verworrene Geschichte deutlich besser auf den Punkt zu bringen, als er das hätte tun können. Aber ob sie die junge Frau auch durchschaute?

Lisa war blass geworden und taumelte einen Schritt zurück. Mit einer Hand hielt sie sich am Jeep fest und schien einen Augenblick lang um Atem zu ringen. Sie zitterte, aber das hatte sie während der Fahrt auch schon getan. Nachdem sie sich wieder gefangen hatte, waren ihre Worte kaum zu verstehen, so tonlos brachte sie sie hervor. „Ich habe eine kleine Schwester?"

Robert starrte sie verdutzt an. Wie konnte jemand nichts von seiner Schwester wissen? Seine Mutter jedoch schnappte nach Luft, trat dann vor und schloss die Fremde auf ihre bewährt mütterliche Art fest in die Arme. Robert hob die Augenbrauen. Manchmal verstand Charlotte eindeutig schneller als er, was Sache war, und in diesen Momenten fühlte er sich immer seltsam alt.

Lisa war Charlotte unendlich dankbar dafür, dass sie sie sogleich in das Zimmer geführt hatte, das sie eigentlich für Trudi vorbereitet hatte. Für … ihre *Schwester?*

Kaum dass die freundliche Frau die Tür hinter sich geschlossen hatte, ließ Lisa ihren Koffer einfach fallen. Polternd kam er auf dem dunklen Holzboden auf, kippte und fiel auf den hübschen orangefarbenen Teppich, der vor dem rustikalen Bett lag. Sie ballte die Hände zu Fäusten. Wut flammte in ihr auf, raste wie ein Sturmwind durch ihre Adern und ließ kleine Schweißperlen auf ihrer Stirn entstehen. Ihre Mutter hatte nach ihr noch eine Tochter zur Welt gebracht?!

Bitter lachte Lisa auf. Gerda war nie der mütterliche Typ Frau gewesen; Lisa war praktisch ohne Mutter aufgewachsen. War das bei Trudi anders gewesen? Hatte sie Gerdas Mutterinstinkte geweckt, weil sie braver gewesen war? War dieses andere Mädchen geliebt worden?

Lisa wusste nicht, was sie denken oder fühlen sollte. Dem Zorn nachgeben, der in ihr schwelte? Dem altbekannten Gefühl, falsch oder gar wertlos zu sein? Oder sollte sie vielmehr eifersüchtig auf eine Schwester sein, die bei ihrer Mutter hatte aufwachsen dürfen? Vielleicht aber musste sie das Mädchen dafür eher bemitleiden.

Minutenlang stand Lisa einfach nur da, atmete unruhig und versuchte, sich wieder zu fangen. Schließlich taxierte sie das Bett mit den vier emporragenden Bettpfosten, auf denen je eine mit Schnitzereien verzierte Kugel thronte. Gleichzeitig betete sie, verzweifelt und zutiefst verletzt.

Ihre Großtante Camille hatte ihr beigebracht, ihre Gefühle nicht für sich zu behalten, sich ihnen nicht allein zu stellen, nicht zu versuchen, die Angriffe auf ihr Herz selbst abzuwehren. Bei der älteren Dame hatte es keine wohlformulierten Gebete gegeben, die irgendjemand einmal aufgeschrieben hatte und die man ablesen konnte. Camille hatte mit Gott geredet, wie es ihr gerade in den Sinn kam. Immer dann, wenn etwas sie besonders aufgewühlt hatte, war sie dabei sogar richtiggehend laut geworden.

Lisa löste langsam ihre zu Fäusten geballten Hände. Ihre Großtante hatte sich nie darüber lustig gemacht, dass Lisa mit Steinen sprach. Mit im Wind wispernden Bäumen und umherflatternden Schmetterlingen, mit dahinjagenden Wolken oder einem vor sich hin knatternden Auto. Einmal hatte Lisa einem verletzten Hund erklärt, dass es körperliche und seelische Schmerzen gab, und dass die körperlichen meist gut heilten, die seelischen jedoch blieben. Und wie sehr sie wehtaten! Camille hatte ihr „Gespräch“ mitangehört, Lisa über den Kopf gestreichelt und gesagt: „Gott hört dich.“

Im Grunde hatte Camille Lisa das Leben gerettet, dessen war sie sich bewusst. Denn sie war ein verstörtes Kind gewesen; mit dem beginnenden Hang, sich selbst Leid zuzufügen. Erst sehr spät hatte Lisa durchschaut, dass ihre Großtante nicht nur in direkter Nachbarschaft des Klosters gewohnt, sondern einst als Nonne darin gelebt hatte. Camille hatte die Glaubensgemeinschaft jedoch der Liebe wegen wieder verlassen. Ihr Ehemann war nur vier Wochen nach der Trauung im Ersten Weltkrieg gefallen.

Heute hatte Lisa ihre Gefühle und ihr Leben im Griff. Zumindest an den meisten Tagen. Sie hatte in den vergangenen zwei Jahren für einen älteren Herrn, der Werbeprospekte herstellte, gezeichnet und damit gutes Geld verdient. Doch manchmal warf das Leben noch immer mit Steinen nach ihr. So wie heute. Dann duckte sie sich, wollte sich instinktiv verkriechen. Oder die Steine aufheben und zurückwerfen. Selbstzerstörung und Wut waren keine gute Kombination, das war ihr durchaus bewusst.

Der Brief eines Beamten aus dem bayrischen Füssen hatte sie aus der Bahn geworfen. Darin war sie über den Tod ihrer Mutter informiert worden – und Lisa hatte *nichts* empfunden.

Sie schüttelte den Kopf und trat an das Fenster mit den sonnengelben Vorhängen. Das stimmte so nicht ganz. Sie hatte einfach nicht gewusst, *was* sie empfinden sollte. Vor allem, als es am Ende des Briefes geheißen hatte, dass ihre Patentante sie zu sehen wünsche, ja sie sogar einlade, bei ihr zu wohnen, bis ihre Zukunft geregelt sei.

Lisa lehnte sich mit der Stirn an das aus dunklem Holz gefertigte Fensterkreuz. Natürlich hatte sie sich darüber gewundert, weshalb eine wildfremde Frau – angeblich ihre Patentante – meinte, sie müsste ihr helfen, ihr Leben zu organisieren. Und das nur, weil Gerda verstorben war. Immerhin hatte Lisa ihr Leben von Kindesbeinen an selbst regeln müssen. Trotzdem hatte sie Urlaub genommen. Weil sie neugierig war. Und weil das Interesse an ihrer Person ihre Seele streichelte. Der tief in ihr verwurzelte Wunsch, sich jemandem zugehörig zu fühlen, war dabei sicher ebenso treibend. Und nun das. *Sie* war gar nicht gemeint.

Lisa hob den Kopf und betrachtete die ins Sonnenlicht getauchte Landschaft vor dem Fenster. Sie sah bewaldete Höhenzüge, in unterschiedliche Blautöne getaucht, die immer milchiger wurden, je weiter entfernt die Berge lagen. Dazu dunkle Nadelbäume, saftige Heuwiesen an gelegentlich mit grauen Felsbrocken gesprenkelten steilen Hängen, vereinzelt auch Laubbäume, die jetzt in ihren bunten Herbstfarben wirkten wie willkürlich aufgetragene Farbtupfer auf einer grünen Leinwand.

Ihr Blick wanderte zu dem im Tal gelegenen See. Er präsentierte sich silberblau schillernd, wie mit glitzernden Diamanten bestreut und … Lisa öffnete einen der Fensterflügel und beugte sich weit hinaus. Die Form des Sees – oben spitz und leicht gebogen, dann zunehmend breiter und unten geschwungen bauchig – glich der eines Tropfens, wie Lisa ihn malte. Sogar der Lichtreflex, den sie daraufsetzte, war zu sehen – als ein dunkler Fleck auf der Wasseroberfläche. War das eine kleine Insel? Der See erinnerte sie … an eine Träne.

Lisa besann sich und stellte sich wieder aufrecht hin, damit sie nicht aus dem Fenster stürzte. Sie hatte sich so weit beruhigt, dass sie eilig ihren Koffer auspackte, wobei ihr erstmals die interessante

Mischung aus rustikalen Eichenholzmöbeln, Stoffen in warmen Sommerfarben und einer freundlichen hellgelben Tapete mit aufgedruckten weißen Ranken auffiel. Die Hausherrin hatte ein Händchen dafür, das alte Forsthaus hell und wohnlich zu gestalten, ohne dabei einem gerade angesagten, damit aber auch vergänglichen Einrichtungsideal nachzueifern.

Nachdem Lisa ausgepackt hatte, stellte sie den Koffer neben die Tür. Es wirkte, als sei sie jederzeit bereit zur Flucht. Vielleicht war das auch gut so. Immerhin war sie nicht Trudi, die hier erwartet worden war. Sie war … die Falsche.

Dennoch öffnete sie die Tür, trat hinaus in den Flur und ging zu der abgenutzten Holztreppe mit dem geschwungenen Treppengeländer, dessen gedrechselte Sprossen mit hübschen Ranken verziert waren. Sie stieg die ersten Stufen hinunter und verharrte auf dem Absatz, an dem die Treppe einen Knick machte. Die kräftige Stimme des Mannes, der sie abgeholt hatte und von dem sie nicht einmal den Namen wusste, drang zu ihr herauf. Er klang besorgt. Oder aufgebracht?

In der gleichen Intensität, wie Charlotte Verständnis und Herzlichkeit ausgestrahlt hatte, als Lisa klar geworden war, dass sie eine kleine Schwester hatte, verströmte er Vorsicht und Misstrauen. Vielleicht sollte Lisa es ihm hoch anrechnen, dass er sie nicht einfach auf diesem abgeschiedenen Bahnhof hatte stehen lassen.

„Du bist zu leichtgläubig, Mama, und das weißt du auch“, hörte sie ihn prompt poltern. „Denk an Liechtenstein.“

„Der zuständige Beamte hat mir nie einen Namen genannt, immer nur von *dem Kind der Verstorbenen* gesprochen. Ich weiß doch auch nicht, warum Gerda mir nichts von Lisa erzählt hat. Oder wo Trudi sein könnte, denn eigentlich wäre es für den Anwalt ja viel einfacher gewesen, das jüngere Mädchen ausfindig zu machen, das bei Gerda gewohnt hat.“ Charlotte schwieg einen Moment, ehe sie nachdenklich hinzufügte: „Davon gehe ich zumindest aus.“

Lisa hörte den jungen Mann etwas brummen und konnte seine Reaktion durchaus nachvollziehen. Denn sie in Frankreich zu benachrichtigen, war eindeutig aufwendiger gewesen, als ein Mädchen zu informieren, das nach dem Tod der Mutter womöglich von Nachbarn aufgenommen oder in ein Heim gesteckt worden war. Oder hieß das etwa, dass Trudi ebenfalls nicht bei Gerda gewohnt hatte?

„Du glaubst ihr also?“ Wieder war der misstrauische Unterton in der tiefen Stimme zu hören. Lisa umgriff das hölzerne Treppengeländer noch fester. Mit Ablehnung kam sie einfach nicht klar. Die Kälte, die ihr seit der Fahrt in den Knochen steckte, weitete sich auf ihr Herz aus.

„Natürlich glaube ich ihr. Sie ist ihrer Mutter wie aus dem Gesicht geschnitten. Bis auf die Augen, die sind vermutlich ein Erbe ihres Vaters.“

„Und was machen wir jetzt mir ihr?“

„Das ist nicht unsere Entscheidung, Robert, sondern ihre.“

Lisa neigte leicht den Kopf. Der misstrauische Brummbär hieß also Robert.

„Ich gehe davon aus, dass sie ein eigenes Leben führt. Vermutlich hat sie ein paar Tage Urlaub genommen, um hierherzukommen. Den darf sie natürlich gern bei uns verbringen. Und da ich vorhabe, nach Trudi forschen zu lassen, möchte sie vielleicht dabei sein, wenn wir sie gefunden haben, um dann ihre Schwester kennenzulernen.“

„Was für eine seltsame Familie.“

Lisa presste die Lippen zusammen. Hörte sie da bei Robert tatsächlich Mitgefühl heraus?

„Gerda war schon als Kind unglaublich freiheitsliebend. Ihr Elternhaus war … schwierig." Jetzt klang auch Charlotte mitfühlend. „Sie war eine wilde, rebellische Jugendliche und dem noch nicht entwachsen, als ich deinen Vater kennenlernte, ihn heiratete und mit ihm hierherzog. Danach hielten wir nur noch sporadisch Briefkontakt, was sicher der Grund ist, warum ich nichts von Gerdas älterer Tochter wusste. Weshalb sie mich dann viele Jahre später als Patentante für Trudi auserkoren hat, erschließt sich mir bis heute nicht. Aber ich habe mich damals sehr über diesen Vertrauensbeweis gefreut und gehofft, fortan wieder mehr Kontakt zu ihr zu haben. Das war allerdings ein Trugschluss. Ich habe Trudi zum Geburtstag, zu jedem Tauftag, zu Ostern und zu Weihnachten Päckchen geschickt. Anfangs bekam ich noch Fotos von ihr zugesandt, dann nur noch eine Dankeskarte ihrer Mutter."

Lisa schloss gequält die Augen. Sie war sich sicher, dass Trudi in dem Jahr, als keine Fotos mehr in den Schwarzwald verschickt wurden, ebenfalls aus Gerdas Leben verbannt worden war. Nur – wohin? Warum hatte ihre Mutter Trudi nicht auch zu Camille geschickt? Und zu ihr? Dann hätte sie wenigstens eine Schwester gehabt, die sie hätte lieben und versorgen und der sie sich hätte zugehörig fühlen können.

War das nicht geschehen, da Camille zu diesem Zeitpunkt bereits gestorben war? Aber Lisa war schon volljährig gewesen. Sie hätte sich um Trudi kümmern können. Sie … hätte eine Familie gehabt!

Tränen füllten Lisas Augen, und sie wandte sich ab, um wieder hinauf ins Gästezimmer zu flüchten. Im selben Moment ging die Haustür auf und ein großer, stämmiger Mann trat ein, der schwerlich Roberts Vater sein konnte. Dafür war er entschieden zu alt.

Der weißhaarige Mann mit dem struppigen Vollbart warf ihr einen irritierten Blick aus zusammengekniffenen Augen zu. „Lotti, da steht eine potenzielle Schwiegertochter auf der Treppe. Schnapp sie dir, bevor sie flüchtet!“, brüllte er durchs Haus. Der Neuankömmling zwinkerte ihr vergnügt zu, zog Mantel und Schuhe aus und verschwand durch eine Tür, die, so vermutete Lisa, in den Anbau führte.

Lisa war zuerst erschrocken zusammengezuckt, lachte nun aber belustigt auf. Während Robert der erklärte Brummbär in der Familie war, schien dieser Mann, vermutlich Charlottes Vater oder Schwiegervater, eine wahre Frohnatur zu sein.

Robert erschien im Türrahmen und schaute zu Lisa herauf. Interessiert betrachtete er sie, weshalb sie schnell wieder eine ernste Miene aufsetzte. Sie hoffte, dass Robert das mit der zukünftigen Schwiegertochter nicht wirklich ernst nahm.

„Auf meinen Großvater hören Sie besser nicht. Aber ich denke, Sie können einige unserer Fragen beantworten, Fräulein Lisa?“

Diesmal unterdrückte sie ein Schmunzeln. Robert klang schrecklich förmlich. Auch wenn Lisa keine große Lust verspürte, ihm und Charlotte ihren Lebenslauf darzulegen, schuldete sie der Familie Vogel dennoch eine Erklärung. Was sie alles erzählen würde und was sie lieber für sich behielt, vor allem da sie nicht an den hässlichen Erinnerungen rühren wollte, die sie mit einer gut deckenden, freundlich gelben Farbe übermalt hatte, entschied sie in dem Moment, als sie auf den jungen Mann zuging, der ihr einen düsteren Blick zuwarf. Sie musste ihr Herz schützen und pinselte deshalb mit jedem Schritt eine weitere Farbschicht darauf. Um ihr Herz herum zog sie einen Graben und flutete ihn. Mit geweinten und nicht geweinten Tränen …

Johann lehnte sich auf seinem Stuhl zurück und strich sich durch den weißen Vollbart. Er beobachtete, wie Georg mit seinem Vater Heinrich über die Innenausstattung einer Hütte diskutierte und Robert mit seinem Bierglas spielte, das er bis auf einige Schaumreste geleert hatte. Dabei behielt sein Enkel das Mädchen im Blick, das sie an diesem Tag bei sich aufgenommen hatten, wie sie gelegentlich verletzte Tiere aus dem Wald mit nach Hause nahmen, um sie gesund zu pflegen.

Robert war im Umgang mit Menschen von Natur aus etwas vorsichtiger als Georg und Ralf, sein jüngster Enkel. Seit dem Desaster mit Irmgard war er regelrecht verschlossen und misstrauisch, was er für gewöhnlich aber gut verstecken konnte. Nicht so heute. Seine zu schmalen Schlitzen verengten Augen, die über der Nasenwurzel zusammengeschobenen Augenbrauen und die Querfalten auf seiner Stirn verrieten deutlich sein Unbehagen über die Fremde in ihrem Haus. Er führte sich auf, als hätte seine Mutter einen Fuchs bei den Hühnern einquartiert. Dabei nahmen sie gelegentlich Gäste im Forsthaus auf, vorrangig im Sommer, wenn sowohl das Hotel Hirschen in Vierbrücken als auch das unten am See ausgebucht waren.

Lisa war Charlottes Einladung bereitwillig gefolgt, für die Dauer ihres Urlaubs hierzubleiben, hatte aber ganz selbstverständlich bei den Vorbereitungen für das Abendessen geholfen und stand auch jetzt auf, räumte das Geschirr ab und griff nach dem Geschirrtuch. Von Robert kam ein Brummlaut. Offenbar vermutete er, dass Lisa versuchte, sich bei seiner Mutter einzuschmeicheln. Dass sie nur eine Freundlichkeit mit einer anderen vergelten wollte und sich nützlich zu machen gedachte, sah der verbohrte Junge wohl nicht.

„Lisa“, sagte Johann und runzelte dann die Stirn, als wäre er sich nicht sicher, ob das Mädchen in dem hübschen Kleid auch wirklich so hieß.

„Ja bitte?“ Mit einem tropfenden Teller in der Hand drehte ihr Gast sich zu ihm um. Vor den alten Küchenmöbeln, die Charlotte in freundlichem Hellgrau und Lindgrün gestrichen hatte, wirkte Lisa in ihrem roséfarbenen Kleid mit dem breiten weißen Gürtel und dem schwingenden Rock seltsam deplatziert. *Als wäre Elizabeth Taylor plötzlich hier im Schwarzwald aufgetaucht.*

„Jemand muss noch Holz im Kachelofen nachlegen, und die Pflanze in meinem Zimmer verdurstet.“

Lisa sah ihn für einen kurzen Moment irritiert an, dann lächelte sie. Johann hätte beinahe laut geseufzt. So ein warmes, liebes Lächeln hatte er schon lange nicht mehr bei einem Mädchen gesehen. Nicht, seit seine Frau gestorben war.

„Sobald die Küche fertig ist, schaue ich danach“, versicherte sie ihm.

„Vater, Lisa ist nicht unsere Haushälterin“, korrigierte Heinrich ruhig und wandte sich dann wieder Georg zu.

„Früher gab es in Forsthäusern oft Haushälterinnen.“ Johann rieb sich gedankenverloren den Bart. Er hatte damals eine gehabt, auch dann noch, als er längst verheiratet und Heinrich und dessen beide Schwestern auf der Welt gewesen waren.

„Lisa ist unser Gast“, erklärte Charlotte und sah ihn besorgt an. Vermutlich befürchtete sie, dass er gleich wieder einige unverständliche Dinge von sich geben würde. Johann lachte in sich hinein. *Er* verstand das sehr wohl, Robert aber nicht.

„Warum arbeitet sie dann?“, fuhr er gespielt wütend hoch.

„Ich mache das gern, Herr Vogel. Schließlich darf ich hier kostenlos wohnen und bekomme schmackhafte Mahlzeiten. Da kann ich doch ein wenig mit Hand anlegen.“

Johann nickte innerlich und unterdrückte ein vergnügtes Lächeln über den reizenden Akzent des Mädchens. Lisa war wohlerzogen, hilfsbereit und den Menschen zugetan, und deshalb gefiel sie ihm ausgesprochen gut. „Gäste sollten nicht *mit Hand anlegen*", gab er missgelaunt zurück.

„Aber ich mache das gern." Wieder bekam er dieses wunderhübsche Lächeln geschenkt, das ihn so sehr an das seiner Frau erinnerte. Er warf einen prüfenden Seitenblick auf Robert, der das Gespräch zwar mitverfolgte, jedoch weiterhin die Stirn in Falten gelegt hatte.

„Du bist ein liebes Mädchen. Das weiß ich schon lange." Ja, er wusste schon lange, dass eines Tages eine junge Frau hierherkommen würde, die Roberts grimmigem Blick spielend standhalten und über seine Abwehrhaltung hinweg direkt in sein gutes Herz sehen konnte.

„Wir kennen Fräulein Schwaiger doch erst seit einigen Stunden", berichtigte Robert ihn prompt.

„Du vielleicht", gab Johann patzig zurück und wusste, dass er wie ein Kleinkind klang, das nicht zugeben wollte, einen Fehler begangen zu haben. Das war seine Strategie, um sich elegant aus unleidigen Diskussionen zu verabschieden oder ein Gespräch in eine bestimmte Richtung zu lenken, so wie er es gern haben wollte. „Schließlich war sie meine Haushälterin."

„Johann, Lisa ist unser *Gast*", versuchte Charlotte es erneut.

Johann kicherte innerlich wie das Kind, das er vorgab zu sein. „Dann muss man sie auch so behandeln."

Der Grund für ihre Diskussion kam näher und ging vor ihm in die Hocke. „Das werde ich doch, keine Sorge. Mir geht es gut."

Johann betrachtete ihre braunen Augen und sah neben Zuneigung auch eine Art Schatten darin. Als schmerze es das Mädchen, dass jemand so für es Partei ergriff, wie er es gerade tat. Das war seltsam.

„Hast du gehört, Robert? Es geht ihr gut. Du kannst also aufhören, so böse vor dich hinzustarren, aus Sorge, sie könnte sich hier nicht wohlfühlen."

Robert blinzelte irritiert, und Johann tätschelte Lisas weiches Haar. Ihr Lächeln vertiefte sich, ehe sie ihm Platz machte, da er aufstehen wollte. Zufrieden vor sich hin pfeifend verließ er die Küche.

Kapitel 3

Lisa trat vor die Tür und fragte sich, ob sie neben Schal und Mütze nicht auch Handschuhe anziehen sollte, entschied sich aber dagegen. Sie genoss es einfach zu sehr, knorrige Baumrinde zu ertasten, ihre Handflächen über zarte Pflänzchen gleiten zu lassen und hier und da einen weichen Moosteppich zu streicheln.

Vier Tage wohnte Lisa nun schon bei den Vogels, da sie übereingekommen waren, dass sie ihren Urlaub hier verbringen würde. Jeden Tag, sobald Robert und Heinrich in die Wälder verschwanden, Georg zu seinem Campingplatz hinunterging, der jetzt im November leer stand, Charlotte sich ihren hausfraulichen Pflichten widmete und der Großvater entweder lesend in einer Ecke der geräumigen Küche saß oder spazieren ging, brach auch sie auf, um die nahe gelegenen Berge zu erkunden. Heute wollte sie endlich einmal zum See wandern. Georgs Wegvorschlag bedeutete zwar einen gewaltigen Umweg für sie, wartete aber mit weitaus schöneren Aussichtspunkten auf als der direkte Weg, den er bevorzugte.

Angetan mit einer bequemen beigefarbenen Stoffhose, einer dicken Daunenjacke über der weißen Bluse und festen Schuhen, die Charlotte ihr zur Verfügung gestellt hatte, machte sie sich munter auf den Weg. Tautropfen saßen wie Perlen auf Grashalmen und reflektierten die für diese Jahreszeit ungewöhnlich helle Morgensonne, klebten an Spinnweben, als wollten sie dafür Sorge tragen, dass die seidigen Fäden, die sonst gern im Verborgenen blieben, an diesem Tag ja nicht übersehen wurden. Wie filigrane Kunstwerke, im Geheimen entstanden und nun in einer Galerie ausgestellt, die sich Natur nennt. Die Luft roch würzig, nach feuchter Erde, Fichtennadeln und modrigem Waldboden, und somit unverkennbar nach Spätherbst und Verfall; einem dem Ende entgegenstrebenden Jahr.

Lisa schritt zügig aus. Der Waldweg war übersät mit Fichten-, Tannen- und Kiefernnadeln, kleinen Steinen und oberirdisch verlaufenden Wurzeln, und es raschelte und knackte unter jedem ihrer Schritte. Das Rauschen der Bäume klang wie ein sanftes Lied, in das sich das Zwitschern der Vögel verwob, die den Winter über hierzubleiben gedachten. Ein rotbraunes Eichhörnchen kreuzte ihren Weg und huschte gewandt einen Baumstamm hinauf, dorthin, wo es vermutlich seinen Kobel gebaut hatte.

Lisa atmete durch und verspürte tief in sich eine wohltuende Ruhe. Sie genoss die gemeinsamen Mahlzeiten mit der Familie Vogel, bei der nur Ralf, der jüngste Sohn, fehlte, da er zum Studieren weggezogen war.

Morgens ging es im Forsthaus eher ruhig zu. Heinrich las etwas aus der Bibel vor, betete dann in einem breiten, für sie nur schwer verständlichen Dialekt und machte sich anschließend über das Frühstück her, als hätte er seit Tagen nichts mehr zu sich genommen. Unterbrochen von langen Pausen, entweder, weil sie die von ihr und Charlotte zubereiteten Speisen in Ruhe genießen wollten oder weil sie noch müde waren, wurde der Tagesplan der einzelnen Familienmitglieder besprochen. Dabei wurde Lisa wie selbstverständlich integriert, was sie überaus glücklich stimmte. Sie fühlte sich nicht nur geduldet, sondern willkommen. Mit einer Ausnahme: Robert verhielt sich ihr gegenüber noch immer extrem zurückhaltend. Offenbar traute er ihr nicht über den Weg.

Georg war stets der Erste, der die anheimelnde Frühstücksrunde verließ, gefolgt von seinem Großvater Johann. Heinrich und Robert verabschiedeten sich als Nächstes, jedoch erst, nachdem Robert das Geschirr zur Spüle hinübergetragen und Heinrich seine Frau umarmt und geküsst hatte.

Lisa schaute dann immer weg, genoss aber jenes Fluidum der Nähe, Liebe und Zugehörigkeit. Diesem Genuss folgte stets ein in ihrem Inneren aufsteigendes Gefühl von Verlust und tiefer, ja schmerzlicher Sehnsucht.

Einmal mehr öffnete sich der Wald links von Lisa zu einer natürlichen Lichtung, und sie blieb stehen, um den See aus diesem neuen Blickwinkel zu bewundern. Da sie bereits einige Meter abwärts spaziert war, konnte sie nun nur noch einen Teil des Gewässers sehen, dafür bot sich ihr endlich ein Blick auf die kleine Insel, die von einem Ring aus grauen Felsbrocken umgeben war. Der Umstand, dass dort Bäume wuchsen, vorrangig Kiefern und Birken, verriet ihr jedoch, dass das Gestein die Erhebung nur schützend umgab. Ob es wohl erlaubt war, die Insel zu betreten? Sie würde sich bei Georg danach erkundigen, der ihre Fragen zu diesem kleinen Schwarzwaldtal stets höflich und ausführlich beantwortete.

Die dumpfen Geräusche, die sie zuvor schon vernommen hatte, wurden lauter. Ob das Axtschläge waren? Gleich darauf hörte sie eine motorisierte Säge, allerdings verstummte diese schnell wieder. Lisa war froh darüber, genoss sie doch die angenehm sanfte Geräuschkulisse der Natur. Nun setzten erneut die Axthiebe ein. Gleichmäßig, fast monoton, hallten sie durch das Tal. Lisa fragte sich, ob sie demnächst auf Heinrich und Robert treffen würde?

An einer Weggabelung zögerte sie und rief sich Georgs Wegbeschreibung ins Gedächtnis. Hatte er nicht gesagt, dass sie hier nach rechts gehen musste? Lisa erschien das unsinnig, denn sie wollte doch zum See hinunter, und der rechte Weg schien aufwärtszuführen. In der Annahme, sich das falsch gemerkt zu haben, nahm sie den linken Pfad, vorbei an zwei an einem Haselstrauch befestigten roten Stofffetzen, die an diesem windstillen Morgen traurig nach unten hingen.

Der Weg wurde schmaler und zunehmend steil. Immer häufiger konnte sich Lisa nur noch halten, indem sie ihre Füße auf knorrige Wurzeln oder aus der Erde ragende Gesteinsbrocken stellte. Manchmal lösten sich Letztere unter ihrem Gewicht und sie rutschte ein wenig, fing sich aber stets wieder. Außerdem schien sie den Waldarbeitern näher zu kommen. Das schreckte sie aber nicht, immerhin kannte sie Robert und Heinrich. Sicher wäre es interessant, sie einmal bei der Arbeit zu beobachten.

Lisa rutschte erneut aus und fing sich ab, indem sie den Stamm einer jungen Buche umarmte, die mitten auf dem Pfad wuchs. Sie war nur froh, dass ihr niemand dabei zusah. Leise kichernd löste sie sich von dem borkigen Gesellen und schrak zusammen. Ein lautes Rauschen erscholl. Über ihr krachte es, splitterte Holz. Aufgeschreckt wandte sie den Kopf. Die Krone einer gewaltigen Fichte raste auf sie zu. Ihre Augen weiteten sich. Instinktiv kauerte sie nieder, als wollte sie mit den Wurzeln des Baumes vor sich verschmelzen.

Begleitet von einem mächtigen Donnern kam der gefällte Baumstamm auf der Erde auf. Der Boden unter Lisas Füßen vibrierte. Äste schlugen auf sie ein, zerkratzten ihr den Nacken. Die Fichte schien gegen ihr Schicksal aufzubegehren, indem sie sich ein letztes Mal erhob, sodass die Äste Lisa erneut kratzten wie eine Furie. Dann fiel sie wieder zu Boden. Diesmal meinten die Zweige, Lisa entschuldigend streicheln zu müssen, die Nadeln dagegen stachen ihr in die Kopfhaut und den Nacken. Dort, wo sie ohnehin schon Schmerz verspürte.

Endlich wurde die Welt um sie herum wieder still. Zwar trudelten noch immer Fichtennadeln der Erde entgegen, doch sie verursachten nicht mehr als ein leises Flüstern.

„Verdammt! Da ist jemand!“, hörte sie eine fremde Männerstimme rufen. Sie klang erschrocken, ja nahezu panisch.

„Hast du den nicht gesehen?“

„Ich glaube, das ist eine Frau.“

„Lebt sie noch?“

„Wie konnte sie –?“

Die aufgeregten Stimmen kamen näher, kurz darauf schauten vier bärtige, von der einstigen Sommersonne gebräunte Gesichter auf sie herunter. Sie wagte ein scheues Lächeln, brachte aber keinen Ton hervor. Zu tief saß der Schreck in ihr. *Ja, ich lebe noch.*

„Was ist hier los?“ Diese durchdringende Stimme kannte Lisa. Sie gehörte Robert. Betroffen schloss sie die Augen. Es wäre ihr lieber gewesen, wenn sie unerkannt hätte verschwinden können. Immerhin war ja nichts passiert.

„Eine Frau ist unter den fallenden Baum geraten“, klärte einer der Männer, die sich noch immer um sie versammelt hatten, den sich nähernden Robert auf.

„Macht mal Platz.“

Ein Scharren entstand um sie herum, sie vernahm das Brechen von Ästen und Zweigen, dann beugte sich ein großer Schatten über sie. „Fräulein Lisa?“

„Mir geht es gut, wirklich“, beteuerte sie sofort.

Ohne auf ihre Worte zu achten, wies Robert die Umstehenden an, schleunigst die größeren Äste zu entfernen, die Lisa gefangen hielten. Die Männer spurteten davon, um ihre Fuchsschwänze zu holen.

„Haben Sie Schmerzen? Können Sie Ihre Beine und Arme bewegen?“ Robert klang wirklich besorgt.

„Aber sicher. Mich haben nur ein paar Äste der Baumkrone gestreift."

Die Waldarbeiter kehrten mit ihren Sägen zurück und machten sich ans Werk. Das Ratschen und Schaben der Metallzähne, die sich ins Holz fraßen, schmerzte Lisa in den Ohren.

„Wie konnte das passieren?", knurrte Robert die Arbeiter an. „Wo ist Schuster?"

„Der Chef ist in der Sägemühle. Ich habe keine Ahnung, woher die Frau so plötzlich gekommen ist."

„Habt ihr die Markierungen vergessen?"

„Nein, die haben wir an allen drei Pfaden aufgehängt, die in diese Gegend führen."

Lisa machte sich instinktiv etwas kleiner. Ob diese roten Lappen an den Sträuchern etwa jene Markierungen sein sollten? Aber woher sollte sie auch wissen, was sie zu bedeuten hatten? Sie kam aus einer französischen Großstadt, nicht aus … Vierbrücken, Lehengericht oder Schiltach.

„Ich denke, das reicht. Tretet mal zurück."

Ehe sie sich's versah, wurde Lisa von Robert unter den Achseln gepackt und wie ein erlegtes Wild aus der unmittelbaren Nähe des gefällten Baumes gezerrt. Zumindest stellte sie sich vor, dass ein geschossenes Reh so behandelt wurde. „Lassen Sie mich los, ich kann allein aufstehen!", fauchte sie ihn deshalb an. Er gehorchte sofort, sodass sie beinahe mit dem Allerwertesten auf dem Boden gelandet wäre.

Robert reagierte schnell – vielleicht auch, weil er das geahnt hatte – und hielt sie erneut fest. Endlich gelang es Lisa, sich aufzurappeln. Der Mann, der sie festhielt, roch angenehm nach Wald und etwas, was sie als Wildnis und Freiheit interpretierte. Sie schälte sich aus seinem Griff, trat zwei große Schritte zurück und zerrte an ihrer Daunenjacke und der Bluse. Beides war bedenklich weit nach oben gerutscht. Fichtennadeln rieselten ihren Rücken hinunter.

„Haben Sie die roten Markierungen am Wegrand nicht gesehen?“, fragte Robert und klang bemüht freundlich.

„Doch, aber es befand sich kein Schild dabei, auf dem ahnungslosen Wanderern erklärt wird, was sie zu bedeuten haben. Vielleicht wäre es ohnehin von Vorteil, Schilder zu verwenden, anstatt zerrissene Hemden an Sträuchern zu drapieren wie Weihnachtskugeln am Christbaum. Städter und Touristen können nämlich durchaus lesen, auch wenn Sie womöglich vom Gegenteil ausgehen.“ Sie war aufgebracht, weil ihr das Geschehene unangenehm war und weil sie sicher schrecklich aussah. Weil die vier Männer im Hintergrund breit grinsten und sich gegenseitig anstießen. Weil Robert sie mit gerunzelter Stirn böse ansah und weil sie … einfach empört sein *wollte.* Schließlich war ihr gerade beinahe ein Koloss von Baum auf den Kopf gefallen. Und ihr Nacken schmerzte.

„Es geht ihr gut, wie wir hören können, Männer. Ihr könnt weiterarbeiten.“

Roberts Reaktion und dieses deutliche Grinsen auf seinem Gesicht brachten Lisa noch zusätzlich gegen ihn auf. „Und ich setze meinen Weg auch fort“, beschloss sie, wurde aber von einer Hand auf ihrem Unterarm zurückgehalten.

„Sie bluten. Wir gehen jetzt zu meinem Jeep, und ich schaue mir das an.“

„Das ist sicher nicht mehr als ein Kratzer.“

„Das werden wir sehen.“

Robert legte ihr eine Hand in den Rücken und schob sie regelrecht den Berg hinauf. Schließlich dirigierte er sie auf den Weg, den sie vorhin als den falschen ausgemacht hatte. Recht schnell gelangten sie zu seinem dort geparkten Jeep.

„Am besten, Sie ziehen die Jacke aus.“

Lisa überlegte kurz, ob sie auf diese wenig freundlich vorgebrachte Bitte einfach nicht reagieren sollte, verwarf den Gedanken aber. Hauptsächlich deshalb, weil ihr pochende Schmerzen vom Nacken aus in den Kopf und die Schultern zogen. Also pellte sie sich aus der Jacke und erschrak über deren Zustand. An mehreren Stellen war der Stoff zerrissen. Weiße und graue Federn quollen hervor, als wollten sie nicht länger eingesperrt sein, sondern sich den Weg in die Freiheit bahnen. Dunkle Streifen am Kragen zeigten ihr, dass sie tatsächlich blutete. Für einen Augenblick hatte sie das Gefühl, das Blut sacke ihr in die Beine, doch sie wehrte sich entschieden gegen die überhandnehmen wollende Schwäche ihres Körpers.

„Dann lassen Sie mich mal sehen.“ Jetzt klang Robert schon viel freundlicher. Also stützte Lisa die Hände auf den Türholm und neigte den Kopf nach vorn. Robert strich ihr behutsam die Haare aus dem Nacken, was ein seltsames Prickeln von dort aus bis in ihre Fingerspitzen und Zehen schickte. Unwillkürlich hielt sie den Atem an.

„Da ist ein Schnitt, gut fünf Zentimeter lang. Aber er ist weder breit noch scheint er sehr tief zu sein. Ich denke nicht, dass man das nähen muss.“

Mehr als ein beipflichtendes Nicken brachte Lisa nicht zustande. Robert hatte eine Hand auf ihren Oberarm gelegt, als wolle er sie stützen. Die dünne Bluse ließ die Wärme, die von ihm ausging, ungehindert zu ihr durch. Mit der anderen Hand strich er ihr behutsam über den Nacken und entfernte damit Rindenreste, Fichtennadeln und weiteren Schmutz.

„Bleiben Sie mal so stehen“, forderte er sie auf, wechselte auf die andere Seite des Fahrzeugs und kramte dort in einer Kiste. Lisa hob leicht den Kopf und spickte an ihren Haaren vorbei. Sie meinte, noch immer seine Berührungen zu spüren, obwohl er jetzt mehrere Meter von ihr entfernt stand. Das war verwirrend. Entsprechend aufgewühlt betrachtete sie seinen gesenkten Kopf mit dem kurzen, dichten Haar, in dem der halbe Wald zu stecken schien. Sie lächelte bei dem Anblick, aber nur so lange, bis ihr bewusst wurde, dass ihr Haar vermutlich wie ein Vogelnest aussah. Sie wollte es glatt streichen, unterließ es jedoch, da ihr selbst die kleinste Bewegung Schmerzen bereitete. Offenbar hatte sie von ihrem Rendezvous mit der Fichte mehr als nur einen Schnitt im Nacken davongetragen.

Robert kam wieder auf ihre Seite des Jeeps herüber. In der Hand hielt er eine dieser bauchigen Feldflaschen, die Wanderer so gern mit sich herumschleppen.

„Ich hoffe, da ist Champagner drin und nicht irgendein billiger Obstler."

„Ich lebe nicht so dekadent, dass ich Ihnen Champagner über den Nacken schütten würde", meinte er und tat, was er angedroht hatte. Eiskaltes Wasser perlte über ihre Haut. Sie zuckte zusammen und wollte dem Strahl ausweichen, kam aber nicht weit. Robert hatte sie erneut mit einer Hand am Oberarm gepackt und brauchte dort nur seinen Griff zu verstärken, auf der anderen Seite stellte er ihr einfach seinen breiten Körper in den Weg. Ein zweites Mal kam sie sich vor wie ein Reh. Diesmal aber wie eines, das von Robert in die Enge getrieben worden war. Seltsamerweise empfand sie das nicht unbedingt als etwas Schlechtes.

„So, das hat den gröbsten Schmutz rausgewaschen. Ich hoffe, Sie sind gegen Tetanus geimpft?"

Lisa nickte und verlor sich beinahe in seinen Augen, deren Farbe der des nahe gelegenen Sees glich. Sie sah etwas darin aufleuchten, als würden sich die ersten Sonnenstrahlen ihren Weg durch den morgendlichen Dunst bahnen, der über der Wasseroberfläche hing, doch Robert wandte sich von ihr ab, ehe sie das Phänomen ergründen konnte.

„Steigen Sie bitte ein. Ich fahre Sie hoch zum Forsthaus."

„Ich wollte an den See", widersprach sie, vermutlich einfach nur, damit widersprochen war, und weil der dumpfe Schmerz in ihrem Oberkörper immer mehr zunahm.

„Meine Mutter lässt mich vier Nächte lang auf der Terrasse schlafen, wenn ich Sie in diesem Zustand allein zum See hinuntermarschieren lasse."

„Das glaube ich Ihnen nicht. Ihre Mutter ist eine herzensgute, fürsorgliche und liebe Person." *Eine Mutter, wie ich sie gern gehabt hätte.* Sie vertrieb den Gedanken, der mit zu viel Schmerz einherging.

„Richtig. Und ihre Fürsorge erstreckt sich auch auf ihre Nachbarn da unten am See, auf die in Vierbrücken, offenbar auf Ihre Mutter und damit auch auf Sie. Also rein mit Ihnen."

„Und auf Sie nicht?"

„Das hat mit der Terrasse nichts zu tun. Zu ‚herzensgut', ‚fürsorglich' und ‚liebend' gesellt sich – was ihre Söhne betrifft – auch eine gewaltige Portion Strenge."

„Deshalb sind Sie alle so gut geraten?"

Robert, der Lisa die Tür aufhielt, schaute sie einen Moment zu lange an, was an einem Ort tief in ihrem Inneren ein nervöses Flattern hervorrief, ehe er ihr mit einem Nicken bedeutete, dass sie endlich in den Wagen steigen sollte.

„*Das* sagen Sie mal bitte meiner Mutter. Unbedingt!"

Lisa lachte und verstummte erst, als er sich neben sie setzte und ihr einen bösen Blick zuwarf. Also presste sie die Lippen zusammen, wohl wissend, dass er ihr ihre heimliche Belustigung durchaus ansehen konnte. Aber der Forstmeister starrte nur noch geradeaus, fast so, als habe er Probleme damit, den Geländewagen in der Spur zu halten.

Robert schaute von der Beifahrertür aus zu, wie Lisa langsam auf die Eingangsstufen zuging. Ihre Bewegungen ließen darauf schließen, dass sie unter Schmerzen litt. Vermutlich drangen die allmählich zu ihr durch, nun, da sich der Adrenalinspiegel in ihrem Blut senkte. Da Robert sie in der Obhut seiner Mutter gut aufgehoben wusste, schlug er die Tür zu, ging um den Jeep herum und sprang über den Türholm auf den Sitz. Er hatte zu tun.

Nachdem er den Motor gestartet hatte, warf er einen letzten Blick zur Haustür. Dort stand Lisa und schaute ihn über die Schulter hinweg an. Sie wirkte verloren. Wieder schlich sich das Bild eines Rehkitzes vor sein inneres Auge. Übermütig und neugierig, aber zutiefst verletzlich und … ja, was denn? Einsam? Weil ihm die Mutter fehlte?

Lisa hatte nicht viel erzählt, doch eines war sicher: Sie hatte die vergangenen Jahre bei ihrer Großtante in Frankreich gelebt. Die Tatsache, dass sie nichts von ihrer Schwester gewusst hatte, verdeutlichte, dass sich Mutter und Tochter in den letzten Jahren nicht gesehen, ja vermutlich nicht einmal Briefkontakt gehalten hatten.

Robert zwang sich, die Augen von ihr zu nehmen, und fuhr los. Er musste mit Edmund Schuster sprechen, denn Lisa hatte durchaus recht: Die Einheimischen wussten um die Bedeutung der roten Warnsignale, seien es nun Markierungen an Bäumen, ein rot bemalter, in die Erde gerammter Pflock oder – wie Lisa es genannt hatte – ein ausgedientes Herrenhemd als Baumschmuck. Da nun aber zunehmend mehr Touristen ihr kleines Tal bevölkerten, mussten diese entweder über die Schutzvorkehrungen informiert werden oder es war an der Zeit, einheitliche und für jeden verständliche Warnhinweise anzubringen.

Die Vorstellung, dass einer ihrer Urlaubsgäste unter einen fallenden Baum geraten könnte … Robert atmete tief durch. Lisa hatte unglaubliches Glück gehabt. Oder ein Engel hatte seine schützende Hand über sie gehalten; so wie man es gern annimmt, wenn ein Kind vor großem Unglück bewahrt wird.

Sie ist kein Kind mehr. Dessen war Robert sich sicher, schließlich hatte er sie heute mehr als einmal im Arm gehalten – oder zumindest so etwas in der Art. Bei der Erinnerung an ihren weichen Körper, den Anblick ihres schlanken Halses und die Weichheit ihres samtigen Haares stieg eine aufwühlende Hitze in ihm auf. Es war lange her, seit er zuletzt eine Frau im Arm gehalten hatte, einmal abgesehen von seiner Mutter und seiner Cousine, was beides nicht zählte. Reagierte er deshalb so heftig auf Lisas Anwesenheit?

Gestern Abend hätte er beinahe angeboten, seiner Mutter und Lisa beim Abwasch zu helfen, obwohl in seiner eigenen kleinen Küche noch jede Menge dreckiges Geschirr auf ihn gewartet hatte. Lisas fröhliches Lachen war bis in den Anbau herübergedrungen, den er sich mit seinem Großvater teilte. Es war ihm zeitweise unmöglich gewesen, sich auf den Papierkram zu konzentrieren, den er zu erledigen hatte, so sehr hatte das glockenhelle Lachen der jungen Frau ihn abgelenkt.

Robert schrak hoch, als ein Ast am Jeep entlangschrammte. Schnell lenkte er gegen. Es war leichtsinnig, auf den schmalen Waldwegen mit den Gedanken woanders spazieren zu gehen, zumal der Hang an einigen Stellen besonders steil abfiel. Kaum weniger gefährlich war es für ihn, sich intensiven Überlegungen Lisa betreffend hinzugeben, da sie in etwa drei Wochen ohnehin wieder abreisen würde. Er hatte nicht vor, sich ein zweites Mal das Herz aus dem Leib reißen zu lassen. Dumm nur, dass genau dieser Gedanke darauf hindeutete, dass er offenbar bereit war, es erneut zu verschenken. *Vergiss es!,* versuchte er, sich selbst zur Vernunft zu bringen.

Lisas Überraschung wandelte sich in Begeisterung. Leichtfüßig sprang sie aus dem Bett und eilte über die kalten Bodenbretter zum Fenster. Die Bäume an den Hängen waren mit Puderzucker bestreut, die Wiesen leuchteten ebenfalls in reinstem Weiß und der See war mit einer dünnen Eisschicht überzogen, die aussah wie der Zuckerguss auf einem Kuchen.

Früher im Allgäu hatte Lisa massenhaft Schnee zu sehen bekommen, in Frankreich nur selten. Das, was sich ihr hier zum Bewundern darbot, war nicht gerade eine dichte Schneedecke, aber Lisa hatte dieses wunderschöne und bezaubernde Weiß so lange nicht mehr gesehen, dass es sie regelrecht überwältigte.

Eine Windbö strich nahe am Forsthaus durch die Bäume und wehte einige Flocken herbei. In der strahlenden Sonne und vor den vereinzelten blauen Flecken am Himmel funkelten sie wie Diamanten. *Wie Feenstaub,* korrigierte Lisa sich, wirbelten die Kristalle doch verspielt durch die Luft. Sie liebte die Geschichte von *Peter Pan und seinen verlorenen Jungs,* da sie selbst doch auch ein verlorenes Kind voller Sehnsucht nach einer Mutter gewesen war.

Eilig wusch sie sich, froh darüber, dass ihre Schulter und ihr Nacken nur noch einen mäßigen Schmerz aussandten, zog sich Hose und Pullover an und eilte die Stufen hinunter. Die Eingangstür stand offen, also stürmte sie darauf zu, prallte aber nach wenigen Metern gegen jemanden, der gerade aus der Tür zum Anbau in den Flur trat. Die muskulöse Gestalt gehörte eindeutig nicht zu Johann.

„In welche Gefahr wollen Sie sich diesmal stürzen?“, erkundigte sich Robert und klang dabei sehr gelassen. Oder noch müde?

„In keine!“, erwiderte Lisa ein wenig atemlos und drückte sich von ihm weg. Allerdings hatte er es nicht sonderlich eilig, seine Hände, die an ihrer Taille lagen, von ihr zu nehmen.

„Es sah aber so aus, als planten Sie, die Außentreppe hinunterzufallen.“

„Ich hätte schon rechtzeitig angehalten. Ich will doch nur den Schnee sehen. Und anfassen.“ Sie wusste, dass sie wie ein Kind klang, doch das war ihr egal. Aufgeregt trat sie von einem Fuß auf den anderen.

„In Strümpfen?“

„Nein, natürlich nicht.“ Sie sah sich um. Robert hatte recht: Sie war am Schuhregal vorbeigerannt. Prüfend schaute sie zu ihm auf. Sein unrasiertes Gesicht wirkte dunkel, sein Grinsen frech. Und das Blitzen in diesen seeblauen Augen war … aufwühlend. Doch ohne ersichtlichen Grund verfinsterte sich seine Miene und er trat zurück. Dabei schüttelte er über irgendetwas, was sich ihr nicht erschloss, den Kopf und ließ sie stehen.

Lisa verdrängte das seltsame Gefühl, das sie beschlichen hatte, schlüpfte in Charlottes Wanderschuhe und eilte, ohne diese zuzuschnüren, zur Treppe, die bereits von jemandem gefegt worden war. Vorsichtig stapfte sie hinunter auf den mit Kieselsteinen ausgelegten Vorplatz und griff behutsam in die etwa fünf Zentimeter hohe Schneedecke. Auf deren Oberfläche glitzerten einzelne Kristalle im fahlen Sonnenlicht; kleine Kunstwerke, einzigartig in ihrem weißen Kleid.

„Wie wunderschön du bist", flüsterte sie. Watteweiche Kälte durchströmte ihre Handfläche, Erinnerungen ihre Gedanken, Schmerz ihre Seele. Sie war so glücklich und zugleich so unglücklich gewesen. Sie hatte eine Menge Freunde und fürsorgliche Nachbarn gehabt, aber keine Mutter, die sie liebte. Dabei hatte sie Gerda geliebt, wie wohl jedes Kind seine Mutter liebt. Bis sie in einem ratternden Zug gesessen und, umgeben von wildfremden Menschen, begriffen hatte, dass sie keine Mutter mehr hatte; nie eine gehabt hatte. Und nicht einmal da war ihre Liebe gestorben, aber das Wissen geboren, dass *sie* nicht geliebt wurde. Weil sie nicht liebenswert war.

Lisa betrachtete ihre nasse Handfläche. Der Schnee war geschmolzen, das Wasser jedoch noch immer da. Camille hatte ihr gesagt, dass Liebe viele Formen annimmt, man einige deutlicher sieht und spürt als andere. Nur weil Gerda selten für sie da gewesen war, kaum einmal gekocht und viele Dinge versäumt hatte, die andere Mütter tun, hieß das nicht, dass sie Lisa nicht geliebt hatte. Lisa war jedoch begierig darauf gewesen, Liebe zu sehen. Sie zu spüren, zu erfahren, zu begreifen. Es hatte sie zutiefst verletzt, weggeschickt zu werden wie ein Haustier, das einem lästig fällt.

Geblieben war ihre Sehnsucht nach Akzeptanz. Nach Zugehörigkeit. Nach Liebe.

Lisa richtete sich auf und wandte sich wieder dem Forsthaus zu. Eingebettet in die bewaldeten Hügel und umschmeichelt vom frisch gefallenen Schnee, stand es beständig und fest an seinem Platz. Es beherbergte eine Familie, die sich herzlich zugetan war, sich umeinander kümmerte, miteinander lachte, weinte, betete, hoffte und sicher auch mal stritt. Genau so, wie es in Lisas Vorstellung sein musste. Aber sie war kein Teil davon. Die Vogels waren nur eine Familie auf Zeit. Das musste sie sich immer wieder sagen, damit sie es ja nicht vergaß. Denn schon nach diesen wenigen Tagen, die sie hier verbracht hatte, war sie dabei, ihr Herz an sie zu verlieren.

Charlotte setzte sich als Letzte an den Tisch und senkte den Kopf. Ihr Mann dankte Gott für die Ruhe in der Nacht, für den Schnee, obwohl der ihm seine heutige Aufgabe erschweren würde, und für ihren Gast. Er bat um Schutz und Segen für sie alle, und kaum dass er mit dem obligatorischen Amen geschlossen hatte, lagen bereits zwei dicke Brotscheiben auf seinem Teller.

Charlotte lachte in sich hinein. Heinrich schien immer am Verhungern zu sein und konnte essen, was er wollte, ohne ein Gramm zuzulegen. Ganz im Gegensatz zu ihr. Aber er beteuerte stets, dass er jedes Gramm an ihr liebe und jetzt eben noch mehr zu lieben habe als in früheren Jahren.

„Wie geht es deinem Rücken, Lisa?“, wandte sich Charlotte an ihren Gast, der an diesem Morgen gedankenversunken wirkte. Ob die junge Frau doch unter stärkeren Schmerzen litt, als sie bereit war zuzugeben?

„Es ist nicht schlimm“, beteuerte Lisa und schenkte ihr ein dankbares Lächeln.

„Es gibt solche Menschen, die von den Bäumen verwarnt, aber nie getroffen werden“, merkte Johann an. Morgens klang seine Stimme noch mehr als sonst wie das Knattern eines alten Automotors. Charlotte, die das lange Zeit irritiert hatte, liebte es inzwischen. Ihr Schwiegervater war ein feiner Mensch, nur manchmal etwas wunderlich, was mit zunehmendem Alter nicht gerade weniger wurde.

„Und es gibt solche, die eine Gefahr nicht einmal dann erkennen, wenn sie auf sie zustürzt“, brummte Robert.

Charlotte beobachtete, wie Lisa das Messer, das sie gerade ergriffen hatte, wieder auf den Tisch legte und Robert mit ihren braunen Augen fixierte. Doch ehe sie etwas sagen konnte, hob er die Hand. „Ich war wegen einheitlicher und für Städter verständlicher Warnhinweise in Vierbrücken. Dort wird man bei der nächsten Sitzung des Dorfrates über den Sicherheitsaspekt sprechen.“

„Demnach gibt es auch Menschen, die durch das, was ihnen widerfahren ist, Verbesserungen erwirken“, konterte Lisa trocken, was Johann ein Grinsen ins Gesicht grub, das mit unzähligen Falten daherkam.

„Das können Sie sich jetzt gern auf die Fahnen schreiben“, brummte Robert.

„Auf rote? Genäht aus Männerhemden?“

„Wer zieht denn rote Hemden an?“, fragte Johann und wirkte nun verwirrt.

„Sträucher an Weggabelungen?“, schlug Lisa vor.

Johann schüttelte den Kopf, und Charlotte gewann allmählich den Eindruck, dass Lisa und Robert einen kleinen Krieg ausfochten. Aber weshalb nur? Immerhin hatte Charlotte ihren Sohn zur Höflichkeit erzogen, er war ihrem Gast gegenüber sicher nicht unverschämt aufgetreten.

Ihr Blick wanderte zu Georg, der es schon wieder eilig zu haben schien. Sie unterdrückte ein Seufzen. So viel zu ihrer Hoffnung, Georg könnte sich für Lisa erwärmen. Offenbar hatte er derzeit nur die kleinen Holzhütten im Kopf, an denen er baute. Sah er denn nicht, dass Gott ihnen ein liebenswertes Mädchen ins Haus geführt hatte? Praktisch direkt vor seine Nase? Lisa war bei jedem Frühstück und Abendessen zugegen, und Charlotte hatte die beiden bewusst nebeneinandergesetzt. Was musste noch passieren, damit Georg das entzückende Wesen endlich bemerkte?

Charlotte besah sich den schmalen Goldring an ihrem Finger und warf dann einen Blick aus dem gegenüberliegenden Fenster. Der Schnee würde sicher innerhalb weniger Stunden geschmolzen sein, und dabei war es gerade der erste Schneefall im Winter, der die Landschaft mit einem ganz besonderen Zauber erfüllte. Entschlossen legte auch sie ihr Messer neben den Teller. „Georg, du könntest doch heute mit dem Auto zum See hinunterfahren und Lisa mitnehmen. Gestern hat sie es ja nicht bis nach unten geschafft."

Johann gluckste und meinte dann: „Sie hat lieber mit einer unserer Fichten Bekanntschaft geschlossen. So gehört sich das, wenn man in einem Forsthaus lebt."

„Opa, wir können hier keine fünf Forstwirte gebrauchen", erwiderte Georg prompt, vermutlich weil er sich angegriffen fühlte. Schließlich hatte er mit der Familientradition gebrochen, ebenso wie Ralf – dieser sogar noch drastischer. Georg war wenigstens gelernter Zimmermann und arbeitete mit Holz.

„Sie soll ja auch kein Forstmeister werden." Johann deutete mit dem Kinn auf Lisa.

„Jetzt möchte ich das ganz sicher nicht mehr. Dieser Baum war nicht gerade besonders höflich zu mir."

Johann beugte sich laut lachend über den Tisch und tätschelte unbeholfen, aber vergnügt Lisas Hand.

Georg hatte sich allerdings noch immer nicht zu dem Vorschlag geäußert, Lisa zum See mitzunehmen. Also fügte Charlotte hinzu, als wäre das bereits beschlossene Sache: „Lisa kann um den See herumwandern, später kannst du ihr noch deinen Campingplatz und all die anderen Dinge zeigen, die du dort auf die Beine gestellt hast."

„Wenn sie das interessiert“, erwiderte Georg, der offenbar wenig begeistert von dem Vorschlag war. Ebenso wenig, wie er Interesse an Lisa hatte? Das wurmte Charlotte.

„Das würde ich gern, wenn es Ihnen keine Umstände macht. Kann man eigentlich auch zu der kleinen Insel hinüberrudern?“

Charlotte jubelte innerlich. „Georg besitzt natürlich auch einige Ruderboote. Selbstverständlich kann er dich damit zur Insel bringen.“

„Können Sie schwimmen?“, hakte Robert wenig zielführend nach – und seltsam aufgebracht, wie Charlotte fand.

„Auf jeden Fall besser, als ich Bäume auffangen kann.“

„Dann nimmst du an der Olympiade teil? So perfekt, wie du gestern die Fichte ausgetrickst hast, musst du sicherlich auch eine begabte Schwimmerin sein.“ Johann faltete die Hände im Schoß und lehnte sich bequem zurück.

Lisa lachte über seinen kleinen Scherz auf ihre Kosten, was Johann noch zufriedener aussehen ließ. Offenbar gefiel ihm die junge Frau ebenfalls, die da versehentlich bei ihnen aufgetaucht war. Ob auch er fand, dass sie perfekt zu Georg passen würde?, fragte sich Charlotte.

„Ich muss los!“, Georg warf die Serviette auf den Tisch, stand auf und zögerte dann. Schließlich zog er Lisas Stuhl zurück, damit auch sie sich erheben konnte.

„Ich bin in fünf Minuten an der Tür“, rief sie, schon im Hinauslaufen begriffen.

„Vielleicht bindest du sie besser am Ruderboot fest“, meinte Robert, der sich nun ebenfalls erhob und wie üblich das Geschirr zusammenstellte.

„Ich habe nicht den Eindruck, dass sie es auf gefährliche Abenteuer anlegt“, murrte Charlotte. Dass Robert der jungen Frau misstrauisch gegenüberstand, hatte er ihr gleich am ersten Abend nach Lisas Ankunft deutlich gemacht. Aber damit musste er ja nicht auch noch Georg anstecken. Immerhin spürte sie ganz deutlich, dass Georg und Lisa wie füreinander geschaffen waren. Darin war sie eine Art Expertin.

„Nein, aber sie scheint sie magisch anzuziehen, wie schon die Tatsache beweist, dass sie den Brief eines bayrischen Beamten für bare Münze nimmt, hier völlig unüberlegt auftaucht, einfach mit einem Fremden mitfährt und sich in einem Privathaus einnistet. Und wegen des Schnees hat sie sich aufgeführt wie ein kleines Kind."

„Es ist schön, wenn man sich das Vertrauen in seine Mitmenschen und seine kindliche Freude bewahren kann", sagte Johann.

„Solange Letztere nicht mit Unvernunft einhergeht." Robert verließ den Raum.

„Welche Laus ist dem denn über die Leber gelaufen?", fragte Georg, bereits auf dem Weg nach draußen.

„Eine Lisa-Laus", hörte Charlotte ihren Schwiegervater leise vor sich hin lachen.

Charlotte eilte zur Küchenzeile, um ein paar Brote und etwas zu trinken für Lisa vorzubereiten, und packte beides in den kleinen Rucksack, der ebenfalls ein wenig unter dem Zusammenstoß mit der gefällten Fichte gelitten hatte. Sicher würde Lisa aufbegehren, weil Charlotte ihr derlei Aufgaben einfach abnahm, aber sie musste unbedingt verhindern, dass Georg ohne das Mädchen aufbrach, weil es ihm zu lange dauerte. Allerdings war Lisa tatsächlich innerhalb weniger Minuten wieder unten, bedankte sich auf ihre einnehmende, herzliche Art für die Wegzehrung und folgte Georg zu seinem Wagen, voller Vorfreude auf die Wanderung am See.

Charlotte stand in der Tür und rieb sich vergnügt die Hände.

„Als ich das mit der *Schwiegertochter auf der Treppe* gesagt habe, meinte ich das nur als Witz.“ Johann war neben sie getreten, legte nun den Arm um ihre Schulter und zog sie kurz an sich. Das tat er gern, um ihr zu zeigen, wie sehr er sie mochte und wie dankbar er dafür war, Teil der Familie sein zu dürfen.

„Ich finde den Gedanken aber gut.“

„Das weiß ich. Aber ich frage mich, ob du dich wirklich einmischen solltest. Auch wenn die beiden Jungen sich benehmen wie Holzköpfe, haben sie dennoch ein Herz. Sie finden ihren Weg. Und es sollte nicht deiner sein, sondern ihrer. Und der, den Gott für sie vorgesehen hat.“

„Du hast recht. Ich sollte mich nicht einmischen. Es ist nur so, dass Robert noch immer so verletzt ist. Er sieht in Lisa vielmehr eine Bedrohung. Also dachte ich, ich könnte Georg ein bisschen … in die richtige Richtung schubsen. Der Junge sieht ja nur noch seine Arbeit, und dabei weder nach links noch nach rechts.“

„Dann solltest du Lisa bei Tisch nicht neben ihn setzen, sondern ihm gegenüber.“

Charlotte lehnte sich kichernd an ihren Schwiegervater, da sie ihm ja schwerlich einen Rippenstoß verpassen konnte.

„Halte dich besser raus, Lotti. Liebe kann man nicht erzwingen.“

„Na gut.“

„Ich fahre mit Roberts Auto nach Vierbrücken, brauchst du etwas von dort?“

„Nein, danke.“ Charlotte ging zurück in die Küche und stellte sich vor den Wandkalender. *Wann kommt Ralf noch gleich, um die Semesterferien hier zu verbringen?*

Kapitel 4

Georg war unterhaltsam und sehr viel weniger zugeknöpft als sein älterer Bruder, wie Lisa bereits während der Fahrt feststellte. Er bot ihr das Du an und erzählte ihr begeistert von seinem Campingplatz, der die meiste Zeit des Sommers ausgebucht gewesen war, von den Holzhütten, die er mit Kochnischen ausstatten wollte, und von seiner Überlegung, geführte Wandertouren und weitere Attraktionen anzubieten, um Touristen anzulocken und ihnen dieses Gebiet schmackhaft zu machen.

Nachdem sie in die Uferstraße eingebogen waren, deutete er auf den verschlafenen Weiler direkt am Seeufer und erläuterte ihr den Zweck der einzelnen Gebäude. So gab es neben dem hübschen Hotel bereits einen Souvenirladen, der auch Lebensmittel und allerlei Alltagsgegenstände verkaufte. Es handelte sich um die Zweigstelle eines größeren Touristikgeschäfts in Schiltach, weshalb der Laden ausschließlich in der Saison geöffnet hatte.

„Ist das Hotel jetzt im Winter auch geschlossen?", erkundigte sich Lisa und betrachtete interessiert das größte Gebäude der Siedlung.

„Nein, es hat den Winter über geöffnet, aber natürlich mit weniger Personal. Was bedeutet, dass meine liebe Cousine Ellen ordentlich mit anpacken muss."

„Ellen habe ich an meinem ersten Tag bei euch kennengelernt, nicht wahr?", fragte Lisa vorsichtig nach, denn sie erinnerte sich, dass die robust wirkende junge Frau rasch wieder verschwunden gewesen war.

„Ja, sie ist häufiger mal oben bei uns. Ihre Eltern, die Schwester meines Vaters und ihr Gatte, waren die ersten, die in diesem Tal gebaut haben. Sie betreiben das Hotel. Im Winter finden ab und zu Skiläufer her, die abseits der Skipisten wohnen wollen – oder müssen, weil dort alles überfüllt ist. Teilweise haben sie dann einen Anfahrtsweg von einer Stunde bis zur nächsten Piste."

„Ich war noch nie Skifahren."

„Falls es in den nächsten Tagen noch mehr schneit, kann ich es dir gern beibringen."

Lisa strahlte Georg an, und er gab Gas, um die Ansammlung von Häusern hinter sich zu lassen. Über einen schmalen, aber gut befahrbaren Feldweg steuerte er auf das Ufer am entlegenen, bauchigen Teil des Sees zu. Er parkte vor dem Campingplatz, der von Büschen und Birken eingerahmt wurde, und öffnete kurz darauf die Beifahrertür für sie.

„Soll ich dir gleich alles zeigen oder möchtest du die Besichtigungstour erst später machen?"

„Ich will dich nicht von der Arbeit abhalten. Am besten, ich marschiere jetzt erst einmal um den See. Wenn ich zurück bin, schauen wir, ob du noch die Zeit hast, mich herumzuführen." Ihr Blick wanderte zu der begrünten Insel, doch sie wollte ihn nicht drängen.

„Du folgst am besten den kleinen blauen Zeichen an den Bäumen. Sie markieren einen Wanderweg, der dich auch auf eine Anhöhe zwischen dem Liliensee und dem Nachbartal führt. Dort hast du eine tolle Aussicht über beide Täler hinweg. Und halte dich bitte von fallenden Fichten fern." Er zwinkerte ihr vergnügt zu, was sie auflachen ließ. Dass sie sich mit einem Baum angelegt hatte, würde sie wohl noch den ganzen Aufenthalt lang verfolgen.

Bei dem Gedanken, die Vogels schon bald wieder zu verlassen und in die Einsamkeit und Anonymität der französischen Großstadt zurückzukehren, bohrte sich ein spürbarer Schmerz in Lisas Inneres.

Umso entschlossener schulterte sie ihren Rucksack über die notdürftig geflickte Jacke und folgte einem ausgetretenen Pfad hinunter zum Ufer, vorbei an verwaisten Wiesen, auf denen vor Kurzem noch Zelte gestanden hatten. Sie warf einen Blick auf die ersten rustikalen Holzhütten, die Georg bereits errichtet hatte, ehe sie in den urwüchsigen Wald aus Tannen- und Laubgehölz eintauchte. Grünes Licht umfing sie, da hier nur wenig Schnee bis auf den Boden vorgedrungen war. Umso heller leuchtete der See, zumal dort, wo die gleißenden Sonnenstrahlen auf eine letzte dünne Eisschicht trafen, weiße Nebelgestalten dem Himmel entgegentanzten, ehe sie sich auflösten.

Die Stille um sie herum kam ihr, die sie doch in einer niemals ruhenden Großstadt lebte, seltsam laut vor. „Du bist wunderschön!", sagte Lisa halblaut in Richtung des dampfenden, schimmernden und glitzernden Sees, obwohl sie es am liebsten laut hinausgerufen hätte, so sehr hüpfte ihr Herz vor Bewunderung. Doch sie war sich sicher, dass ihre Worte dennoch als Lob in den Himmel aufsteigen würden.

Nach einigen Minuten kam sie an eine Holzbrücke, unter der jener Fluss hindurchrauschte, der den See speiste und dann quirlig sprudelnd wieder abfloss. Der See war nicht sehr groß, und Lisa schritt zügig aus, sodass sie schon bald die spitz zulaufende Stelle erreichte. Dort sprudelte das Flusswasser nach seinem unterirdisch verlaufenden Weg durch den Berg über kleine Kaskaden hinweg in den See. Lisa hielt geraume Zeit inne, um zu beobachten, wie die weißen Schneehauben auf den Steinen, Felsen und nahe gelegenen

Wiesenstreifen in sich zusammensackten und sich schließlich auflösten.

„Schade, ich hätte gern mehr Schnee gehabt", sagte sie zu den träge dahinziehenden weißen Wolken, hinter denen sich die Sonne und das Blau des Himmels immer mal wieder versteckten.

Lisa suchte nach der nächsten Wegmarkierung und fand sie neben einem von Wurzeln überzogenen, steil ansteigenden Pfad, der sich in ausladenden Kurven den Berg hinaufschlängelte. Sie geriet ordentlich ins Schwitzen, ehe sie endlich oben ankam und für die Anstrengung mit einer betörenden Aussicht belohnt wurde. In einiger Entfernung hörte sie ein Motorengeräusch, was sie daran erinnerte, dass irgendwo in der Nähe die Straße verlaufen musste, die von Vierbrücken zum Forsthaus führte.

Der Gedanke an Robert rief eine seltsam heftige Regung in Lisa hervor. Plötzlich vernahm sie ihren eigenen Herzschlag, Schneeflocken schienen in ihrem Inneren umherzuwirbeln. Dennoch war ihr nicht kalt, sondern angenehm warm, was sie noch mehr verwirrte. „Du darfst dich nicht in den Mann vergucken", sagte sie zu einer hochgewachsenen Kiefer, die nur ganz oben ein paar grün benadelte Äste aufwies. „Er wird denken, du magst ihn nur, weil du dich in seine Familie einschleichen willst."

Die Bäume rauschten, als würden sie Lisa ob dieses Gedankens auslachen.

„Und vermutlich ist es genau das, was du willst, Lisa Schwaiger. Du willst eine Familie haben. Eine Familie, wie sie es sind. Du willst sie als *deine* Familie haben."

Die Kiefer schüttelte den Kopf, als hoch über dem Schwarzwald eine heftige Windbö blies, und Lisa tat es dem Baum gleich. „Also lass es bleiben. Wehre dich gegen diese trügerischen Gefühle. Sie werden nur Verletzungen mit sich bringen."

Die Kiefer nickte, die niedrigeren Fichten hingegen schüttelten ihre Häupter.

„Na, ihr seid euch ja einig", murmelte Lisa sarkastisch und widmete sich dem Ausblick auf das Dorf Vierbrücken, durch das sich der silbrige Fluss in fröhlichen Windungen schlängelte. „Außerdem mag *er* dich ohnehin nicht."

Die Erkenntnis rührte an jener nur oberflächlich verheilten Stelle in ihrem Herzen, wo einst eine tiefe Wunde geschlagen worden war, die bereits häufiger zu heilen begonnen hatte und dann wieder aufgebrochen war. In all den Jahren, in denen ihre Mutter sie nie besucht, ihr kein Paket zu Weihnachten oder zum Geburtstag geschickt hatte, nicht mal eine Postkarte. All das hatte dafür gesorgt, dass der schwarze Schorf niemals abgefallen war.

„Vielleicht wäre es besser, wenn ich wieder nach Hause fahre", sagte Lisa zu der verwitterten Holzbank, hinter der sie stand. Der Gedanke schmerzte sie, denn in diesem Augenblick wurde ihr bewusst, dass sie zwar ein Zuhause hatte, aber keine Heimat. In Frankreich wartete niemand auf sie. Sie würde erneut allein frühstücken und zu Abend essen – und sich mit ihrem Geschirr unterhalten. Vermutlich hörte dieses ihr längst nicht mehr zu. Ebenso wie jene Menschen, die nur wenig Interesse an anderen zeigten oder vieles einfach nicht hören wollten. Denn dann müssten sie ja auf das Gesagte reagieren, vielleicht sogar helfen, Einsatz zeigen … oder sich mehr als oberflächliche Phrasen einfallen lassen; den Schmerz eines anderen mittragen …

Lisa drehte sich um, sah hinüber zu den weiß gesprenkelten Bergkämmen und schalt sich selbst. Warum verfiel sie derzeit nur so häufig in diese traurig-grauen Überlegungen? Hatte sie das nicht alles längst hinter sich gelassen? Sie war erwachsen. Sie konnte ihr Leben selbst in die Hand nehmen. Sie brauchte keine Mutter mehr.

Außerdem hatte Camille ihr sehr viel Liebe entgegengebracht und ihr ein ums andere Mal versichert, dass Lisa Gottes Kind war, und er ihr liebender Vater.

„Es ist so herrlich hier, und die Vogels geben mir das Gefühl, willkommen zu sein. Also werde ich das genießen, mich darüber freuen und zufrieden wieder zurückfahren." Sie legte den Kopf in den Nacken und schaute einer Wolke nach, die auf den nächsten Bergrücken zutrieb. Dann senkte sie den Blick auf ihre Wanderschuhe. „Und ihr werdet gefälligst ganz schnell wieder warm." Sie wackelte mit ihren eiskalten Zehen.

Robert stand am Fenster der kleinen Wohnküche, die zum Anbau und damit zu Johanns und seinem Reich gehörte. In der Hand hielt er ein Glas Wasser, seine Augen waren jedoch auf den gebraucht gekauften und reichlich verbeulten BMW 502 gerichtet, der in der bereits anbrechenden Dunkelheit nicht mehr blau, sondern schwarz aussah. Dennoch konnte er die Umrisse der beiden Personen im Inneren des Wagens sehen, die dort seit gut zehn Minuten saßen und es mit dem Aussteigen offensichtlich nicht eilig hatten.

Georg fuchtelte herum, wie er es gern tat, wenn er begeistert von einem seiner Projekte erzählte. Charlotte hatte einmal gesagt, sie wünschte, Georg würde derart aufgeregt von einer Frau erzählen. Jetzt sprach er zumindest mal *mit* einer. Das war ein echter Fortschritt – wenn es nach seiner Mutter ging. Robert war sich da nicht so sicher.

Er wusste, dass Charlotte eigens ins Hotel hinuntergegangen war, um von dort aus mit dem Beamten in Füssen zu telefonieren, da das Telefon im Forsthaus geschäftlichen Telefonaten vorbehalten war.

Schließlich wollte sie unbedingt in Erfahrung bringen, wo sich die kleine Trudi aufhielt. Seltsamerweise wusste der Beamte das auch nicht. Bei seinen Nachforschungen zu Gerdas Tochter war er nur auf Lisa gestoßen, hatte nun aber versprochen, sofort nachzuforschen, was da schiefgegangen war.

Robert hatte im Anschluss an das Telefonat einen Brief hinterhergeschickt, ohne Charlotte darüber zu informieren. Er wollte mehr über Lisa in Erfahrung bringen, fragte er sich doch, weshalb seine Mutter nichts von ihrer Existenz gewusst hatte. Ebenso irritierte es ihn, dass Lisa einfach angereist war, ohne zuvor Kontakt mit ihnen aufzunehmen. Aber dann hätte sie ja die Sache mit ihrem Alter richtigstellen müssen … Sein Verdacht, dass sie eine Betrügerin war, bestand nach wie vor, ganz egal wie freundlich und charmant sie auftrat. Dass sie stets im Haushalt half, sich einbrachte, wo sie nur konnte, und immer überaus dankbar wirkte, konnte ja eine wohlkalkulierte Masche von ihr sein. Immerhin kam sie so zumindest schon einmal zu einem kostenlosen Urlaub am Liliensee.

Allerdings würde es Robert leidtun, sollte sich sein Verdacht bestätigen. Vor allem für seine Mutter, die Lisa offenbar bereits fest in ihr Herz geschlossen hatte.

Er sah zu, wie Lisa seinem Bruder spielerisch gegen die Schulter stieß und sich leicht vorbeugte. Wie es aussah, lachten die beiden über etwas, was Georg gesagt hatte. Für ihn würde es Robert ebenfalls leidtun …

Ehe er das eigentümliche Gefühl einordnen konnte, das ihn in diesem Moment hinterrücks beschlich, gesellte sich Johann zu ihm. Sein Großvater musste wieder mal heimlich an seiner Pfeife gezogen haben, obwohl Dr. Schuster, der Arzt in Vierbrücken, sein Sohn und vor allem seine Schwiegertochter es ihm strikt verboten hatten. Der alte Mann war von einem würzigen Tabakgeruch umgeben wie von einer unsichtbaren Wolke. Er legte eine Hand auf Roberts Schulter und betrachtete ebenfalls die Silhouetten hinter der allmählich beschlagenden Windschutzscheibe.

Froren die beiden denn nicht? Robert kniff die Augen zusammen. Er hatte an so manchem Winterabend mit Irmgard vor deren Elternhaus gestanden, weil er sie einfach noch nicht hatte gehen lassen wollen. Dabei war ihm nie kalt gewesen, ganz im Gegenteil. Erst als er sich endlich auf den langen Heimweg gemacht hatte, während sie ins warme Haus gegangen war, war er sich der eisigen Temperaturen bewusst geworden. Damals hatte er für die zarte Frau nur das Beste gewollt. Sie hatte es vermutlich ebenfalls gut gefunden – und ihn heimlich für seine Naivität ausgelacht.

„Sie ist reizend. So lustig und trotzdem höflich." Johanns Händedruck auf Roberts Schulter verstärkte sich. Ob sein Großvater sich abstützen musste? Seit zwei, drei Jahren war ihm das zunehmende Alter anzumerken. Davor war er oft noch mit Heinrich und Robert in den Wald gegangen, um in seinem früheren Zuständigkeitsgebiet nach dem Rechten zu sehen.

„Ich hoffe, dass sie ist, wer sie vorgibt zu sein."

„Aber ja doch. Wen die Bäume lieben, der kann kein schlechter Mensch sein."

„Die Fichte hat ordentlich auf sie eingeprügelt", widersprach Robert und fragte sich zugleich, weshalb er überhaupt auf diese seltsame Bemerkung einging. Doch Johann hatte schon immer … eine Vorliebe für Doppeldeutiges gehabt.

„Wohl eher etwas derb gestreichelt. Aber wenigstens hat sie das Fräulein willkommen geheißen."

Robert lachte leise auf und fühlte sich gleich besser. *Weshalb noch mal habe ich mich nicht gut gefühlt?* Vermutlich aufgrund seines Misstrauens gegenüber einer Person, die alle anderen sympathisch fanden. Und weil er in diesem Zusammenhang in Sorge um seine Mutter war. Und um Georg.

„Ich war heute in Vierbrücken. Der Bürgermeister sagte, er habe dich schon im Frühjahr gebeten, oben auf dem Schiltrück mal nach den Bäumen zu sehen. Die haben wohl unter dem starken Schneefall und dem Wintersturm im Januar gelitten. Da er im kommenden Frühjahr dort einen weiteren Wanderweg anlegen lassen will, darf für die Arbeiter keine Gefahr bestehen, dass ihnen Äste oder gar ganze Bäume auf den Kopf fallen."

„Ich hab es nicht vergessen, aber es steht ganz unten auf meiner Prioritätenliste."

„Dann solltest du es jetzt weit nach oben schieben."

„Vor dem Winter mache ich da ohnehin nichts, es fällt ja noch mehr Schnee." Robert deutete auf den immer dunkler werdenden Himmel, was allerdings mehr an der Uhrzeit als an den grauweißen Wolken lag.

„Junge." Johann nahm die Hand von Roberts Schulter und wandte sich zu ihm um. Robert sah sich gezwungen, ebenfalls den Blick von der jetzt beschlagenen Autoscheibe abzuwenden. Aber er konnte ohnehin nicht mehr sehen, was im Inneren des Wagens vor sich ging.

„Es gibt die Überlegung, jeweils zwei, drei Forstgebiete im Landkreis zusammenzulegen und unter die Fürsorge eines Försters zu stellen. Der wird damit zwar völlig überfordert sein, aber das ist den Herren im feinen Zwirn egal. Die schauen nur auf die fast leeren Gemeindesäckel. Vielleicht solltest du ein klein wenig mehr Einsatz zeigen, auch wenn du bereits genug Arbeit hast. Selbst dann, wenn dir ein Ausflug auf den Berg im Augenblick nicht zielführend erscheint, was die Herren in den weißen Hemden ja nicht wissen können."

„In Ordnung. Ich fahre morgen zum Schiltrück." Robert stieß sich vom Fenstersims ab, stellte das leere Glas ins Spülbecken und ging zurück zu seiner Schreibmaschine. Durch diese unsinnige Aktion würden Aufgaben liegen bleiben, die weitaus wichtiger waren. Aber eines stand ihm klar vor Augen: Er wollte hier nicht weg. Also musste er um seinen Posten kämpfen. Was ihn jedoch irritierte, war Johanns leises Lachen, ehe er den Anbau verließ, vermutlich, um nachzusehen, wie weit Charlotte mit den Vorbereitungen für das Abendessen gekommen war.

Er hatte keine Ahnung, wie das hatte passieren können, aber nun konnte er nichts mehr daran ändern. Robert warf einen prüfenden Blick auf seine schweigsame Beifahrerin. Sie schaute aus dem Seitenfenster und wirkte dabei ziemlich verkrampft. Vielleicht lag es an der steil abfallenden Felswand, die sie zwischen den Baumstämmen hindurch sehen konnte, war die Straße doch nur ein sich in Serpentinen bergauf windender, schmaler Waldweg. Womöglich lag es aber auch daran, dass sie seine mangelnde Begeisterung über ihre Gesellschaft bemerkt hatte. Sie wäre sicher viel lieber erneut mit Georg losgezogen, zumal sich die beiden nun duzten und beim gestrigen Abendessen abwechselnd und wie ein gut eingespieltes Team lustige Zwischenfälle ihrer Bootstour zum Besten gegeben hatten. Offenbar trug die Person, die dabei beinahe über Bord gegangen wäre, nicht den Namen Lisa.

Robert konzentrierte sich wieder auf den Weg. Der Boden war über Nacht gefroren, sodass sich der Schnee vom Vortag in Eis verwandelt hatte. Je höher sie kamen, umso öfter hörte er die Räder durchdrehen. Mit jedem anderen Auto – oder mit schlechteren

Reifen – wären sie schon längst liegen geblieben, und das an einem Berghang, der ihnen keinerlei Wendemöglichkeit bot.

Lisa hat sicher eine Menge Spaß. Robert grinste grimmig vor sich hin.

Beim Frühstück hatte seine Mutter vorgeschlagen, Lisa könne doch erneut Georg begleiten, aber der war heute mit dem Leiter eines Bus- und Touristikunternehmens in Rottweil verabredet. Offenbar plante sein jüngerer Bruder eine Kooperation mit diesem und wollte die Gespräche noch vor dem nächsten Frühling zum Abschluss bringen. Dennoch hatte Georg Lisa angeboten, sie mitzunehmen, damit sie sich die Kreisstadt anschauen konnte. Lisa hatte mit den Worten abgewunken, dass sie als Städterin keinen Bedarf am Erkunden einer anderen Stadt habe. Viel lieber wolle Sie die bezaubernde Natur des Schwarzwaldes genießen, solange sie die Möglichkeit dazu habe.

Daraufhin hatte Heinrich ihr vorgeschlagen, noch länger hierzubleiben oder im nächsten Jahr wiederzukommen. Charlotte hatte beteuert, dass die historische Altstadt auf jeden Fall einen kleinen Stadtbummel wert sei, und von Johann war der Vorschlag gekommen, dass sie doch Robert hinauf auf den Berg begleiten könne, in die erhebende Stille des Schiltrücks.

Alle drei hatten gleichzeitig auf die junge Frau eingeredet, und nun saß Lisa in Roberts Jeep. Ob auch sie nicht ganz nachvollziehen konnte, wie das hatte passieren können? Jedenfalls fror sie trotz des vorgezogenen Verdecks und der Wolldecke über den Beinen und hatte vermutlich einen Anflug von Höhenangst.

Erneut drehten die Räder durch. Der Jeep schlingerte, fing sich aber wieder, nur um gleich darauf ein wenig unkontrolliert über eine Ansammlung von Gesteinsbrocken zu ruckeln, die polternd in die Tiefe fielen.

Roberts kurzer Seitenblick zu Lisa ließ ihn die Zähne zusammenbeißen. Mittlerweile hielt sie die Augen geschlossen, klammerte sich an ihrem Sitz fest und bewegte lautlos die Lippen. Ob sie betete?

Sie gehört nicht hierher. Weder in das Forsthaus noch in meinen Jeep, und ganz sicher nicht in meine Nähe, schoss es ihm durch den Kopf. Aber vermutlich war dies ohnehin der erste und letzte Ausflug mit ihm, zu dem man sie hatte überreden können. Schon bei ihrer ersten Begegnung im Wald war ihr beinahe ein Baum auf den Kopf gefallen, und im Augenblick trieb sie wohl die Furcht um, dass der Jeep jeden Moment von der Bergstraße abkommen könnte.

Robert war erleichtert, als sie endlich die Lichtung erreichten, auf der sie den Wagen ohnehin stehen lassen mussten. Er fuhr einen Bogen und parkte den Jeep so, dass sie später ohne Rangieren wieder hinunterfahren konnten, ehe er den Motor abstellte. Die paar Stunden bis dahin würde er Lisas Gesellschaft wohl aushalten.

Lisa sah ihn mit weit aufgerissenen Augen an. Vermutlich hätte die Städterin jetzt lieber eine weitere Stadt erkundet. Er grinste sie an. Seiner Meinung nach war er völlig unschuldig an der Situation; der gemeinsame Ausflug war nicht seine Idee gewesen.

„Das hat Ihnen jetzt Spaß gemacht, nicht wahr?“ Ihre Stimme zitterte, trotz des indirekten Vorwurfs, er sei absichtlich so risikoreich gefahren. Ihre Rehaugen verrieten die Angst, die sie ausgestanden haben musste.

In Robert regte sich prompt ein Anflug von schlechtem Gewissen. Vielleicht hätte er sie auf den katastrophalen Zustand der Gebirgsstraße und die steil abfallenden Berghänge hinweisen sollen, ehe sie sich neben ihn in den Jeep gesetzt hatte, voller Vorfreude auf eine Fahrt hinauf in das Mittelgebirge. *Warum habe ich das eigentlich nicht getan?* Robert stieß die Fahrertür auf. Das wäre eigentlich

Johanns Aufgabe gewesen, immerhin war der Vorschlag von ihm gekommen.

„Ab hier laufen wir“, sagte er knapp, schwang seine langen Beine aus dem Fahrzeug und knöpfte schnell seine Jacke zu. Hier oben war es deutlich kälter, zumal der Wind aufgefrischt hatte. Das stete Rascheln der Bäume war heute mehr ein angriffslustiges Brausen. Ob er die Frau nicht besser sofort wieder hinunterchauffieren sollte? Im vergangenen Winter hatte es hier erheblichen Schnee- und Windbruch gegeben. Wer wusste schon, ob die abgeknickten Bäume und herumliegenden Äste sich nicht ausgerechnet Lisa als Zielscheibe aussuchten. Das Seewasser war, glaubte man ihrer Schilderung vom Vorabend, ihr wesentlich freundlicher gesinnt als die Bäume.

Jetzt denkst du schon wie Johann.

Prüfend sah er zum Himmel hinauf, soweit die schwankenden Baumriesen ihm dies erlaubten. Er war noch genauso grau wie zu dem Zeitpunkt, als sie losgefahren waren, und im Gebirge war der Wind oft deutlich schneller unterwegs als in den Tälern. Daher sah Robert keinen Grund zur Sorge. Außerdem würde er ja ohnehin nur kurz hierbleiben, um Curt Stein, dem Bürgermeister von Vierbrücken, zu signalisieren, wie ernst er sein Anliegen nahm.

Er beugte sich wieder in den Jeep hinein, in dem sich Lisa gerade aus der Decke schälte, die seine Mutter ziemlich fest um sie gewickelt haben musste, ergriff seine schwarze Strickmütze, seine Handschuhe und die kleine Farbdose samt Pinsel. „Sind Sie so weit?“

Lisa nickte ihm lediglich zu, was ihn vermuten ließ, dass ihr sogar ein wenig übel war, stieg aber aus und knallte die Tür des Jeeps zu, als wolle sie das Gefährt für den miserablen Zustand des Waldwegs bestrafen. Wieder konnte Robert ein Schmunzeln nicht unterdrücken. Egal wie freundlich die junge Frau meist auftrat, in ihr steckte durchaus auch eine gehörige Portion Temperament. Das bewies sie ihm gleich darauf ein zweites Mal, indem sie nicht nur mit ihm Schritt hielt, sondern ihm gelegentlich sogar vorauseilte. *Wie ein übermütiges Rehkitz.* Energisch verdrängte Robert den Gedanken aus seinem Kopf, da dieser ein wenig zu bewundernd daherkam. Und im Verbund mit etwas, was er nicht einordnen konnte, geschweige denn wollte.

Erneut war Lisa ihm ein ganzes Stück vorausgeeilt, zumal er an einigen Bäumen eine Farbmarkierung anbringen musste, da sie dringend zu fällen waren, ehe sie jemandem, bevorzugt Lisa, gefährlich werden konnten.

Der kaum erkennbare Pfad zum Schiltrück hinauf wurde zum Ende hin ordentlich steil, weshalb Robert seine Begleitung mit der kecken roten Strickmütze aus den Augen verlor. Das behagte ihm nicht sonderlich, schließlich hatte er seiner Mutter versprochen, Lisa wieder heil zum Forsthaus zurückzubringen. Und selbst wenn die Bäume sich heute anständig benahmen, gab es hier genug andere Gefahren, die das Stadtkind womöglich nicht richtig einschätzen konnte. Also stellte er den Farbeimer zwischen einigen verschlungenen Wurzeln ab und hastete, teilweise die Hände zu Hilfe nehmend, zügig den Pfad hinauf.

Auf der natürlichen Lichtung, die einen weiten Blick über den Schwarzwald erlaubte, hielt er erschrocken inne. Nicht weil er Lisa in Gefahr wähnte, die nur wenige Meter von ihm entfernt auf einem umgestürzten Baumstamm stand und die Aussicht genoss, sondern … weil Lisa eben doch in Gefahr war. Und er mit ihr.

In ihrem Rücken, versteckt hinter benachbarten Bergen und hoch aufragenden Bäumen, hatte sich – so schnell, wie das hier gelegentlich geschah – eine gewaltige dunkelgraue Wolkenwand gebildet. Sie trieb bereits giftige Windböen vor sich her, die Robert durchaus als Warnung verstand, zumal tanzende Lichter im Inneren der Wolkenfront auf ein sich anbahnendes Gewitter hinwiesen. Ein Gewittersturm hier oben war alles andere als harmlos, und das nicht nur wegen der ohnehin in Mitleidenschaft gezogenen Bäume.

Robert eilte auf Lisa zu. Sie musste sein Nahen trotz des Brausens und Dröhnens gehört haben, denn sie drehte sich vorsichtig balancierend zu ihm um. Beim Anblick des dunklen Ungetüms, das sich auf sie beide zuschob, weiteten sich ihre Augen erneut.

„Sagen Sie mir bitte, dass dieses grauschwarze Monstrum hier oben normal und daher völlig harmlos ist", rief sie ihm zu und schwankte, da eine Windbö an ihr zerrte. Vorsichtshalber sprang sie auf den gefrorenen Boden hinunter.

„Das grauschwarze Monstrum ist völlig harmlos."

Zweifelnd neigte sie den Kopf. „Ich glaube Ihnen kein Wort."

„Sie wollten, dass ich das sage." *Und wir haben keine Zeit zu diskutieren.* „Kommen Sie schnell. Wir müssen hier weg."

Lisa hob die Augenbrauen, dann kam sie eilig, beinahe rennend auf ihn zu. Er drehte sich ebenfalls um und lief los. Hintereinander rutschten sie den steilen Abhang hinunter. Ein Lichtblitz geisterte zwischen den nun schwarz anmutenden Bäumen hindurch, der Donnerschlag folgte schnell. Zu schnell.

Das Brausen um sie herum wurde lauter, darunter mischte sich ein Fauchen, das Robert die Nackenhaare aufstellte. Lisas Monster war schon fast über ihnen.

Wie Geschosse flogen Blätter, Fichtenzapfen und kleinere Äste durch die Luft, vermengt mit Eiskristallen. Die Bäume ächzten und knarrten. Nur wenige Meter von ihnen entfernt rauschte eine Baumkrone dem Boden entgegen. Die rieselnden braunen Nadeln verrieten, dass sie schon lange abgebrochen war und dort oben nur noch zwischen Zweigen festgehangen hatte.

Plötzlich bewegten sich die Wurzeln unter Roberts Füßen; die gewaltige Fichte links von ihm schwankte im selben Rhythmus. Ein weiterer Windstoß, und sie würde umfallen. Instinktiv nahm Robert nicht den Weg, über den sie gekommen waren, sondern kämpfte sich einen anderen Pfad entlang, der wieder bergauf führte.

„Das ist doch die falsche –" Lisa brachte den protestierend gerufenen Satz nicht zu Ende. Die Fichte, auf deren Wurzeln Robert kurz zuvor noch gestanden hatte, kippte. Der Boden unter Lisa brach auf. Wurzeln krochen daraus hervor wie Schlangen aus einer Grube.

Lisa schrie nicht, sondern sprang mit einen beherzten Satz nach vorn. Robert fing sie auf. Gleichzeitig jagte ein weiterer Blitz über sie hinweg, gefolgt von einem Donnerschlag, der sich mit dem Aufprall des fallenden Stammes zu einem ohrenbetäubenden Krachen verband. Die Erde bebte. Harte Schneekörner trafen ihre Gesichter. Äste prasselten auf sie herunter.

Robert beugte sich über Lisa und schützte ihren Kopf mit seinem breiten Oberkörper. Er spürte ihr Zittern, also schlang er die Arme noch fester um ihren Leib. Zwischen allem, was da auf ihn einprügelte, kam ihm ein Gedanke, den er in mehrfacher Hinsicht völlig abstrus fand: *Ich habe schon viel zu lange keine Frau mehr im Arm gehalten.*

Als endlich alle Äste, die der umgestürzte Riese abgerissen hatte, zu Boden gefallen waren, richtete Robert sich auf. Die Eiskristalle kamen Geschossen gleich, obwohl ein Großteil davon an den Bäumen abprallte. Er packte Lisa an der behandschuhten Hand und zog sie hinter sich her. Keuchend stemmten sie sich den Weg hinauf. Geduckt, um sich vor den eisigen Graupeln zu schützen, rannten sie nebeneinander her über eine kleine Lichtung. Der Sturmwind stellte sich ihnen entgegen. Ohrenbetäubend, kalt, grob.

Lisa fragte nicht, wohin sie liefen. Vielleicht, weil ihr dazu schlicht der Atem fehlte. Robert hob nur einmal kurz den Kopf, um sich zu orientieren. Sie konnten nicht mehr weit von der Schutzhütte entfernt sein, die sich an eine überhängende Felswand schmiegte wie ein Katzenkind an seine Mutter. Im selben Moment sah er sie bereits, allerdings lag zwischen ihnen und der Hütte eine zweite, gut fünfzig Meter breite Waldschneise.

Das Fehlen von Bäumen bedeutete einerseits Schutz – für die Holzhütte, da sie nicht von einem umstürzenden Baum zertrümmert werden konnte, und für sie, weil sie ebenfalls genau jener Gefahr entgingen. Andererseits waren sie auf der Lichtung dem Wüten des Orkans, den harten Eisgraupeln und dem Gewitter schutzlos ausgesetzt. Dennoch rannte Robert weiter, Lisa fest an der Hand gepackt. Sie rutschte aus, taumelte; er riss sie derb hoch. Blitze erhellten den dunklen Himmel, Donnerschläge übertönten das Sturmbrausen.

Keuchend prallten Robert und Lisa gegen die Holzwand. Über ihnen ragte die Felswand hervor, bot zumindest halbwegs Schutz vor den Unbilden der Natur, die sie so hinterrücks überfallen hatten.

Robert ließ Lisa los und schob den Türriegel zurück. Sie stolperten nacheinander in das dunkle Innere der Hütte.

Mit dem Zuschlagen der massiven Tür sperrten sie das Unwetter aus. Zumindest für einen kurzen Augenblick verspürten sie ein Gefühl von Ruhe und Geborgenheit. Dann peitschte eine neue Windbö diese eigentümliche Mischung aus Hagel und Schnee gegen die Schutzhütte. Der Wind pfiff durch die Ritzen und klang dabei wie ein unbegabter Flötist. Gleichzeitig brachte er ein loses Außenholz zum Klappern, doch der Rhythmus harmonierte nicht mit der wilden, schrägen Melodie und entlockte dem Gebäude ein protestierendes Dröhnen.

Das einzige Fenster ließ nur schummriges Licht herein. Der Lärmkulisse zum Trotz konnte Robert Lisas pfeifenden Atem hören. Sie hatte erstaunlich gut mit ihm Schritt gehalten, angetrieben durch ihre Angst. Nun stand sie weit vornübergebeugt da. Vermutlich brannte ihre Lunge, während die Kälte allmählich von ihr Besitz ergriff.

„Ich mache gleich Licht“, sagte Robert laut, in der Hoffnung, dass sie ihn über das Toben des Sturms hinweg hören konnte und sein Vorhaben ihr Trost spendete. Aufgrund der Bewegung ihrer roten Mütze nahm er an, dass sie nickte.

Er ging hinüber zu einer kleinen Kommode, zog eine schwergängige Schublade auf und nahm eine Packung Zündhölzer heraus. Gleich darauf brannte neben dem Ofen eine Kerze, mit der Robert auch die Petroleumlampe auf dem kleinen Tisch entzündete. Ein weicher orangefarbener Schein breitete sich in der Hütte aus, die nur wenige Quadratmeter maß. Das Licht beschien die rustikalen, einfachen Holzmöbel und einige wenige Gebrauchsgegenstände, von denen jedoch nicht mehr als Konturen auszumachen waren.

Robert beobachtete, wie Lisa sich aufrichtete und prüfend die Umgebung musterte. Den offenen Kaminofen mit der Herdplatte, den Tisch mit seinen beiden Stühlen, eine Holztruhe, die schlanke Kommode, die winzige Tür, die, wie er wusste, in Richtung Felswand führte und von dort aus zur Toilette – ohne fließend Wasser. Ihre Augen verharrten für einen Moment auf dem schmalen Stockbett, das mit einer Plane abgedeckt war, und blieben dann an einem Stoffknäuel hängen, das auf dem Boden gleich neben der Tür lag, durch die sie gerade in das Innere der Behausung getaumelt waren.

Auch Robert betrachtete die benutzte Bettwäsche. Offenbar hatte jemand in der Hütte Schutz gesucht. Vermutlich ein Wanderer.

Er öffnete die Schranktür, wobei er das erste Mal ein schmerzhaftes Ziehen in seinem linken Oberarm wahrnahm, dieses aber als momentan unwichtig abtat. Prüfend besah er den Vorrat an haltbaren Lebensmitteln. Wie es schien, war der Fremde nur eine Nacht geblieben, denn die Konserven waren unberührt. Als Nächstes ging er durch die schmale Seitentür und schob sich zwischen Holz- und Felswand hindurch in den winzigen Anbau. Auch die Toilette war sauber. Zufrieden nickte er und zwängte sich, begleitet vom Heulen des Sturms und angeleuchtet von mehreren unmittelbar aufeinanderfolgenden Blitzen, wieder in die Hütte zurück.

Lisa stand noch an derselben Stelle, hatte sich allerdings aufgerichtet. Ihr Atem ging weiterhin viel zu schnell, aber nicht mehr ganz so angestrengt. Eine kleine Wasserlache bildete sich um ihre Schuhe herum. Sie hatte die Arme um sich geschlungen und zitterte. Vielleicht vor Angst, wahrscheinlich jedoch vor Kälte, da sie draußen ordentlich nass geworden war.

„In der Truhe liegen Wolldecken. Am besten, Sie ziehen die nassen Sachen aus und wickeln sich in eine Decke. Ich mache derweil Feuer, dann wird Ihnen schnell wieder warm."

„Wie lange werden wir hier festsitzen?" Ihre Frage war kaum zu verstehen, so sehr klapperte sie mit den Zähnen. Robert runzelte die Stirn. Lisa sollte wirklich schleunigst ihre nassen Kleider ausziehen.

„Bis der Sturm weitergezogen ist." *Ich sage dir jetzt aber nicht, dass das Tage dauern kann.*

Er wandte sich ab und stapelte Brennholz in die Ofenluke. Dabei beobachtete er aus dem Augenwinkel, wie sie die Truhe öffnete, die Schutzplane anhob und zwei braune Wolldecken herausnahm. Eine davon legte sie für ihn auf einen Stuhl, mit der anderen zog sie sich irgendwo hinter ihm zurück. Er hatte nicht vor, hinzuschauen.

Wirklich nicht. Allerdings war der kurze Moment, als er sie vorhin im Arm gehalten hatte, nicht ganz spurlos an ihm vorübergegangen. Robert verspürte deutlich mehr Sorge um Lisa als um sich selbst.

Das änderte sich auch nicht, als er feststellte, dass der Schmerz in seinem linken Arm stärker wurde, nun, da er allmählich wieder zur Ruhe kam.

Kapitel 5

Lisa hielt die Decke fest um sich geschlungen, immerhin trug sie nur noch ihre Unterwäsche. Mit einer Hand drapierte sie den Pullover und die Hose über der Stuhllehne, sodass sie nahe beim Ofen hingen. Als sie sich aufrichtete, sah sie, wie Robert, der bisher alle möglichen Handgriffe verrichtet hatte, sich aus seiner gefütterten Jacke schälte. Er betrachtete etwas an seinem Ärmel und hob dann mit einer seltsam anmutenden Bewegung den Arm. Im selben Moment bemerkte Lisa den roten Fleck auf seinem Hemdsärmel. Blutete er etwa?

Erschrocken schnappte sie nach Luft, denn sie erinnerte sich nur zu gut an die herabfallenden Äste, als der Baum umgestürzt war. Robert hatte Lisa an sich gezogen und sich wie ein Schutzschild über sie gebeugt. War er dabei verletzt worden?

Wenn es um Blut ging, war Lisa keine Heldin, und für gewöhnlich mied sie es, blutende Wunden auch nur anzusehen. Aber das war hier und heute nicht möglich. Also überbrückte sie mit wenigen Schritten die Distanz zwischen sich und Robert. Er hob den Kopf und sah ihr entgegen. Seine blauen Augen wirkten im Licht der Petroleumlampe viel dunkler als sonst, sein Blick büßte dadurch aber nichts an Intensität ein. Wie immer, wenn er ihr in die Augen schaute, rührte sich jenes flaue Gefühl in ihrem Inneren, das sie eigentlich nur schmerzhaft kannte. Letzteres überfiel sie stets dann, wenn sie eine glückliche Familie beobachtete. Wenn sie sah, wie eine Mutter liebevoll ihr Kind auf den Arm nahm oder ihm die Welt erklärte … Bei Robert hatte es jedoch keinen Schmerz, sondern eine aufwühlende Komponente im Gepäck.

„Sind Sie verletzt?" Warum nur klang ihre Stimme so rau, als hätte sie stundenlang gegen das Dröhnen des Windes angeschrien?

„Sie fallen mir jetzt aber nicht um?"

„Das habe ich nicht vor."

„Sie hatten sicher auch nicht vor, hier zu stranden."

„Das konnte ich nicht voraussehen. Ob ich umfalle oder nicht, habe ich aber im Griff. Warum haben Sie das Unwetter eigentlich nicht kommen sehen? Heißt es nicht, ein Naturbursche wie Sie kann so etwas vorhersagen?"

„Manchmal nicht …" Er winkte ab und begann, sein Baumwollhemd aufzuknöpfen.

Lisa schmunzelte. Offenbar regte sich Robert nicht weiter über die Bezeichnung „Naturbursche" auf. Vielleicht sah er sich sogar gern als einen solchen. *Oder es ist ihm völlig gleichgültig, was du von ihm hältst.*

Lisa zog die Decke wieder enger um sich, blieb aber neben Robert stehen. Sie hatte keine Ahnung, was sie jetzt tun sollte, außer auf das Ende dieses wütenden Wettergebarens zu warten. Unschlüssig darüber, ob sie sich setzen oder ein warmes Getränk zubereiten sollte, hier stehen bleiben, um sich die Verletzung ihres Begleiters anzusehen, oder sich besser in eine Ecke zurückziehen, trat sie von einem Fuß auf den anderen.

„Der Sturm flaut nicht schneller ab, Stadtmädchen, wenn Sie hier auf der Stelle treten", kam es prompt von Robert, der das Hemd über seine Schultern und Arme gleiten ließ und auf den freien Stuhl warf.

„Sicher nicht, aber mir wird wärmer."

„Setzen Sie sich an den Ofen. Das hilft ebenfalls und macht mich nicht nervös."

Lisa blieb stehen, grinste allerdings vor sich hin. Sie machte den Mann also nervös?

„Das Licht ist zwar schlecht, doch Ihr Grinsen habe ich gesehen. Glauben Sie mir bitte eines: Sie wollen hier nicht mit jemandem warten, der verärgert über Sie ist."

„Ach, ein paar Stunden halte ich das aus", behauptete sie, revidierte das gedanklich jedoch sofort. Immerhin empfand sie Roberts Misstrauen ihr gegenüber bereits als Angriff auf sich, wie sollte sie da erst ein paar Stunden zu zweit mit ihm ertragen, wenn er auch noch böse auf sie war?

Robert taxierte sie erneut mit seinem durchdringenden Blick, der gleich zwei drängende Fragen in ihr aufwarf: zum einen, warum sie ständig dieses prickelnde Gefühl überfallen musste, kaum dass er ihr seine ungeteilte Aufmerksamkeit schenkte, und zum anderen, ob er vielleicht annahm, dass sie hier mehr als nur ein paar Stunden festsitzen würden?

Robert wandte sich ab und versuchte, die Wunde an seinem Oberarm genauer zu betrachten, was ihm nicht wirklich gelang. Lisa beobachtete das Spiel seiner Muskeln an Armen und Oberkörper, der nur durch ein weißes Unterhemd bedeckt war. Dass er schwere körperliche Arbeit verrichtete, war selbst im schwachen Lichtschein der Petroleumlampe nicht zu übersehen.

„Sie könnten sich nützlich machen, Stadtmädchen."

Lisa verdrehte die Augen. Diese Anrede war wohl die Strafe für den kleinen Seitenhieb mit dem Naturburschen.

„Ich hoffe, Sie sind gegen Tetanus geimpft?", stellte sie ihm deshalb die gleiche Frage, die er nach ihrer Begegnung mit der gefällten Fichte an sie gerichtet hatte.

„In derselben Schublade, in der die Streichhölzer sind, befindet sich auch ein kleines Notfall-Set. Sie könnten mir die Holzsplitter aus der Wunde ziehen." Auf ihre Spitze ging er gar nicht erst ein, dafür nagelte sein Blick sie förmlich fest; er wollte wohl prüfen, wie sie auf seine Bitte reagierte. Befürchtete er tatsächlich, dass sie beim Anblick von Blut ohnmächtig werden würde? Da er damit womöglich recht hatte, wandte sie sich trotzig ab und zog besagte Schublade auf.

Sie fand das Gesuchte in einer Blechdose mit Weihnachtsmotiven. Robert hatte sich inzwischen auf den freien Stuhl gesetzt und die Petroleumlampe hochgedreht. Also atmete Lisa tief durch, stellte die zweckentfremdete Gebäckdose auf den Tisch und setzte sich auf die Tischplatte. Nur – wie sollte sie Holzsplitter aus Roberts Arm ziehen und gleichzeitig die Decke um ihren Körper festhalten? Ihr Blick wanderte zu ihrem nassen Pullover, der vor dem Ofen hing, sie vertrieb aber den Gedanken, ihn wieder anzuziehen. Ihr war noch immer viel zu kalt, um das klamme Kleidungsstück tragen zu wollen.

Also wickelte sie die raue Decke eng um ihren Körper und steckte sie fest, ehe sie sich erneut dem Patienten zuwandte. Für einen kurzen Moment schaute er ihr in die Augen, ehe sein Blick tiefer wanderte, bei ihren unbedeckten Schlüsselbeinen verharrte und gleich darauf wieder hinauf zu ihrem Mund ging.

Ganz plötzlich war ihr überhaupt nicht mehr kalt. Sie horchte in sich hinein, fand dort aber weder Misstrauen noch Angst, weil sie allein mit diesem Mann in der kleinen Hütte festsaß. Die Vogels waren eine rücksichtsvolle Familie, sich untereinander und anderen zugetan. Der Gedanke beschleunigte ihren Herzschlag zusätzlich.

Was tat sie hier eigentlich? Gaukelte die tiefe Sehnsucht nach einer Familie, nach einer Heimat für ihr Herz ihr vor, bereits nach so kurzer Zeit Gefühle für Robert zu entwickeln? Für einen Kerl, der sie zwar seine Wunde versorgen ließ, ihr ansonsten jedoch zutiefst misstraute? Sie durfte die in ihr schlummernden Wünsche nicht einfach auf den nächstbesten Mann projizieren, der ihr mit Freundlichkeit begegnete – zumal Robert das ohnehin nur bedingt tat. Dass er sie noch nicht aus dem Forsthaus geworfen hatte, lag einzig und allein an seiner Mutter und deren großem Herzen für die Fremde, die zufällig die Tochter einer verstorbenen Freundin war.

„Dann zeigen Sie mal her."

Robert hob die Augenbrauen. „Ihr bissiger Tonfall lässt mich ein wenig um meinen Arm fürchten."

„Ich amputiere nur dienstags und freitags."

„Heute ist Dienstag."

„So? Daran hätten Sie mich besser nicht erinnern sollen." Sie beugte sich vor, konnte aber nicht wirklich viel sehen. Also umgriff sie mit beiden Händen Roberts Arm und zog ihn näher zu sich. Seine Haut war warm und erstaunlich weich. Für einen Moment hielt sie inne und betrachtete die blasse Narbe, die sich unter seiner Achsel hindurch bis zum Brustmuskel zog. Ob sie von einem Arbeitsunfall herrührte? Der Mann lebte offenbar nicht ganz ungefährlich.

Die Haut an seinem Oberarm war aufgeplatzt, wobei die Verletzung nicht wirklich tief ging. Vermutlich hatte ihn ein großer abgebrochener Ast getroffen. Allerdings befanden sich einige Holzsplitter, Tannennadeln und winzige Moosblättchen in der noch immer blutenden Wunde.

„Sie sagen mir, wenn ich aufhören soll."

„Ich bin ein zäher Naturbursche, schon vergessen?"

„Die haben vermutlich auch Gefühle."

Erneut schenkte er ihr diesen aufwühlend intensiven Blick, was dazu führte, dass die Hand, mit der sie die Pinzette hielt, zu zittern begann.

„Schmerzen und so was", fügte sie schnell hinzu und ärgerte sich darüber, dass ihre Stimme schon wieder heiser klang.

Dieses Mal grinste er und sah dabei aus wie ein Schuljunge, der wusste, dass der Lehrer jeden Moment auf den von ihm initiierten Streich hereinfallen würde.

Nur mit Mühe konnte Lisa den Blick von seinem Gesicht abwenden und sich auf die Verletzung konzentrieren. Sie zog zuerst die größeren Verunreinigungen heraus und legte sie in einer Reihe auf den Tisch. Um besser sehen zu können, wo sie mit der Pinzette zupacken konnte, musste sie sich weit nach vorn beugen. Plötzlich strich Robert ihr eine Haarsträhne hinters Ohr, vermutlich weil diese ihn gekitzelt hatte. Sicherlich ahnte er nicht einmal, was diese Geste in Lisa auslöste. Schrecken und Sehnsucht vermengten sich zu einer Kugel, die mit zunehmender Geschwindigkeit durch ihre Adern raste, ihren Atem zum Stocken brachte, ihren Herzschlag beschleunigte und – weil sie sich gegen all das wehrte – einen Kummer in ihr wachrief, der schon immer ungewollt in einer Ecke ihres Herzens gesessen hatte. Wie ein Klecks Farbe, der versehentlich vom Pinsel auf ein Gemälde getropft war. Das, was Robert gerade getan hatte, war die Geste einer liebenden Mutter. Die eines Liebhabers. Und beides war ihr verwehrt.

„Sind Sie fertig?" Seine Stimme klang belegt. Vor Schmerz, vermutete Lisa.

„Leider nicht, da sind noch zwei Splitter, die sehr tief und fest sitzen."

„Dann mal los."

„Es tut mir leid."

Wieder musterte er sie, und prompt verspürte sie erneut jenes aufwühlende Prickeln.

„Sie brauchen sich nicht zu entschuldigen. Es war ja nicht Ihre Schuld."

„Vielleicht wären Sie aufmerksamer gewesen, wenn ich nicht dabei gewesen wäre –"

„Nun nehmen Sie sich mal nicht wichtiger, als Sie sind. Das Unwetter kam aus einer eher ungewöhnlichen Richtung und mir war der Blick darauf versperrt." Nun klang er beinahe so kalt, wie die Eisgeschosse draußen es gewesen waren. Unwillkürlich blickte Lisa zum Fenster. Weiße Fantasiewesen stoben hierhin und dorthin; der Eisregen hatte sich in ein wildes Schneegestöber verwandelt. Noch immer blitzte es, das Donnergrollen erklang nun aber in weiterer Entfernung. Allerdings rüttelte der Wind nach wie vor an der Schutzhütte, als wollte er sich gewaltsam Einlass verschaffen.

Der Sturm dort draußen tobte zerstörerisch, ganz ähnlich wie der in Lisas Herzen. Vor allem nach der Abfuhr, die sie gerade bekommen hatte. Offenbar hatte Robert sich daran erinnert, wer sie war: ein ungebetener Gast, jemand, dessen Motiven er nicht traute. Einmal mehr war sie … ungewollt.

Lisa presste die Lippen zusammen und zog zwar möglichst vorsichtig, aber ohne ein weiteres Zögern die verbliebenen Splitter aus der offenen Wunde. Schließlich tupfte sie diese mit einer Jodlösung ab, wobei sie das leise Zischen, das Robert zwischen zusammengebissenen Zähnen hervorstieß, geflissentlich überhörte. Sie legte ihm einen Verband an, so gut sie es eben konnte, und rutschte dann von der Tischplatte. Erst da wurde ihr bewusst, dass die zuvor um ihren Oberkörper gewickelte Decke mittlerweile bis zu ihrer Hüfte hinuntergerutscht war. Ihr feuchtes Unterhemd war das einzige Kleidungsstück, das sie bedeckte.

Hektisch zog sie die Wolldecke höher und umklammerte sie wieder mit einer Hand. Entsprechend lange dauerte es, bis sie das, was sie aus der Wunde gezogen hatte, mit einem Stück Zeitungspapier aufgenommen und in das prasselnde, angenehm wärmende Feuer im Ofen geworfen hatte. Sie säuberte die Pinzette mit einem Tuch und legte sie zurück in die Dose.

Als sie sich umdrehte, weil es nichts mehr zu tun gab, saß Robert noch immer auf dem Stuhl, den Ellenbogen auf die Tischplatte gestützt, und sah ihr ungeniert zu. Auf seiner Stirn zeigten sich Falten, die entweder sein wiedererwachtes Misstrauen ihr gegenüber verdeutlichten oder Reue über seine nicht eben höfliche Wortwahl. Lisa wünschte, es wäre Letzteres, bezweifelte es allerdings.

Sie wandte sich ab und trat an das kleine Fenster. Die Welt dort draußen versank in einem weißen Chaos. Nicht einmal die nahe gelegenen Felsen oder die nächsten Büsche waren mehr zu sehen. Einzig die in Wellenbewegungen herbeigepeitschten Schneeflocken, mal bauschig dick, dann wieder klein, aber biestig fest, stoben vorbei.

Es war Camille zu verdanken, dass es in Lisas Herz nicht genauso aussah, wenngleich manche Äußerungen jene innere Kälte samt Sturm durchaus zu neuem Leben erwecken konnten. Vor allem diejenigen, die von Menschen kamen, für die Lisa Zuneigung empfand. Zu hoffen, anerkannt, respektiert und vielleicht ein klein wenig gemocht zu werden, brachte immer auch die Gefahr eines entfesselten Schneesturms in ihrem Herzen mit sich. Denn allzu oft erhoffte sie sich zu viel.

Lisa lehnte die Stirn gegen die kalte Scheibe. Diese beschlug unter ihrem Atem, doch da draußen ohnehin nur weiße Schleier zu sehen waren, als tanzten unzählige Bräute mit wehendem Kopfschmuck einen eigenwilligen Reigen, störte sie das nicht.

Es ist nicht wichtig, dass jeder in deinem Umfeld dich liebt, respektiert, dir Vertrauen entgegenbringt und dich schätzt, Lisa. Aber es ist wichtig, dass du weißt: Ich tue es. Und Gott. Lisa schloss die Augen, als sie in sich Camilles freundliche Stimme vernahm. *Er hat so viel Liebe für dich, dass dein Herz, würde man es daran messen, rot glühen müsste. Vergiss das nie. Gleichgültig ob Menschen dir mit Desinteresse oder gar mit Verachtung begegnen: Du bist die Tochter des Schöpfers der Welt.*

Lisa bedauerte es zutiefst, dass sie heute nicht mehr diese heilende Wärme in sich verspüren konnte. Damals, als sie noch ein jungen Mädchen gewesen war, war es ihr so vorgekommen, als würde Gott selbst die Arme um ihren vom Weinen verkrampften Körper legen, um ihr all den Trost zu geben, den ihre wunde Seele so dringend benötigte. War dieser Trost, dieses Wissen um Gottes Liebe denn mit Camille zu Grabe getragen worden?

„Ich vermisse dich", flüsterte sie dem Fensterkreuz zu.

Vermutlich war „Naturbursche" eine viel zu freundliche Bezeichnung für ihn, passender wäre wohl „hinterwäldlerischer Holzkopf". Da bemühte sich Lisa darum, seine Wunde zu versorgen, obwohl sie beim Anblick des Blutes unübersehbar blass um die Nase geworden war, und er verletzte sie mit Worten, anstatt ihr für ihre Hilfe zu danken. Offenbar hatten seine verqueren Gefühle einen Kurzschluss zwischen dem verbrannten Teil seines Herzens und seinem Gehirn verursacht.

Wie konnte er sich nur so vehement zu dieser Fremden hingezogen fühlen, von der er nicht einmal wusste, wer sie wirklich war und was sie sich von seiner Familie erhoffte? Er hatte, was junge Frauen anbelangte, schon einmal eine unglaublich dumme und äußerst schmerzliche Entscheidung getroffen, und er würde diesen Fehler sicher nicht wiederholen. Einen zweiten Großbrand in seinem Herzen würde er nicht überleben, denn er war wie sein Vater: Wenn er liebte, dann liebte er richtig; voller Hingabe. Also galt es, sein Herz hinter einem möglichst breiten und hohen Stapel gefällter Baumstämme zu verstecken. Dies bedeutete aber nicht, dass er unhöflich zu Frauen sein durfte, schließlich waren nicht alle so wie Irmgard. Zumindest hoffte er das. Zu allem Überfluss war Lisa gerade dabei, das vor seinem Herzen sorgsam aufgestapelte Holz umzustoßen.

Er mochte ihren Humor und dass sie sich von ihm nicht einschüchtern ließ. Ebenso, dass sie so herrlich unkompliziert und einfühlsam mit seinem etwas gewöhnungsbedürftigen Großvater umging und stets hilfsbereit war. Ihren Dialekt fand er entzückend. Sie hatte Mumm und nicht nur die Augen eines Rehkitzes, sondern konnte auch laufen wie ein solches.

Andererseits war da diese Seite an ihr, die er nicht durchschaute. Viel zu viel in ihrem Leben erschien ihm undurchsichtig. Und zweifelhaft. Sie wirkte berechnend und zugleich – wie jetzt wieder – schreckhaft und verletzlich. Dabei blieb ihm nichts anderes übrig, als erneut den Vergleich zu einem Reh ziehen. Aber dessen Leben war einfach und beständig, was auf Lisas sicher nicht zutraf. Andererseits gehörte das Reh zur Familie der Trughirsche. Wenn das nicht bezeichnend war …

Robert bemühte sich, seinen schmerzenden Arm wieder in den Hemdsärmel zu zwingen. Während er sich das Hemd zuknöpfte, war er endlich so weit, sich einzugestehen, dass er vorhin tatsächlich daran gedacht hatte, Lisa zu küssen. Ihr Schmollmund war einfach zu einladend nah gewesen. Er schloss für einen kurzen Moment die Augen und spürte dem Ziehen in seinem Brustkorb nach.

Schmerzlich und süß zugleich, Sehnsucht vermengt mit vielen weiteren Gefühlen, die er sich nicht erlauben wollte. Auf keinen Fall für eine Frau, von der er befürchten musste, dass sie nicht die war, die sie vorgab zu sein.

Er hörte sie etwas murmeln, als spräche sie mit dem Schnee, der in dramatischem Gebaren vor dem Fenster vorbeistob, und das in einer Menge, die ihn besorgt ein Auge zukneifen ließ. Wenn sich der Schneesturm nicht bald verzog, würden sie die Nacht hier verbringen müssen. Vielleicht sogar mehr ...

Er und Lisa. Das war nichts, was er sich wünschen würde, ganz einfach deshalb, weil er seinen Gefühlen nicht mehr so recht über den Weg traute – seit gestern, als er Georgs und Lisas fröhliches Miteinander erlebt hatte. Das hatte in ihm Sorge um seinen Bruder ausgelöst, denn Robert wollte nicht, dass auch bei Georg einzig ein versengtes Herz zurückblieb, sobald Lisa wieder in ihre französische Großstadt abgereist war. In diese Sorge um Georg hatte sich etwas eingeschlichen, was er damals, als Irmgard ihm von ihren Männergeschichten und dem Kind unter ihrem Herzen erzählt hatte, ebenfalls empfunden hatte – nur heißer, verzehrender und verzweifelter: Eifersucht.

Nein, Lisa verwirrte ihn zu sehr, als dass sie mehrere Stunden, womöglich sogar Tage miteinander in der Schutzhütte verbringen sollten. Andererseits: Hier konnte sie sich nicht vor ihm zurückziehen, nur schwer ihr wahres Ich verstecken. Wenn er mehr über ihren Charakter herausfinden wollte, obendrein mehr, als er durch einen Antwortbrief aus Füssen erfahren würde, bot sich ihm hier in der Abgeschiedenheit die beste Möglichkeit dafür.

„Haben Sie Hunger? Möchten Sie auch einen Kaffee?“

Lisa drehte sich langsam zu ihm um. Auf Französisch murmelte sie: „Ist das so eine Art Entschuldigung und ein Dankeschön?“

Er reagierte nicht, um ihr nicht zu verraten, dass er der französischen Sprache mächtig war. Fragend hob er die Augenbrauen, was ihr ein zartes Lächeln entlockte. Da war es wieder, das scheue Reh, das in ihm einen übertrieben großen und unerwünschten Beschützerinstinkt weckte.

„Ein Kaffee wäre schön."

Er nickte ihr zu und machte sich daran, Wasser in einen Topf zu füllen. Dabei handelte es sich um Regenwasser, das draußen in einem Überlaufbehälter gesammelt wurde. Robert war erleichtert, dass es nicht gefroren war. Sein Arm schmerzte, als er den gusseisernen Topf auf die Kochplatte des bollernden Ofens stellte. Im nächsten Augenblick stand Lisa neben ihm.

„Lassen Sie mich das lieber machen."

„Ich bekomme das schon hin." Sie sollte ja nicht glauben, dass er sich von einer harmlosen Fleischwunde in die Knie zwingen ließ.

„Ich möchte meinen Kaffee gern aus einer dieser schmucken, verbeulten und angelaufenen Blechtassen genießen, nicht vom Boden schlürfen."

„Sie haben ganz schön hohe Ansprüche." Schmunzelnd, da ihr Lachen ansteckend war, machte er ihr Platz, behielt sie aber im Blick, damit sie mit ihrer Decke dem Feuer nicht zu nahe kam. Sie hantierte eine Weile herum, in dem Versuch, die Decke fester um ihren Körper zu schlingen, und gab es schließlich auf. Genervt warf sie sie über den freien Stuhl. Das fließende Unterhemd mit der Spitze am Halsausschnitt und den zarten Trägern war hübsch anzusehen, zeigte aber entschieden zu viel von Lisas rosiger Haut. Und erst diese Beine …

Leise vor sich hin brummend knöpfte Robert sein Hemd wieder auf, betrachtete kurz den Riss im Ärmel und reichte es ihr. Sie lächelte ihn an, was er erneut äußerst mutig von ihr fand, vor allem in dieser Aufmachung, und zog sich dann das Kleidungsstück über. Da sie beinahe darin versank, krempelte sie die Ärmel hoch.

Robert rieb sich gequält den Nacken. Der Anblick von Lisa in seinem Hemd, das ihr fast bis zu den Knien reichte, half ihm nicht wirklich dabei, sie zu ignorieren. Ruckartig wandte er sich ab und stellte sich ans Fenster.

Der richtige Augenblick für ihn, den Sturm kommen zu sehen, wäre vor der Fahrt in die bewaldeten Berge gewesen, doch da war das Unwetter vermutlich noch zu weit weg gewesen. Sein Großvater war gut darin, aufkommende Unwetter zu erkennen, selbst wenn sie noch weit entfernt waren. Dieses Mal hatte sein Instinkt wohl versagt, sonst hätte Johann kaum darauf gedrängt, dass sein Enkel heute auf den Schiltrück hinauffuhr und auch noch Lisa mitnahm.

Robert kniff die Augen zusammen und warf einen irritierten Blick über die Schulter hinweg zu Lisa. Die junge Frau hantierte weiterhin am Ofen herum, doch der Kaffeeduft verriet ihm, dass sie gefunden hatte, was sie benötigte.

Was einen bevorstehenden Wetterumschwung anbelangte, täuschte sich sein Großvater nur selten. War es möglich …? Robert verwarf den Gedanken, Johann könnte all das hier geplant haben, hoffte jedoch, dass der Sturm sich innerhalb der nächsten Stunde legen würde. Dabei raunte eine leise Stimme in seinem Inneren ihm zu, dass er das doch eigentlich gar nicht wollte. Robert brachte sie energisch zum Schweigen. Er mochte in Lisas Augen ein einfacher Naturbursche sein, aber er war durchaus vernunftbegabt und ein Ehrenmann. *Dumm nur, dass in Letzterem auch das Wort „Mann“ steckt. Das bist du nämlich auch, Naturbursche.*

Lisa trug die Blechtasse mit dem dampfenden Inhalt ans Fenster und reichte sie Robert, der sich zwar bei ihr bedankte, sie gleichzeitig aber mit einem unfreundlichen Blick bedachte. Ihr war nicht ganz klar, ob sie die Stimmungsschwankungen des Mannes bedenklich oder vielmehr belustigend finden sollte. Jedenfalls waren sie ebenso unvorhersehbar wie das Wetter auf dem Schiltrück.

Schulterzuckend wandte sie sich ab, setzte sich auf den Stuhl, stellte die Fersen auf die Sitzfläche und zog die Decke über ihre Beine.

„Würden Sie bitte den Docht der Petroleumlampe herunterdrehen, Fräulein Lisa? Wir sollten damit nicht verschwenderisch umgehen."

Lisa stellte ihre Tasse wieder ab und folgte seiner Aufforderung. Ob er so grimmig dreinschaute, weil ihm inzwischen bewusst geworden war, dass sie hier oben festsaßen? Sie hatte vorhin durchs Fenster beobachtet, wie die Schneeschicht Zentimeter um Zentimeter gewachsen war. Zwar trieb der Wind die weiße Masse direkt an die Felswand und türmte sie dort auf, dennoch hatte der rasch wachsende Hügel Lisa besorgt gestimmt.

Langsam und genießerisch trank sie den heißen Kaffee, schloss dabei die Augen und lauschte auf das Toben des Unwetters. Hier drinnen fühlte sie sich sicher, zumal der Ofen die Hütte ordentlich heizte und sich eine heimelige Wärme darin ausgebreitet hatte. Sie war froh, dass Robert sie hierher statt zurück zum Jeep gebracht hatte, denn sonst würden sie jetzt vermutlich eingeschneit im kalten Auto sitzen.

Sie warf einen heimlichen Blick in seine Richtung. Der junge Förster stand am Fenster, die Tasse in der Hand, und blickte auf das, was sich ihm draußen zum Betrachten anbot – was nicht viel sein konnte. Weiße Schneeflocken vor einer weißen Wand. Irgendwie trostlos und dennoch ungezähmt und voller Leben.

Ja, sie war froh, nicht allein zu sein. Vielleicht wäre es mit Georg lustiger gewesen, doch Robert strahlte eine angenehme Ruhe aus. Er vermittelte ihr ein Gefühl von Sicherheit, gleichgültig wie grimmig er sie anschaute.

Lisa lächelte in ihre Tasse hinein. Sie amüsierte sich über sich selbst, weil auch sie ganz offensichtlich nicht wusste, was sie denken und fühlen sollte, und somit Roberts Stimmungsschwankungen in nichts nachstand.

Nachdem sie ihren Kaffee ausgetrunken hatte, lehnte sie sich mit geschlossenen Augen zurück. Sie dankte Gott für die Decke, das Feuer im Ofen und die Schutzhütte. Und für den Forstmeister, der gewusst hatte, dass es Letztere gab und es besser war, hierher zu flüchten.

„Spielen Sie Karten?"

Roberts Frage ließ sie träge die Augen öffnen. Er lehnte jetzt mit dem Rücken am Fenster und wirkte in der langen Unterhose, die er unter seiner Uniform getragen hatte, und dem Unterhemd wie die in Stein gemeißelte Statue eines Sportlers – wäre da nicht der verbeulte Blechbecher in seinen Händen.

Bedauernd schüttelte Lisa den Kopf. „Als Kind habe ich fast immer draußen gespielt, und bei Tante Camille gab es keine Gesellschaftsspiele …"

Sein Blick war nachdenklich auf sie gerichtet, dann stieß er sich ab, nahm im Vorbeigehen ein Kartenset von der Kommode und stellte erst seine, dann ihre Tasse neben die improvisierte Vorrichtung mit dem Wasserhahn. Schließlich schob er den Tisch vor die Truhe, stellte einen Stuhl dazu und winkte sie herbei. Sie tat ihm den Gefallen, und als er sich auf die Truhe setzte, wurde ihr bewusst, dass er ihr abermals den wärmeren Platz nahe des Ofens überließ.

„Möchten Sie Ihr Hemd wiederhaben? Ich kann mich genauso gut in die Decke wickeln."

Robert übersprang zwar die Frage, ob sie denn ein Kartenspiel lernen wolle, war aber dennoch ein Gentleman. „Nichts da. Sie wollen mich nur ablenken, damit Sie gewinnen." Er zwinkerte ihr zu, und sie zwang sich, ihren offen stehenden Mund rasch wieder zu schließen. Sobald Robert sein Misstrauen ablegte, war er offenbar ein durchaus umganglicher Mensch, seinem jüngeren Bruder gar nicht mal so unähnlich.

„Dann lassen Sie uns wenigstens die Plätze tauschen, damit Sie näher am Ofen sitzen."

„Es geht mir gut."

„Weil Sie jedes Jahr einmal in so einen Schneesturm geraten?"

„Richtig. Das zeigt mir, dass ich ein vergänglicher Mensch bin und die Natur zu respektieren habe."

„Jetzt klingen Sie wirklich wie ein Naturbursche."

„Das wollte ich hören, Stadtmädchen."

„Und weiter?"

„Die Wärme des Feuers wird Sie einlullen, und ich gewinne das ganze Bargeld, das Sie dabeihaben."

„Bei einer Bergwanderung?" Sie lachte auf und zog die Beine wieder an. „Wie heißt das Spiel?"

„Binokel."

„Klingt lustig."

„Das werden wir sehen." Seine Augen funkelten sie im unruhigen Schein der Lampe herausfordernd an.

„Gut, dann erklären Sie es mir. Ich bin ganz Ohr." Lisa nahm die Herausforderung an, wohl wissend, dass sie, die sie das Spiel erst einmal erlernen musste, im Nachteil war. Aber sie konnte sehr gut mit Formen und Farben umgehen, und auf den Spielkarten waren eindrückliche Bilder zu sehen. Sie würde sich jede gespielte Karte merken können, gleichgültig ob die Wärme sie ein wenig „einlullen“ würde, wie er es genannt hatte.

„Du hast keine Chance, Naturbursche!“, sagte sie auf Französisch, und da er sie nur irritiert ansah, bestätigte sich ihr Verdacht, dass er dieser Sprache nicht mächtig war.

Kapitel 6

Wie haben Sie das gemacht?" Robert stellte die Frage nun schon zum zweiten Mal, während er ihr den tropfenden Teller abnahm und ihn abtrocknete.

„Anfängerglück", erwiderte sie lachend und tauchte den anderen Teller in die Plastikschüssel mit heißem Wasser.

„Das lasse ich bei drei, vier Runden gelten, aber nicht bei *elf!*" Theatralisch fuchtelte er mit dem Geschirrtuch in der Luft herum.

„Die ersten paar Male haben Sie doch gewonnen."

„Ja, bis Sie den Dreh raushatten. Irgendeinen Dreh, den ich nicht durchschaue."

Gespielt aufgebracht spritzte sie ihn nass. „Sie denken, ich schummle?"

„Geben Sie es zu, Sie sind eine –" Robert stockte, presste die Lippen zusammen und schüttelte den Kopf.

Lisa ging auf Abstand. „Sagen Sie es nur. Sie glauben, ich bin eine Betrügerin. Beim Kartenspiel und auch im Leben." Die ausgelassene Stimmung zwischen ihnen brach wie zu dünnes Eis unter einem Schlittschuhläufer. Prompt fröstelte Lisa.

„Entschuldigen Sie bitte."

„Entschuldigen Sie sich nicht für etwas, von dem sie annehmen, dass es wahr ist."

„Ist es denn wahr?"

Lisa hob den Kopf und sah ihm ins Gesicht. Er schien sie regelrecht anzubetteln, ihm die Wahrheit zu sagen. Eine Wahrheit, mit der er gut leben könnte und die seine Lieben nicht belasten würde, die Lisa bereits ins Herz geschlossen hatten.

Du musst mir einfach nur glauben. Ist das denn so schwer? „Was hätte ich davon, Ihnen und Ihrer Familie vorzuspielen, Gerdas Tochter zu sein? Es ist doch nicht so, dass Sie ein riesengroßes Erbe verwalten, das sie hinterlassen hat. Es gibt nichts, was ich von Gerda haben möchte." *Denn sie hat mir nie etwas gegeben.* „Oder von Ihrer Familie." *Das stimmt nicht ganz, Lisa. Dir gefällt es, dass Heinrich, Charlotte, Johann und auch Georg dich aufgenommen haben wie eine lange vermisste … Tochter. Du hättest die Vogels gern weiterhin als deine Familie. Du möchtest sie behalten. Wie eine wunderschöne Muschel, die man findet, aufhebt und nicht mehr hergibt.*

„Das wird sich alles klären. Sowohl meine Mutter als auch ich haben Nachforschungen angestellt. Meine Mutter sucht natürlich hauptsächlich nach der kleinen Trudi, die sie eigentlich erwartet hatte."

Lisa nickte, nahm die Hände aus dem Spülwasser und wandte sich von ihm ab. Sie wollte nicht, dass Robert den Schmerz sah, den seine Worte bei ihr hervorriefen. Schließlich konnte er nichts dafür, dass sie sich ein Leben lang ungewollt gefühlt hatte. Er konnte nicht wissen, dass er gerade einen dicken schwarzen Pinselstrich auf eine Leinwand gemalt hatte, die sie immer wieder aufzuhellen versuchte, was ihr aber nie wirklich zu gelingen schien.

„Lisa, ich –"

Sie hob die Hand, und er verstummte. Ohne sich weiter um ihn zu kümmern, weil sie erneut damit beschäftigt war, den Sturm der Gefühle in sich zu befrieden, öffnete sie die Truhe, schlug die Schutzplane beiseite und zog die rotkarierte Bettwäsche hervor.

Robert ließ sie gewähren, also nahm sie die Tücher von den Matratzen und bezog sie, wobei sie auf das obere Bett klettern musste, um das zu bewerkstelligen.

Vielleicht hatte er verstanden, dass sie jetzt ihre Ruhe brauchte. Und Beschäftigung für ihre Hände.

Nachdem Robert von der Toilette zurückgekommen war, huschte Lisa durch die Hintertür in den schmalen Spalt zwischen Fels- und Holzwand. Als sie zurückkam, lag er bereits im unteren Bett, den Rücken zu ihr gewandt. Er hatte die Lampe gelöscht, sodass lediglich der Schein des Feuers die Hütte beleuchtete. In einer fließenden Bewegung und ohne den Mann dabei aus den Augen zu lassen, zog Lisa sein Hemd aus, beließ es bei einer Katzenwäsche und kletterte dann rasch die Holzleiter hinauf in die obere Koje. Erst als sie lag, wurde ihr bewusst, wie schmal das Bett war. Ob Robert darin überhaupt würde schlafen können?

Ihr zweiter Gedanke galt dem Umstand, dass sie in einem Raum mit ihm übernachten würde. Prompt beschleunigte sich ihr Pulsschlag. Da half es ihr wenig, sich selbst zu versichern, dass Robert sie nicht sonderlich gut leiden konnte, obwohl er während des Kartenspielens entspannt und fröhlich gewesen war. Dies hatte aber nur so lange angehalten, bis ihm beinahe das Wort „Betrügerin" über die Lippen gerutscht war. Sicher hatte Robert das auf ihr Binokel-Spiel bezogen, und sie hätte es auch so verstanden, wenn er nicht abrupt geendet hätte. Vermutlich war ihm in diesem Moment in den Sinn gekommen, wen er da eigentlich vor sich hatte. Dass er ihr misstrauen wollte. Musste. Weil sie nicht diejenige war, die seine Familie erwartet hatte.

Ganz offensichtlich hatte Robert nach wie vor Schwierigkeiten damit, zu akzeptieren, dass auch sie Gerdas Tochter war, selbst wenn seine Mutter nichts von ihrer Existenz gewusst hatte. Nicht mal bei der Taufe der kleinen Trudi schien Lisas Name gefallen zu sein … Das zu wissen, tat unsäglich weh.

Lisa krümmte sich zusammen, dabei gab das Bett ein Knarren von sich, als trauerte es mit ihr und würde stellvertretend den verzweifelten Seufzer ausstoßen, den Lisa unterdrückte.

Verständlicherweise konnte ein ehrlicher und geradliniger Mensch wie Robert nicht nachvollziehen, dass seine Mutter nichts von Lisa gewusst haben konnte, weil Gerda Charlotte die Existenz ihrer älteren Tochter verschwiegen hatte. Er war in einer intakten Familie aufgewachsen, in der es selbstverständlich war, ein Leben lang füreinander einzustehen. Ob es nicht an der Zeit war, ihm dahin gehend die Augen zu öffnen, dass es auch Familien gab, die völlig anders funktionierten? Nämlich gar nicht. Weil die Eltern ihre Kinder vernachlässigten oder gar … verstießen?

Lisa öffnete die schwer gewordenen Augenlider. Direkt über ihr befand sich das spitz zulaufende Dachgebälk. Schatten, vom Feuer geboren, tanzten darin, bildeten Figuren, Tiere und Muster, die sich ebenso rasch wieder auflösten, wie sie zum Leben erwacht waren. Lisas Blick blieb an zwei Astlöchern hängen, darunter verlief eine geschwungene Maserung. Ein Augenpaar und ein Lächeln. Ein sanfter, tröstender Blick war da auf sie gerichtet; er hatte etwas seltsam Ermutigendes an sich.

„Ich bin praktisch allein aufgewachsen." Lisa schrak zusammen, als ihre Stimme das Knacken und Fauchen des Feuers und das Dröhnen des Sturms durchdrang. Sie hatte nicht laut gesprochen, eher zögernd, fast fragend, da sie nicht wusste, ob Robert sich für ihre Geschichte interessierte und ob sie überhaupt imstande war, ihm all die schmerzlichen Einzelheiten anzuvertrauen. Denn sie hatte seiner Familie eine Menge von dem verschwiegen, was sie ausmachte. Allerdings rechtfertigte dies nicht sein Misstrauen.

Die Stille zwischen ihr und Robert klang ungewöhnlich laut, als forderte sie Lisa auf, sich ihm gegenüber endlich zu öffnen. Sollte sie das wirklich tun? Es würde sie verletzlich machen, noch mehr, als sie es ohnehin schon war. Andererseits war Robert – trotz all seiner Vorbehalte ihr gegenüber – ein überaus … liebenswerter Kerl.

„Meine Mutter war immerzu mit anderen Sachen oder anderen … Menschen beschäftigt. Ich habe mich in der Nachbarschaft zum Essen eingeladen, was damals in der winzigen Dorfgemeinschaft im Allgäu durchaus funktioniert hat. Vermutlich hatten die Frauen im Dorf Mitleid mit mir."

Lisa konzentrierte sich weiterhin auf das liebevolle Lächeln über ihr, das durch den Feuerschein hervorgehoben wurde. Es blieb, während die anderen figürlichen Trugbilder kamen und gingen. Ebenso wie die Männer im Leben ihrer Mutter – und damit auch in ihrem – gekommen und wieder gegangen waren.

Anstatt des Mitleids der Dorfbewohner hätte sie damals Liebe, Aufmerksamkeit und Führung benötigt. Doch das war Lisa nicht bewusst gewesen. Ihre Einsamkeit und so manches Mal ein nagendes Hungergefühl waren allgegenwärtig gewesen.

„Wir Kinder aus dem kleinen Dorf haben uns zwangsläufig zusammengetan und sind überall ein- und ausgegangen. Nur bei uns nicht, schließlich stellte dort niemand Milch oder Saft bereit, niemand backte Kuchen oder bat die Kinder um kleine Hilfsdienste. Denn unser Garten war eine einzige Wildnis. Dort gab es keine Beeren zum Zupfen und Entstielen, keine Schnecken mussten dringend eingesammelt werden … Nichts." *„Nichts" ist das, was Gerda mir gegeben hat.*

„Die Jahre nach dem Krieg waren hart", wandte Robert leise, jedoch nicht vorwurfsvoll ein, wofür Lisa ihm dankbar war. Demnach hielt er sie nicht für einen Menschen mit überzogenen Wünschen oder Ansichten? Vielleicht wollte er ihr mit seiner Bemerkung aber auch nur zu verstehen geben, dass er ihr aufmerksam zuhörte. Oder einen Impuls, den Blickwinkel zu ändern, ihr früheres Leben aus der Sicht einer alleinerziehenden Mutter zu betrachten?

Lisa fand es angenehm, wie offen er seinen Zweifel darüber aussprach, ob ein kleines Mädchen die Lage seiner Mutter überhaupt richtig einzuschätzen wusste. Allerdings konnte sie sich noch gut an jene Zeit erinnern, und sie war sich sicher, Gerda immer wohlgenährt gesehen zu haben. Selbst die Beschaffung neuer Kleidung war gewährleistet gewesen, sowohl was Gerdas Garderobe anbelangte als auch die ihrer Tochter. Ein Mangel an Lebensmitteln, Kleidung oder Geld dürfte demnach nicht das Problem gewesen sein.

Lisa schloss die Augen. Einmal hatte ihr die Metzgersfrau gesagt, sie solle ihrer Mutter ausrichten, dass sie jemanden für den Verkauf suchten. Über das Angebot hatte Gerda nur gelacht. Offenbar hatte sie es nicht nötig gehabt, die Stelle anzunehmen. Ihre Mutter hatte ihren Körper verkauft, das hatte Lisa irgendwann verstanden. Zwingend notwendig wäre das – Dank des Angebots der Metzgersfrau – zumindest nach Lisas fünftem oder sechsten Geburtstag nicht mehr gewesen. Aber zu Gerda hatte ein Leben hinter einer Fleischereitheke nicht gepasst; zu tanzen und zu feiern war ihr wichtiger gewesen. Wichtiger als ihre eigene Tochter?

Trostlosigkeit brodelte in Lisa wie kochendes Wasser. Schnell öffnete sie die Augen und war erneut dankbar für das Lächeln auf dem Holzbalken.

Robert schwieg, drehte sich aber von einer Seite auf die andere, was Lisa vermuten ließ, dass er noch immer wach war. Plötzlich drängte sie etwas in ihrem Inneren, ihm die ganze Geschichte zu erzählen. Es war ihr wichtig, dass er die Umstände verstand, die sie in das Forsthaus seiner Familie geführt hatten, gleichgültig wie schmerzhaft es sein würde, die Erinnerungen wieder an die Oberfläche zu holen. Bisher wusste nur Camille, die Schwester ihres Großvaters, um das, was damals geschehen war.

Doch ihre Großtante lebte nicht mehr. Vielleicht war es an der Zeit, dass Lisa Vertrauen fasste und sich anderen Menschen gegenüber öffnete.

Die Ereignisse hatten sie damals so plötzlich und unvorbereitet getroffen, als hätte sich jemand heimlich an ihre Staffelei geschlichen und ein Messer in die Leinwand gerammt, um es mit einem grässlichen Ratschen quer durch das ganze Bild zu ziehen. Entsprechend heftig pochte nun ihr Herz, ihr Atem ging stoßweise. Dennoch fasste sie den Mut, nicht nur durch jenen Riss in ihrem Lebensbild hindurchzusehen, zu der Seite, die nicht von ihrem Schmerz beeinflusst war, sondern wo es Hoffnung auf Liebe und Anerkennung gab. Sie sprang vielmehr über die Leinwand und wagte es, mehr von sich preiszugeben und damit der Hoffnung näher zu kommen, anstatt sie nur durch den Riss hindurch anzuschauen und sich nach ihr zu sehnen.

„Kurz nach meinem zehnten Geburtstag hat Gerda mich in Füssen in einen Zug gesetzt." Lisa presste die Lippen zusammen. Der Schmerz in ihr wuchs an wie der Schnee vor der Hütte, der inzwischen das halbe Fenster verdeckte. Wäre es nicht besser, die Vergangenheit dort zu lassen, wo sie sie hingeschoben und seit Jahren nicht mehr angerührt hatte? Gleich einem misslungenen Gemälde, das man zwischen Farbtiegeln, Lösungsmitteln und kaum benutzten Pinseln abstellte und vergaß?

Warum nur war es ihr so wichtig, dass Robert sie verstand und ihren Worten Glauben schenkte? Weil sie den Kontakt zu seiner Familie, in der sie eine Art Ersatzfamilie sah, nicht aufgeben wollte? Das war nicht richtig, denn eigentlich waren die Vogels Fremde für sie, egal wie herzlich sie von den meisten Familienmitgliedern willkommen geheißen worden war.

„Lisa?" Roberts Stimme klang unglaublich tief und emotionsgeladen. Besorgnis schwang darin mit und vielleicht auch der Wunsch nach gegenseitigem Verständnis und Annäherung.

Lisa holte tief Luft. Sie kämpfte gegen die erneut erstarkten, furchteinflößenden Dämonen früherer Jahre an, die viel zu oft ihre Seele verdunkelt hatten wie schwarze Ölfarbe eine Leinwand. „Ich erinnere mich noch gut an den dunklen Lederrucksack auf meinem Rücken. In der Hand hielt ich mehrere Zugtickets und einen Zettel, auf dem stand, wo ich umsteigen musste." Dass sie damals nicht verloren gegangen war, kam einem Wunder gleich – das zumindest hatte Camille stets beteuert und Gott ein ganzes Jahr lang jeden Abend dafür gedankt.

„Ich war stundenlang unterwegs und stieg immer dann um, wenn mein Zettel es vorsah. Manchmal halfen mir andere Reisende, das richtige Gleis zu finden. Ein älterer Herr im hellen Anzug und mit Hut schüttelte den Kopf, als ich seine Frage, ob ich denn ganz allein sei, bejahte. Er nahm mich bei der Hand und führte mich über den großen Bahnhof. Ich erinnere mich an die Züge, die an uns vorbeifuhren. Alles war voller Rauch und Lärm. Um mich herum sprachen die Reisenden eine Sprache, die ich erst später lernen sollte. Irgendwann bemerkte ich, dass der Mann dabei war, mit mir an der Hand das Bahnhofsgebäude zu verlassen. Das zu tun, stand aber nicht auf meinem Zettel."

Im Bett unter ihr sog Robert scharf die Luft ein.

Ja, sie hatte damals Angst bekommen, gespürt, dass etwas nicht stimmte, auch wenn der Fremde wirklich sehr freundlich zu ihr gewesen war. Roberts entsetzte Reaktion wärmte Lisa das Herz. Seinem Misstrauen zum Trotz war sie ihm offenbar doch nicht gleichgültig. Vielleicht lagen sein Mitgefühl und sein offenkundiges Entsetzen aber auch daran, dass sie gerade aus der Sicht eines zehnjährigen Mädchens erzählte …

„Ich habe mich losgerissen und bin weggelaufen. Von da an hatte ich nur noch das Zugticket und den Zettel. Meine Wechselkleidung und ein wenig Wegzehrung, die kleine Trinkflasche und mein bestickter Geldbeutel mit etwas Kleingeld darin blieben bei dem Mann."

„Sie müssen sich furchtbar … verraten gefühlt haben." Roberts Stimme klang immer noch tief, nun aber eher mitfühlend und warm. Dies trieb Tränen in Lisas Augen und verursachte ein Kitzeln in ihrer Herzgegend. Das Lächeln über ihr verschwamm. Aber vielleicht brauchte sie es jetzt nicht mehr. Weil an seiner Stelle nun Robert ihr die Freundlichkeit und den Trost spendete, die sie so dringend benötigte. Womöglich hatte Gott ihr das hölzerne Lächeln als Mutmacher geschickt, denn ansonsten wäre ihre Geschichte weiterhin in jener Ecke hinter den Malutensilien versteckt geblieben. Es war wohltuend, endlich jemandem davon zu erzählen. Diese schmutzig-graue Erinnerung aus ihrer Seele über die Lippen in die Welt zu entlassen. In eine stürmische, eingeschneite Welt, wo der Wind sie mit sich reißen und makellos weißer Schnee sie unter sich begraben würde.

„Ich erreichte den richtigen Zug gerade noch rechtzeitig, bevor er losfuhr. Um mich herum unterhielten sich die Leute in dieser melodischen, mir unbekannten Sprache, und draußen wurde es dunkel. Irgendwann schlief ich ein.

Als ich wieder aufwachte, saßen andere Leute in meinem Abteil. Ein junger Mann konnte etwas Deutsch. Ich hielt ihm den Zettel hin, und er sagte, dass ich in ein paar Minuten aussteigen müsse und fast am Ziel meiner Reise sei." Lisa lachte bitter auf. „Ich wusste ja nicht einmal, wohin meine Reise ging. Der Name der Ortschaft las sich so seltsam, ich konnte ihn nicht einmal richtig aussprechen. Dennoch stieg ich aus. Was hätte ich auch sonst tun sollen?“

Lisa biss sich kurz auf die Unterlippe. Sie hatte nicht gewusst, wo ihre Reise enden würde. In einem fremden Land und bei ihr unbekannten Menschen? In den Bergen oder an einem Ozean? In einem großen Stadthaus oder auf einem einsam gelegenen Bauernhof? Das Einzige, was sich fest in den Gedanken ihres zehnjährigen Ichs verankert gehabt hatte, war die Gewissheit, dass es kein Zurück gab.

„Als ich mitten in der Nacht aus dem Zug stieg, fand ich mich auf einem großen Bahnhof in einer großen Stadt wieder. Marseille. Allmählich verlief sich die Menschenmenge, der Zug fuhr weiter und übrig blieben eine ältere Dame und ich. Sie sah sich suchend um und kam dann auf mich zu.

Ob ich Lisa Schwaiger sei, fragte sie mich mit einem lustigen Akzent. Ich nickte. Wo denn meine Mama sei, wollte sie als Nächstes wissen. Ich zuckte mit den Schultern. Also fragte die Dame mich, ob ich denn beweisen könne, dass ich Lisa sei.“

Im letzten Satz schwang Bitterkeit mit. Lisa war gar nicht bewusst gewesen, dass sie ein ähnliches Problem wie das mit Robert schon einmal gehabt hatte. Nicht nur er hatte ihre Identität und damit auch ihre Glaubwürdigkeit angezweifelt.

Das Bettgestell gab ein lang gezogenes Knarren von sich. Vermutlich versuchte Robert erneut, eine bequemere Position zu finden.

„Ich fragte sie, ob sie die Schwester meines Opas sei. Das genügte ihr wohl als Beweis. Sie nahm mich bei der Hand und führte mich durch nächtlich stille Straßen zu ihrem Zuhause, das fortan auch meines sein sollte. Tante Camille hat mich großgezogen, mir eine Heimat gegeben, versucht, mir eine Familie zu sein. Sie ist vor drei Jahren gestorben.“

„Das tut mir sehr leid.“

„Sie war schon alt, als ich damals zu ihr gekommen bin“, erzählte Lisa schnell weiter. „Aber sehr agil, überaus intelligent und darauf bedacht, dass ich eine erstklassige Schulbildung erhalte. Ich wurde hauptsächlich von Nonnen unterrichtet. Einige waren unglaublich … streng.“

„Und Ihre Mutter? Gerda?“

Lisa schloss die Augen und lächelte. Was er ihr trotz der knappen Formulierung seiner Frage verriet, war wohltuend für sie. Er glaubte ihr!

„Ich habe nie wieder etwas von ihr gehört. Ich weiß nicht, ob Tante Camille mit ihr in Kontakt stand, und selbst das ist mir eigentlich nicht wichtig zu wissen. Gerda hat mich aussortiert wie ein altes, kaputtes Spielzeug.“

Sie berichtete nichts davon, dass sie ein verstörtes Kind gewesen war, später eine wütende, nahezu selbstzerstörerische Jugendliche. Wenn er es ahnte, war ihr das recht, wenn nicht, war jetzt nicht der richtige Zeitpunkt, darüber zu sprechen. Sie konnte ohnehin nicht weitererzählen. All diese Verletzungen zerrten an ihrem Herzen wie eine Meute ausgehungerter Hunde an einem Stück Fleisch. Tränen lösten sich aus ihren Augen und perlten über ihre Wangen. Von schmerzlichen Erinnerungen heimgesucht, rollte sie sich erneut zusammen, um dem schrecklichen Reißen in ihrer Brust etwas entgegenzusetzen.

Das Bett wackelte und knarrte. Plötzlich wischte ihr eine raue Hand überaus sanft die Tränen aus dem Gesicht. Zuerst genoss sie die liebevolle, trostspendende Geste, als aber in ihr Bewusstsein drang, was da gerade geschah, riss sie erschrocken die Augen auf. Robert war vor dem Feuerschein nur als schwarze Silhouette zu sehen.

„Vielleicht war die Liebe Ihrer Mutter groß genug, um sie erkennen zu lassen, woran es Ihnen fehlte, gepaart mit der Einsicht, dass sie Ihnen so vieles von dem, was ein Kind benötigt, nicht geben konnte. Womöglich war das Beste, was Gerda für *Sie* tun konnte, Sie zur Schwester ihres Vaters zu schicken. In dem Wissen, dass ihre Tante Sie mit offenen Armen aufnehmen und Ihnen all das geben würde, was sie selbst Ihnen nicht geben konnte." Da seine Hand noch immer tröstend auf ihrer Wange lag, konnte er ihr leichtes Nicken spüren. Er nahm es zum Anlass, sich wieder auf sein Lager zurückzuziehen.

Lisa wünschte, sie könnte Roberts Augen sehen. Dieses wunderschöne Blau, das für Treue stand. Seine Worte wogen schwer, fanden Raum in ihren Gedanken und wollten in ihrem Herzen Wurzeln schlagen.

Camille und ihre Freundinnen in schwarzen Habiten und gestärkten Hauben hatten Lisa das Leben gerettet. In mehrfacher Hinsicht, denn sie hatten ihr von der Liebe eines Gottes erzählt, der ihr ein Vater sein wollte.

Vielleicht hatte Robert recht und Gerda hatte ihr ein besseres Dasein bieten wollen? Zeugte das nicht von … Größe? Schließlich hätte sich Gerda dafür ihre eigene Unzulänglichkeit eingestehen müssen. Sie hatte ihr Kind zu Camille geschickt, und die alte Dame hatte versucht, die Rolle einer Mutter zu übernehmen. Dies war ihr wunderbar gelungen, doch das Loch in Lisas Herzen hatte sie nie gänzlich aufzufüllen vermocht. Camille, der eigene Kinder versagt geblieben waren, und sie, die sie sich nach einer Mutter gesehnt hatte, hatten einander alles bedeutet. Dennoch war ihnen stets bewusst gewesen, dass sie keine richtige Familie waren. Wie verquer der Mensch doch dachte und reagierte. Wie verletzlich Kinderseelen waren, wie überaus heilsam die Liebe.

Schweigen senkte sich auf den Raum, hier und da unterbrochen vom Knacken des Gebälks, dem Brausen des Sturms und dem Prasseln des Feuers. Lisa empfand einen tiefen Frieden, trotz der Erschöpfung, die das Hervorkehren ihres Innersten in ihr verursacht hatte. Mehr noch als das Rennen durch den sturmgepeitschten Wald, über Geröll und Wurzeln hinweg, gegen den mit Eis gespickten Sturmwind.

Camilles Liebe hatte ihr Flügel verliehen. Wäre Lisa in dem kleinen bayrischen Dorf geblieben, wäre dies vermutlich nicht geschehen. Diese Erkenntnis war neu für sie und hüllte sie ein wie eine wärmende Decke.

Ihr Blick wanderte erneut zum Fenster. Draußen türmte sich der Schnee inzwischen so hoch, dass nur noch ein schmaler Spalt am oberen Rand verblieben war. In Anbetracht von Roberts Anwesenheit sprach sie lieber nicht laut mit dem Schnee. *Vielleicht hat es dich und dieses Unwetter gebraucht, damit ich lerne, was es bedeutet, zu verstehen und zu vergeben.*

Woher der nächste Gedanke kam, der sich in ihrem Kopf einnistete wie ein Spatz in einem Schwalbennest, war ihr nicht ganz klar, dennoch ließ sie ihn tief in ihr Herz sinken. *Dies und noch viel mehr.*

Robert stand so leise auf, wie es das knarrende Stockbett zuließ, und warf einen prüfenden Blick auf das obere Bett. Ein zerzauster Haarschopf und ein Arm – mehr konnte er nicht sehen – zeugten von Lisas Anwesenheit. Er trat einen Schritt näher und ergriff eine ihrer hellen Haarsträhnen. Sie war weich wie Kükenflaum. Lisas Arm wagte er nicht zu berühren, obwohl er sich vorstellen konnte, wie samtig weich ihre Haut sich anfühlte.

Er glaubte ihr, was sie am Abend zuvor erzählt hatte, zumal der Schmerz in ihrer Stimme echt gewesen war. Nun verstand er, weshalb sie seiner Familie keinen Einblick in ihre Vergangenheit gewährt hatte. Das hatte ihm jedoch den Eindruck vermittelt, sie würde etwas verschweigen oder gar die Unwahrheit sagen. Die junge Frau trug tiefe Verletzungen mit sich herum, und vermutlich war es gestern Abend im Dunkeln leichter für sie gewesen, davon zu erzählen, als dabei in betroffene oder verständnislose Gesichter zu schauen. Das hieß allerdings nicht, dass er mit Lisa nun kein Problem mehr hatte. Denn sein Herz hatte das Verpuffen seiner Vorbehalte ihr gegenüber zwar realisiert, sein Verstand warnte ihn aber weiterhin davor, ihr mehr als … freundschaftliche Gefühle entgegenzubringen. Was sollte er nun damit anfangen?

Abrupt wandte sich Robert ab, verschwand auf die Toilette, wusch sich anschließend und zog seine über Nacht getrocknete Kleidung an. Sein Arm und sein Rücken schmerzten, doch das war nichts Neues für ihn. Das dumpfe Pochen hinderte ihn nicht daran, die Eingangstür zu öffnen. Wie zu erwarten, kippte ihm sogleich der vor der Tür aufgetürmte Schnee entgegen. Womit er allerdings nicht gerechnet hatte, war die weiße Wand, die förmlich auf ihn stürzte. Dass sich der Schnee vor dem Fenster nahe der Felswand auftürmte, war verständlich, denn der Wind hatte ihn vermehrt dorthingeblasen. Direkt vor der Hüttentür hatte Robert das allerdings nicht erwartet.

Er trat zurück, klopfte sich die Hose ab und verschaffte sich einen Überblick. Was er sah, behagte ihm nicht sonderlich. Der Schnee lag mehr als einen Meter hoch. Überall. Das hieß, dass sie die gesamte Strecke bis zum Jeep freischaufeln mussten. Und dann waren sie erst einmal nur bei seinem Wagen angelangt. Vielleicht – wenn sie Glück hatten – lag auf den Waldwegen deutlich weniger

Schnee, weil die gesamte Last in den Bäumen hing, was wiederum gefährlich war, vor allem in einem Waldgebiet, dessen Schnee- und Sturmbruch aus dem Frühjahr nicht beseitigt worden war.

Robert hatte diese Aufgabe immer vor sich hergeschoben, weil er Wichtigeres zu tun gehabt hatte. Hier oben waren so gut wie keine Wanderer unterwegs; der Wald auf dem Schiltrück war einer der wenigen, der noch halbwegs unberührt war.

Eine Bewegung neben ihm ließ ihn den Kopf senken. Er sah in Lisas staunendes Gesicht und grinste beim Anblick ihrer offenkundigen Verzückung. Aufgrund ihrer Begeisterung über das Winterwunderland entging ihr wohl, was diese Schneemengen für sie beide bedeuteten.

Lisa hatte ihre Bettdecke um sich geschlungen, ihr Haar war noch immer herrlich zerzaust, und sie stand mit bloßen Füßen in der Lache, die sich auf dem Boden gebildet hatte. Das schien sie aber gar nicht zu bemerken, so fasziniert betrachtete sie die unter der weißen Last gebeugten Bäume. Der Himmel zeigte sich in einem milchigen Grau, das verriet, wie dünn die Wolkendecke war, und tatsächlich riss im selben Moment ein Teil davon auf und gewährte ihnen einen Blick auf das dahinterliegende lichte Blau des morgendlichen Winterhimmels.

„Bezaubernd schön!", murmelte Lisa.

„Ja, dazu kalt und schwer", gab Robert zu bedenken.

„Ach, seien Sie nicht so brummig, Naturbursche."

Er hob die Augenbrauen, betrachtete aber weiterhin ihre wohlgeformten Füße, zumal sie nun ihre Zehen einrollte. Allmählich bemerkte auch sie, wie eisig kalt es war.

„Ich gehe jetzt mal die Schneeschaufel schwingen. In der Zeit können Sie sich frisch machen."

„Ist gut."

„Ich würde Ihnen ja Brötchen zum Frühstück mitbringen …“

„Aber?“

Sie klang so fröhlich, dass er ihr nun doch ins Gesicht sehen musste. Ihre Rehaugen blitzten übermütig. Ob sie vergessen hatte, was sie ihm gestern anvertraut hatte? Mit so viel Verzweiflung und Schmerz in der Stimme, dass es ihm beinahe das Herz zerrissen hätte. Oder fühlte sie sich so erleichtert, dies alles endlich ausgesprochen zu haben, dass sie das Gefühl hatte, Bäume ausreißen zu können? Vielleicht sollte er ihr die Schneeschaufel überlassen …

Da er um ihretwillen wünschte, mit seiner Vermutung richtig zu liegen, wandte er sich mit einem Lächeln an sie. „Der Bäcker hat vergessen, seine Treppe vom Schnee zu befreien.“

„Das klingt ziemlich geschäftsschädigend.“

„Ich werde es ihm sagen, sobald ich an seinem Kamin vorbeikomme.“

Ihr Lachen wärmte ihm das Herz.

„Ich habe die vielen Vorräte gesehen. Und das gestapelte Brennholz vor der Felswand. Wir haben hier kein Problem, oder?“ Sie blinzelte fragend zu ihm auf, da im selben Moment einige Sonnenstrahlen ihren Weg an Wolkenschleiern und Bäumen vorbei zur Eingangstür der Schutzhütte fanden. Ihr Gesicht so angestrahlt zu sehen, fand er nur gerecht. Immerhin war sie in seinen Augen wunderschön, obwohl ihre Haare zerzaust waren und dunkle Schatten unter ihren Augen lagen, wohl weil sie nicht besonders gut geschlafen hatte. Am interessantesten fand er jedoch ihre vollen Lippen, die er hingebungsvoll betrachtete, bevor er sich wieder zur Vernunft rief. „Hier ist für alles gesorgt, also, nein, es gibt kein Problem“, beeilte er sich zu beteuern. *Außer dass mein Herz nicht auf meinen Kopf hört. Und was ist eigentlich mit dieser verbrannten Stelle, die Irmgard hinterlassen hat? Seit wann glüht die denn nicht mehr ständig vor sich hin?* Kaum daran gedacht, meldete sie sich. Nicht mit der sonst üblichen Vehemenz, aber doch mit einer leisen Warnung. Da war es nur gut, dass er sich jetzt körperlich verausgaben durfte. Entschlossen ergriff Robert die Schneeschaufel, die neben weiteren Gerätschaften gleich hinter der Tür an der Wand hing.

„Wird das für Ihren Arm denn nicht zu viel?" Die Sorge in Lisas Stimme ergoss sich über die glimmende Stelle in seinem Herzen wie ein samtig weicher Wasserstrahl. Wie machte sie das nur?

Langsam drehte er sich wieder zu ihr um. Sie war ein paar Schritte zurückgewichen und trat von einem Fuß auf den anderen. Ihre Zehen waren inzwischen ganz rot. Er widerstand dem Drang, Lisa an sich zu ziehen und zu wärmen. Seine Stimme war rau, als er erwiderte: „Es muss gehen. Und Sie legen bitte Holz nach und halten sich warm."

„Oh, hat der Arzt ebenfalls vergessen, die Treppe frei zu schaufeln?"

„Es gibt in Vierbrücken einige Familien, die jahrzehntelang zerstritten waren. Die jetzige Generation hat das Zerwürfnis endlich beseitigt. Aber sie haben noch immer Spaß daran, dem jeweils anderen Streiche zu spielen. Vermutlich steht vor der Haustür des Arztes eine Schneemauer, die mit Wasser übergossen wurde, und vor der des Tierarztes eine Schneemannfamilie, die den Eingang bewacht."

Lisa lachte, wirkte dabei jedoch ein bisschen ungläubig und wickelte sich noch fester in die weiß-rot karierte Bettdecke ein. *Sie sieht aus wie eine Zuckerstange.* Dieser Gedanke trieb Robert endgültig dazu, sich dem Schnee zuzuwenden.

Bald schon wurde ihm bewusst, dass er und Lisa sehr wohl ein Problem hatten. Sein Arm und sein Rücken straften ihn mit immer stärkeren Schmerzen, und dabei hatte er erst wenige Meter des Weges vom Schnee befreit.

Schwer auf den Stiel der Schneeschaufel gestützt, wandte Robert den Kopf zu der kleinen Schutzhütte unter der überhängenden Felswand. Aus dem Schornstein wirbelte weißer Rauch dem blauen Himmel entgegen. An diesem waren nur vereinzelt Wolken zu sehen, gleich Sahnehauben auf einem Kuchen. Der klare Himmel versprach zumindest nicht noch mehr Schnee, dafür aber eine eiskalte Nacht. Eine wesentlich kältere, als Lisa sie in Marseille jemals erlebt hatte.

Roberts Blick wanderte zu den schneeweißen Daunenkissen auf den Ästen und der dazugehörenden Decke, die sich über der Lichtung ausgebreitet hatte. Er würde wohl noch so viele Runden Binokel mit diesem bezaubernden Reh spielen können, dass er dahinterkam, warum sie meist als Siegerin aus dem Kartenspiel hervorging, obwohl er es ihr gerade erst beigebracht hatte. Nur gut, dass Johann – er hatte die Hütte gebaut – schon wissen würde, wo sie Zuflucht gefunden hatten. Roberts Großvater hatte während seiner aktiven Försterzeit des Öfteren hier oben übernachtet, um nicht jeden Tag den weiten Weg vom Forsthaus auf den Berg zurücklegen zu müssen.

Robert schaute zum Himmel hinauf, an dem sich gerade die letzten Wolkenfetzen auflösten, als schämten sie sich für ihre großen Brüder, die ihre Last über diesem Landstrich abgeworfen hatten. Ja, Johann wusste, wo sie waren, denn er hatte ihn hier heraufgeschickt und dafür gesorgt, dass Lisa ihn begleitete.

Nachdenklich rieb sich Robert das unrasierte Kinn. Er sollte vielleicht, sobald sie zurück im Forsthaus waren, seiner Mutter verraten, dass ihr Schwiegervater ihre Pläne für Lisa und Georg torpedierte. *Georg …*

Wieder warf er einen Blick zur Hütte hinüber. Machte sich sein kleiner Bruder bereits weiterführende Gedanken über Lisa? Oder sogar mehr als das?

Robert spürte das erneute Aufflammen jener verkohlten Stelle in seinem Herzen und empfand Dankbarkeit dafür. Es würde Lisa nicht zu nahe an sich heranlassen. Schließlich wollte er Georg nicht in die Quere kommen.

Als das Blau des Himmels allmählich in ein milchiges Violett überging, streckte Lisa den Rücken durch. Ihre Handschuhe waren durchnässt, ebenso wie ihre Hose und die Schuhe. Es überkam sie das eigentümliche Gefühl, ein Eiszapfen zu sein, obwohl ihr von der körperlichen Arbeit ziemlich warm geworden war.

Robert und sie hatten sich im Laufe des Tages abgewechselt, um sich von diesem Bergrücken hinunterzuschaufeln. Obwohl Robert anfangs protestiert hatte, hatte Lisa darauf bestanden mitzuhelfen, weil sie es sehr wohl als ihre Aufgabe ansah, sich an ihrem Befreiungsversuch zu beteiligen.

Jetzt mit Einbruch der Nacht kam eine Kälte den Berg heraufgeschlichen, die an eine Katze erinnerte, die sich auf leisen Pfoten ihrer Beute nähert. Der Frost kroch Lisa bis ins Mark. Vor ihrem Gesicht stiegen weiße Atemwölkchen auf. Erste Sterne begannen am Himmel zu funkeln, und obwohl ihr silbriges Glitzern bezaubernd war, verriet es auch, dass ihnen eine ungemütliche Nacht bevorstand.

Entschlossen packte sie die Schneeschaufel und machte sich auf den Rückweg. Links und rechts von ihr erhob sich der Schnee wie eine feuchte, eiskalte Kalksteinmauer. Die Tatsache, dass Lisa bereits nach kurzer Zeit wieder an der Hütte angelangte, bestätigte ihr nur zu deutlich, dass sie erst einen Bruchteil des Weges über die Lichtung bewältigt hatten.

Vor der Eingangstür trat sie sich den Schnee von den Schuhen. Sie und Robert hatten das Gespräch vom vergangenen Abend nicht mehr erwähnt, doch die leicht verspielte Art, mit der Robert ihr begegnete, bestätigte ihr, dass er ihr glaubte und auch verstand, weshalb sie ihre Lebensgeschichte nicht sofort seiner ganzen Familie erzählt hatte. Dahin gehend fand sie den Brummbären überaus verständnisvoll. Ohnehin konnte er höchst charmant sein, dazu versteckte sich eine gehörige Portion Humor hinter dem manchmal recht grimmigen Blick. Sie lächelte, als sie die Tür aufstieß und ihr der Duft einer warmen Mahlzeit entgegenschlug.

Robert stand vor dem Ofen und rührte in einem gusseisernen schwarzen Topf, drehte sich aber sofort zu ihr um. Sein Blick glitt prüfend an ihr hinab, und die Falten auf seiner Stirn verrieten seine Besorgnis, als er sah, wie nass ihre Kleidung war.

„Ich gehe ein paar Minuten raus“, sagte er und nickte in Richtung eines Stuhls neben dem Ofen. Dort lag die braune Wolldecke.

Lisa spürte eine angenehme Wärme in sich aufsteigen. Robert hatte die Decke für sie vorgewärmt und ihr einen Becher mit dampfendem Tee auf den Tisch gestellt. Der Naturbursche war einfach … zum Verlieben.

„Danke“, brachte sie mühsam hervor. Plötzlich war ihr wieder richtig kalt, und wie schon am Vortag klapperte sie mit den Zähnen. Robert ging zur Tür und ließ sie dabei keinen Moment aus den Augen; seine Sorge stand ihm ins Gesicht geschrieben.

Sobald er die Tür hinter sich geschlossen hatte, atmete Lisa hörbar aus. Hatte sie denn die ganze Zeit, als er sie mit seinen blauen Augen angesehen hatte, den Atem angehalten?

Da Robert sicher nicht lange in der Kälte ausharren würde, schälte sie sich eilig aus der nassen Kleidung. „Da draußen liegt ganz schön viel Schnee!", sagte sie zu dem bollernden Ofen. Der gab prompt ein lautes Knacken von sich. „Das ist schön, aber auch ziemlich beängstigend. Vor allem weil ich nicht weiß, wie lange wir hier festsitzen werden." Sie stellte die nassen Schuhe vor die Wärmequelle und tauschte Hose und Strümpfe gegen die Decke. Aufseufzend wickelte sie sich in den kratzigen Wollstoff, der jedoch eine heimelige Wärme abgab. Sie fühlte sich geborgen, wie mit aufmerksamer Liebe umhüllt.

Den Blick auf die dampfende Blechtasse gerichtet, fuhr sie fort: „Ich habe es immer bedauert, allein zu sein. Aber im Augenblick ist es gut, dass niemand mich vermisst. Diejenigen würden sicher eine Menge Ängste um mich ausstehen." Dabei kam ihr in den Sinn, dass die Familie Vogel sie vermisste. Sie und Robert.

„Sie wissen um die Schutzhütte hier oben, nicht wahr? Es wäre gut, wenn sie sich nicht zu viele Sorgen machen müssten." Sie zögerte einen Moment, ehe sie hinzufügte: „Und wenn wir hier bald wegkämen." Aus dem Ofen kam ein Zischen, also wandte Lisa sich diesem zu. „Es schickt sich nicht, hier mit einem Mann allein zu sein. Allerdings ist es gut, dass Robert und ich miteinander reden konnten." Sie lachte leise auf. „Na gut, *ich* habe geredet. Aber es hat mir gutgetan, ebenso unserem Verhältnis zueinander. Vielleicht kann ich in den Vogels ja doch so etwas wie eine … Ersatzfamilie haben?"

Um eine eigene Familie, in der sie ein Zuhause finden würde, wagte sie nicht zu bitten. Sie wollte sich unter keinen Umständen in einen der Vogel-Söhne vergucken, einfach nur aus dem Bedürfnis heraus, sich jemandem zugehörig zu fühlen. Das wäre falsch und dem Mann gegenüber äußerst unfair.

Ihr Blick wanderte zur Tür, vor der Robert vermutlich schrecklich fror, nur weil er ihr den Freiraum gewährte, unbeobachtet ihre nassen Kleider auszuziehen. „So rücksichtsvoll."

Die Tür wurde einen Spalt weit geöffnet, sodass Lisa ihr verschwieg, was sie sonst noch über Robert dachte. Aber ihr Herz klopfte so laut in ihrer Brust, dass es sicher nicht ungehört blieb; zumindest nicht im Himmel.

„Kann ich wieder …?"

„Ja, gern. Und vielen Dank für Ihre Rücksichtnahme, die vorgewärmte Decke, den Tee und das, was da in diesem Topf kocht."

Robert grinste und trat ein. Dabei stieß er mit dem Arm versehentlich gegen den Türrahmen. Lisa sah, wie sich seine Augen verdunkelten und er sich für einen kurzen Augenblick nach vorn beugte, ehe er sich wieder aufrichtete. Selbst dieser leichte Stoß musste ihm erhebliche Schmerzen bereitet haben.

„Lassen Sie mich Ihren Arm ansehen!", sagte sie streng.

„Dem geht es –"

„Wagen Sie es nicht, mich anzuflunkern."

„– nicht besonders gut." Mit seiner fröhlichen Grimasse konnte er den Schmerz, den er verspürte, nur unzureichend überspielen.

Lisa zog den zweiten Stuhl herbei und deutete mit dem Finger auf die Sitzfläche. Robert gehorchte und öffnete die obersten drei Knöpfe seines Hemdes, ehe er es sich vorsichtig über den Kopf zog und ihr reichte. Lisa nahm es entgegen, trat hinter ihn und zog es schleunigst an, ehe sie, ein wenig bekümmert, die angenehm warme Decke auf den Tisch legte. Doch sie brauchte ihre Hände.

Das Hemd hatte am Vortag nach Wald geduftet, nach Rasierwasser und dem, was wohl der typische Duft von Robert war. Nun hing zusätzlich der Geruch von Holzfeuer und männlichem Schweiß darin. Aber mit ziemlicher Sicherheit roch sie nicht viel besser.

Schulterzuckend beugte sie sich über seinen Arm. Der Verband war durchblutet, also wickelte sie ihn ab und betrachtete sorgenvoll die Wunde, vor allem jedoch die roten Ränder. „Ich hoffe, es hilft, wenn ich noch einmal ordentlich Jod auf dich schütte", murmelte sie der Läsion zu.

„Reden Sie eigentlich gern mit sich selbst?"

„Ich rede nie mit mir selbst, das wäre ja langweilig. Und unnütz."

„Mit wem höre ich sie dann dauernd sprechen?" Robert sah sich gespielt neugierig um.

Lisa verschränkte abwehrend die Arme vor der Brust, doch dann entschied sie sich, seinen spöttischen Einwand einfach hinzunehmen. „Wie ich schon sagte, bin ich hauptsächlich von Nonnen großgezogen worden." Sie ging zur Kommode hinüber, öffnete die Schublade und nahm die Gebäckdose heraus. Dabei entdeckte sie weiter hinten ein Glas, auf dessen Deckel handschriftlich vermerkt worden war, dass es Waschmittel enthielt. Derjenige, der diese Hütte ausgestattet hatte, hatte offenbar an alles gedacht.

„Ich habe großen Respekt vor Menschen, die sich ganz und gar Gott hingeben", sagte Robert. „Und ich bin mir sicher, dass sie wunderbare Fähigkeiten haben, die sie zur Ehre ihres Herrn einsetzen. Aber ich glaube Ihnen nicht, falls Sie behaupten wollen, eine dieser Nonnen in Marseille könnte Sie von hier aus hören."

„Das würde ich mir selbst nicht glauben."

„Dann bin ich ja beruhigt."

„Aber sie haben mich gelehrt, was es heißt, sein Leben auf Gott auszurichten. Ihre Gebets- und Andachtszeiten, ihre Gesänge … All das ordnet ihr Leben. Aber es ist nicht das, was ihren Glauben ausmacht. Das ist vielmehr die tiefe Gewissheit, dass Gott bei ihnen ist." Lisa legte beide Hände auf ihr Herz, wie Camille es gern getan hatte, wenn sie von Gott sprach. „Er ist immer da, also richten sie ihren Alltag nach ihm aus.“ Sie verfiel in ein nachdenkliches und zugleich unsicheres Schweigen. Zu oft war sie verlacht worden, weil sie mit Gegenständen sprach, sodass es ihr nun schwerfiel, darüber zu reden.

Robert sah sie einfach nur aufmerksam an. Interessiert und … voller Zuneigung. Seine Frage mochte spöttisch geklungen haben, dahinter versteckte sich jedoch keine Häme, sondern der Spaß daran, sie herauszufordern. Wie beim Binokel. Und wie dort draußen im Schnee, wo er stets bemüht gewesen war, einige Meter mehr als sie freizuschaufeln – was ihm sicher leichtgefallen war, schließlich war sie den Umgang mit derlei Gerätschaften nicht gewohnt und ihre Kraft reichte bei Weitem nicht an seine heran.

„Ich war noch ein Kind, als ich damit begonnen habe, mit den Dingen zu sprechen, die mich umgaben.“

„In Ermangelung eines Gesprächspartners, eines Vertrauten … eines Vaters und Ihrer Mutter?“ Robert sprach leise und klang mitfühlend. Zwar stellte er ihr eine Frage, schien aber keine Antwort darauf zu erwarten.

„Ich bin dafür gehänselt worden. Kinder können wirklich grausam sein. Also habe ich versucht, es zu verbergen. Doch ich konnte ja nicht … verstummen …“

Robert stützte einen Ellenbogen auf die Tischplatte und den Kopf in seine Hand. Völlig entspannt und dennoch äußerst aufmerksam sah er sie an, als wolle er gutmachen, was ihr in jungen Jahren gefehlt hatte.

Ihr Herz flog ihm zu, ohne dass sie überhaupt die Möglichkeit hatte, es aufzuhalten. „Jedenfalls hat Tante Camille immer gelächelt, wenn sie hörte, wie ich mit Gegenständen sprach. Eines Tages habe ich mich getraut, sie zu fragen, warum sie das nicht störte, sie es offenbar sogar schön fand.“ Lisa lächelte in Erinnerung an die weise alte Frau, die sie so sehr geprägt hatte. „Ich muss dazu sagen, dass Tante Camille einst selbst Nonne war, der Liebe wegen aber das Kloster verlassen hat."

Mehr verriet sie nicht. Robert von Camilles Ehemann zu erzählen, der im Krieg gefallen war, fand sie im Augenblick nicht angebracht. Vielleicht würde sie das bei Gelegenheit nachholen.

„Lassen Sie mich raten, Fräulein Lisa. Sie sagte: ‚Jedes Gebet kommt bei Gott an. Auch die, die augenscheinlich an Möbel und Pflanzen gerichtet sind.'"

„So in etwa, ja. Sie sagte, dass wenn ich mit einem Stein spreche, sie Gott vor ihrem inneren Auge sehe, wie er diesen Stein in die Hand nimmt und daran lauscht. Wenn ich mit einem Fenster spreche, steht er davor und hört mir zu. Wenn mich eine Blume, ein See oder ein Tier begeistern, freut er sich darüber, weil dies alles ja seiner Fantasie und Schöpferkraft entsprungen – "

Roberts Blick ließ sie abrupt verstummen. Seine Augen ruhten in einer Intensität auf ihr, die all jene Male, die er sie bereits so angeschaut hatte, in den Schatten stellte. Reglos verharrte sie, den einen Fuß leicht nach innen gedreht, wie so oft, wenn sie verunsichert war, eine Hand noch immer auf ihrem Herzen, die andere in einen Zipfel des Hemdes eingewickelt.

„Wie habe ich jemals annehmen können, es mit einer Betrügerin zu tun zu haben?" In seiner Stimme schwang so viel Zärtlichkeit mit, dass in Lisas Brust ein süßer Schmerz zum Leben erwachte. Für einige Sekunden herrschte Stille. Das einzige Geräusch im Raum entstammte dem Prasseln der Flammen. Plötzlich verdunkelten sich Roberts Augen. Er schaute weg, dann wieder zu ihr hin. „Wobei ich mir sicher bin, dass du beim Binokel schummelst."

Lisa lachte hell auf. Einerseits bedauerte sie, dieses wunderbare und zugleich eigentümliche Band, das zwischen ihnen entstanden war, so schnell verblassen zu sehen. Gleich einem Pinselstrich, wenn die Borsten schon fast alle Farbe abgegeben hatten. Sie wusste nicht, was in Robert vorgegangen war, was das Dunkle in seinen Augen hervorgerufen hatte, fand es allerdings immens aufregend. Andererseits freute es sie, dass er zum Du übergegangen war und zudem einen kleinen Scherz hatte einfließen lassen. Denn schließlich war auch sie nicht bereit, mehr in ihm zu sehen als ein Mitglied jener Familie, mit der sie in Zukunft gern verbunden bleiben wollte.

Ihr Blick wanderte zu der Dose mit dem Verbandsmaterial. *Nicht wahr?,* fragte sie diese im Stillen.

Sie träufelte erneut Jod auf die Wunde, was Robert für einige Sekunden deutlich lauter atmen ließ, dann bat sie ihn, sich ins Licht der Petroleumlampe zu drehen. Er folgte ihrer Aufforderung, und dabei fiel ihr Blick auf seinen Rücken. Unter dem weißen Unterhemd schauten blaugrüne Muster wie auf einem abstrakten Gemälde hervor.

Erschrocken sog Lisa die Luft ein. Sie griff mit zitternder Hand nach der Lampe und hielt sie so, dass sein Rücken beleuchtet wurde, dann ergriff sie den Saum seines Unterhemdes und zog es hoch. Roberts Haut war mit Blutergüssen übersät. Die Äste des herabstürzenden Baumes mussten förmlich auf ihn eingeprügelt haben. Und in diesem Zustand hatte er auch noch den Schneemassen dort draußen den Kampf angesagt?

„Ist Naturbursche ein Synonym für …“, sie suchte kurz nach dem deutschen Begriff, „maßlose Selbstüberschätzung?“

Betroffen fuhr sie mit den Fingerspitzen über eine besonders dunkle Stelle knapp unterhalb von Roberts linkem Schulterblatt. Seine Muskeln spannten sich unter ihrer Berührung an.

„Lass das besser sein“, knurrte er sie an.

„Tut das weh?“

„Etwas in der Art."

„Entschuldige bitte."

„Du …" Er ließ den Kopf hängen und schüttelte ihn leicht. „Du wolltest mir einen neuen Verband anlegen."

„Ich sollte dich wie eine Mumie von oben bis unten einwickeln und in die Ecke stellen, damit du nicht noch mehr Unsinn machen kannst."

„Dein Tee wird kalt."

„Höchstens lauwarm."

„Das Essen brennt an."

„Das würde man riechen."

„Kannst du mir bitte einfach den Verband anlegen und dich dann mit deiner Blechtasse unterhalten?"

„Sicher kann ich das."

„Vielleicht sollte ich das auch tun. Dringend."

„Das schadet nie."

„Du hast keine Ahnung, Stadtmädchen!"

Kapitel 7

Johann beobachtete, wie seine Schwiegertochter am Fenster stand, sich nervös die Hände rieb und in die blaue Abenddämmerung hinaussah, die sich zum zweiten Mal, seit Robert und Lisa auf den Schiltrück hinaufgefahren waren, über den Schwarzwald legte. Charlotte war in Sorge, so sehr, dass sie noch nicht einmal die Post durchgesehen hatte, die Heinrich von der Poststelle in Vierbrücken mitgebracht hatte.

Heinrich und Georg hatten am Morgen den Pflug am Jeep montiert und waren zuerst hinunter zum See und anschließend nach Vierbrücken gefahren. Das waren die beiden schmalen Gebirgsstraßen, die sie vom Schnee zu räumen hatten. Erst dann waren sie zum Schiltrück aufgebrochen und bis jetzt nicht zurückgekehrt.

„Wie konnte das nur passieren? Das arme Mädchen", sagte Charlotte halblaut vor sich hin.

Da Johann auf der Küchenbank und damit in ihrem Blickfeld saß, unterließ er es lieber, seine Belustigung durch ein Schmunzeln zu offenbaren. „Das arme Mädchen? Und was ist mit deinem Sohn?"

Charlotte vollführte eine wegwerfende Handbewegung. „Der ist hier aufgewachsen. Wie oft war er mit dir und Heinrich da oben? Robert weiß sich zu helfen."

„Du hast keine sehr gute Meinung von deinem Sohn", rügte Johann.

Charlotte runzelte die Stirn, hörte für einen Augenblick auf, die Hände zu kneten, und sah ihn fragend an.

„Na, weil du offenbar annimmst, dass er sich nicht um Lisa kümmern wird."

Charlotte fuchtelte wild in der Luft herum. „Das habe ich nicht gesagt!"

„Doch, das hast du. Indem du sie bemitleidest und ein armes Mädchen nennst, aber davon ausgehst, dass es Robert gut geht. Wenn es ihm gut geht - und davon gehen wir aus –, geht es dem Bibbele[1] auch gut."

Charlotte widmete ihre Aufmerksamkeit erneut der zunehmend im Nachtblau versinkenden Welt vor dem Fenster. Ihre Sorge um das fremde Mädchen gefiel Johann. Ohnehin war seine Schwiegertochter eine Wucht; eine bessere hätte er nicht bekommen können. Nun fehlte ihm nur noch eine vergleichbar großartige „Enkeltochter". Die erste von dreien. Und im Gegensatz zu Charlottes stümperhaften Versuchen, Lisa mit Georg zu verkuppeln, hatte er Robert ausgewählt und das in die Wege geleitet, was Charlotte jetzt so sehr beunruhigte.

Als ob sie ihm seine Gedanken von der Stirn ablesen könnte, fragte sie: „Wie kam der Junge nur auf die Idee, ausgerechnet jetzt auf den Schiltrück zu steigen?"

„Ach, Schultes[2] Stein hat wohl schon wieder den neuen Wanderweg dort oben angesprochen."

„Seit wann lässt sich Robert von Curt vorschreiben, wann er welche Arbeit zu erledigen hat?"

---

1 Schwäbische Bezeichnung für „Küken".

2 Schwäbische Bezeichnung für „Bürgermeister". Das „t" wird jedoch wie ein „d" ausgesprochen.

„Vielleicht, seit ihm jemand erzählt hat, dass sie Forstbezirke zusammenlegen und damit Personal einsparen wollen?“

„Wenn ich den erwische, der ihm so einen Unsinn erzählt hat!“

Johann legte sich vorsichtshalber eine Hand auf die Stirn. „Das stand durchaus zur Diskussion.“ Er wusste allerdings, dass der Vorschlag – von einer Nachbargemeinde kommend – umgehend abgeschmettert worden war. Das hatte er Robert jedoch verschwiegen.

„Ist auch egal. Hauptsache, Heinrich und Georg finden die beiden schnell.“

Johann stellte sich neben Charlotte an das Panoramafenster und betrachtete die im Lichtschein der Sterne eisblau leuchtende Oberfläche des Liliensees. Der Schnee fluoreszierte förmlich und verhinderte, dass die Nacht so schwarz wurde, wie sie es im Sommer des Öfteren war. Johann war sich sicher: Sein Sohn und sein Enkel würden die Vermissten heute noch nicht zurückbringen. Vermutlich nicht mal morgen. Er zuckte mit den Schultern. „Der Schnee gibt sie her, wann es ihm gefällt.“ *Vielleicht sollte ich noch ein zweites Mal für einen ordentlichen Schneefall beten?*

„Ich verstehe nicht so ganz, warum du das diesmal nicht hast kommen sehen. Sonst kann man sich eigentlich immer auf deine Wetterprognosen verlassen.“

Johann rieb sich hingebungsvoll die Stirn. „Auch ein Wetterfrosch ist mal müde.“

Charlotte lehnte sich kurz an ihn – ihre Art zu zeigen, dass sie das durchaus verstand. „Hast du Kopfschmerzen?“

„Nein, warum fragst du?“

„Weil du dir ständig an die Stirn fasst.“

„Ach das.“ Johann grinste und nahm die Hand herunter. „Vielleicht möchte ich nur vermeiden, dass du in meinen Kopf sehen und meine Gedanken lesen kannst.“

Charlotte schüttelte über seine eigentümliche Bemerkung zuerst den Kopf, dann biss sie sich auf die Unterlippe. „Du machst dir also doch auch Sorgen?“ Ihre Stimme klang zittrig.

„Aber nein. Die beiden sitzen gemütlich in der Forsthütte, spielen Binokel und warten.“

„Ja, bis Georg sie befreit.“ Charlotte gab ein schwärmerisches Seufzen von sich.

„Wie gut, dass die Fichte neulich nicht auf Lisas Kopf gefallen ist.“ *Sie wird schon den Richtigen wählen.*

„Was hat das denn damit …? Ich meine, natürlich ist das gut. Ach, du wieder!“ Charlotte lehnte sich erneut kurz an ihn, offenbar einmal mehr besorgt um seinen Geisteszustand, und widmete sich dann abermals dem intensiven Kneten ihrer Finger.

Johann, weiterhin absolut sicher, dass sein ältester Enkel schnell und richtig entschieden hatte, was zu tun war, drehte sich vom Fenster weg und begab sich in den Anbau. Von dort trat er durch die Seitentür hinaus auf den winzigen, von ihm freigeschaufelten Platz, um gemütlich und ohne von Charlotte erwischt zu werden seine Pfeife zu schmauchen. Für einige Minuten würde er die Eiseskälte durchaus aushalten, zumal ihn der Gedanke wärmte, dass Robert und die süße Kleine dort oben in der winzigen Hütte festsaßen.

Charlotte mochte die größere Romantikerin sein und viel auf ihren vermeintlich sicheren Blick für sich anbahnende Romanzen halten, aber er war definitiv der bessere Amor. Die Frage war nur, ob Robert sein Herz mittlerweile von den Baumstämmen befreit hatte, die nach dem Sturmtief Irmgard darauf gelandet waren.

Das Dosenessen war nicht unbedingt ein Gaumenschmaus, aber Lisa nahm es klaglos zu sich und schien dankbar zu sein, etwas Warmes in den Magen zu bekommen. Robert war ohnehin warm. Vor allem seit er Lisas Hände auf seiner Haut gespürt hatte. Er hätte sich danach einfach mal in den Schnee legen sollen, um wieder abzukühlen. Allerdings hätte er dann vermutlich das verquere Gefühl verloren, dass sein Rücken an der Stelle, wo sie ihn berührt hatte, völlig schmerzfrei war; und nur dort.

Um sich dieser und möglicher weiterer Überlegungen nicht länger hinzugeben, fragte er Lisa, die mit der allergrößten Selbstverständlichkeit noch immer sein Hemd trug, obwohl ihre Kleidung inzwischen längst wieder trocken war: „Und? Binokel?“

„Nein. Lisa.“

Robert lachte, räusperte sich und brachte seine Frage dann ein zweites Mal vor. „Würdest du mir eine Revanche beim Binokel einräumen, Stadtmädchen?“

„Gern, Naturbursche.“ Sie neigte den Kopf und lächelte ihn an, sodass er sich ertappt fühlte. Ja, er wollte unbedingt herausfinden, warum sie bei dem Spiel so gut war.

Wenig später hatten sie gemeinsam abgewaschen und saßen sich wieder gegenüber. Lisa trug noch immer sein Hemd. Sie hatte nicht nachgesehen, ob ihre Bluse oder ihr Pullover trocken waren, und er hatte sie nicht darauf hingewiesen, denn sie gefiel ihm in diesem viel zu großen Baumwollhemd.

Fünf Runden später gefiel sie ihm schon nicht mehr so gut. Sie hatte jede einzelne Partie gewonnen. Nur ein einziges Mal war es knapp gewesen, weil er viele Trümpfe auf der Hand gehalten hatte.

Prüfend betrachtete Robert sein Gegenüber. Lisa hatte mittlerweile den Ellenbogen auf die Tischplatte gestützt und den Kopf in ihre Handfläche gelegt. Sie sah erschöpft aus, was nach der schweren körperlichen Arbeit absolut verständlich war. Obwohl er sie eigentlich schlafen schicken sollte, teilte er ein weiteres Mal aus. Vielleicht war sie jetzt endlich zu unkonzentriert, um weiterhin verschleiern zu können, wie sie das mit dem Gewinnen anstellte.

Da sie nur zu zweit spielten, hatten sie sich für die Spielvariante ohne Reizen, dafür mit Zwischenmelden entschieden. Deshalb zog er nun die Herz-Zehn als Trumpf aus dem verbliebenen Kartenstapel, anstatt dass der Sieger des Reizens diesen bestimmen durfte.

Es dauerte keine zwei Minuten, da fiel auf Lisas Seite eine Spielkarte auf die Kante des Holztisches und von dort zu Boden. Robert sprang so hastig auf, dass Lisa zusammenzuckte und plötzlich wieder aufrecht auf ihrem Stuhl saß. Verwirrt blinzelte sie ihn an und sah dabei so bezaubernd aus, dass er sich am liebsten einfach wieder hingesetzt hätte, um ihren Anblick auf sich wirken zu lassen. Entschieden schob er den Wunsch beiseite und trat neben sie. Noch während er sich nach der Karte bückte, fragte er: „Woher kommt die?“

„Wie bitte?“ Lisa sah ihn fragend an, also knallte er den Beweis für ihre Schummelei auf die Tischplatte. Sie zuckte zusammen. Der Ofen protestierte, indem er die in seinem Inneren frisch aufgeschichteten Holzscheite umwarf.

Lisa betrachtete die Karte und hob dann langsam den Kopf, um Robert in die Augen sehen zu können. Er hatte inzwischen eine Hand auf ihrer Stuhllehne aufgestützt, die andere auf dem Tisch. Vornübergebeugt stand er da, hielt sie praktisch gefangen und signalisierte ihr durch das Anheben seiner Augenbrauen, dass sie ihm eine Erklärung schuldig war. „Du gibst nicht alle Karten zum Neuausteilen zurück?“

„Wa- … Warum sollte ich welche zurückhalten?“, fragte sie, und ihr französischer Akzent schlug deutlicher durch als je zuvor.

„Nun tu mal nicht so unschuldig.“

„Also hör mal!“ Sie straffte aufgebracht die Schultern, wobei ihr Gesicht seinem noch viel näher kam. Zu nahe. Ihre Augen funkelten; es lag keine Spur von Müdigkeit mehr darin. Ihr Schmollmund war nun wirklich einer.

Sein Ärger, der in Teilen ohnehin nur gespielt gewesen war, verflog augenblicklich. Er berührte mit seinen Lippen die ihren. Sie streckte sich ihm entgegen, womit er nicht gerechnet hatte. Also ergriff er links und rechts ihrer Taille das viel zu weite Hemd und zog sie daran auf die Füße. Sie lehnte sich an ihn, und er genoss weiterhin die Weichheit und Wärme ihrer Lippen. Schließlich legte sie die Arme um seinen Hals. Dies ließ ihn aufmerken. Offenbar begann sein Gehirn wieder Signale zu empfangen. Unangenehme, warnende.

Was wusste er schon über Lisa? Wie lebte sie und wo sah sie ihre Zukunft? Was war ihr wichtig? All das hatte er Irmgard nie gefragt. Und dann war da ja noch Georg, sein kleiner Bruder …

Robert trat einen Schritt zurück, gleich darauf einen zweiten. Lisa ließ die Arme sinken, blinzelte ihn an und wirkte dabei unglaublich verletzlich. Oder sogar verletzt?

„Es … es liegt nicht an dir, Lisa, wirklich nicht“, beteuerte Robert sofort. Das Funkeln in ihren Augen erlosch wie ein Feuer, dem der Sauerstoff entzogen wurde.

In seinen Gedanken herrschte Chaos. Da gab es zu viele wunderbare Empfindungen, die sich mit seiner Vernunft duellierten; eine Menge alten Schmerz, der sich mit neuem verbrüderte.

Lisa senkte den Kopf und betrachtete die einzelne Karte auf dem Tisch, die er vom Boden aufgehoben und dort hingelegt hatte. Es war die Herz-Dame. Trumpf. „Ich kann mir Farben und Formen gut merken“, sagte sie leise und war schon im Begriff, sich von ihm zu entfernen. „Ich weiß, was bereits gespielt wurde und welche Karten noch im Spiel sind. Du hast vorhin mit einem Herz-Ober meinen Herz-Buben gestochen, ich mit dem Herz-König dein Kreuz-Ass, dann mit meinem Schell-Zehner deinen Schell-Unter und mit dieser Herz-Dame deine Schell-Zehn. Ich wusste aufgrund des Verlaufs der anderen Stiche, dass du keinen Trumpf mehr hast. Die Herz-Dame lag also im umgedrehten Stapel neben mir. Vielleicht ist sie an meinem umgekrempelten Ärmel hängen geblieben?" Noch während sie sprach, ergriff sie die Petroleumlampe, öffnete die kleine Seitentür und trat in die eisige Nacht hinaus. Zurück ließ sie eine recht ähnliche Kälte. In Roberts Innerem.

Er wandte den Blick von der Tür ab und schob die Karten zusammen, ohne zu überprüfen, ob sein letzter und ihre letzten drei Stiche so waren, wie sie es gesagt hatte. Aus dem einfachen Grund, weil er ihr glaubte. Dann blieb er unschlüssig mitten im Raum stehen. Was sollte er jetzt tun? Es gab keinen Ort, an dem er sich verstecken konnte, anders als seine aufflammenden Gefühle für Lisa. Die schob er unter die Ascheschichten in seinem verbrannten Herzen.

Lisa kam zurück, stellte die Lampe auf der Kommode ab und sah ihn prüfend an. Dies verlangte ihm Bewunderung ab, hätte sie sich doch genauso gut in den hintersten Winkel der Hütte verkriechen können. In der zarten Person schlummerte eine gehörige Portion Contenance. „Du hast recht, das war keine gute Idee. Nicht hier oben und nicht so schnell."

Sie sprach definitiv nicht von ihrem Kartenspiel.

„Wenn du jetzt bitte …" Lisa deutete unmissverständlich zur Seitentür. Robert nickte, ergriff nun seinerseits die Lichtquelle und sagte, bereits mit der Hand am Türriegel: „Ich werde dich auf einem Binokel-Turnier anmelden. Da können wir eine Menge Geld verdienen."

Er freute sich über das leise Lachen, das sie als Reaktion auf seinen unsinnigen Vorschlag hören ließ. Erleichtert lockerte er seine schmerzende Rückenmuskulatur. Vermutlich konnten Lisa und er einen Weg finden, auch weiterhin kameradschaftlich miteinander umzugehen. Zumindest so lange, bis sie von diesem Berg hinunterkamen.

Was aber war, wenn sie und Georg …? Ob er seinem Bruder sagen musste, dass er Lisa geküsst hatte? Bei dem Gedanken daran drohte es ihm den Magen umzudrehen. Ein einziger unbedachter Moment, ein kurzer Satz, ein unbedacht geäußertes Wort verfügten durchaus über die Macht, die Zukunft zweier Menschen zu zerstören. Wollte er derjenige sein, der dafür verantwortlich war? Und damit der Schuldige und der Dritte im Bunde der Unglücklichen?

Robert ließ Lisa so lange Zeit, wie er es ohne Jacke zwischen Fels- und Hüttenwand aushalten konnte. Als er schließlich zurück in die Hütte trat, deren Wärme ihn nicht weniger schmerzte als zuvor die Kälte, lag Lisa bereits im Bett. Auf einem Stuhl vor dem Ofen hing Wäsche, offenbar hatte sie die Waschpaste entdeckt. Viel zu aufgewühlt, um an Schlaf auch nur zu denken, setzte Robert sich wieder auf die Truhe und lehnte sich mit dem Rücken an die Holzwand, die erahnen ließ, wie gefährlich frostig die Nacht war.

Lisa erwachte, weil sie unsäglich fror. Ihr Blick wanderte zum Fenster, das einen Lichtschimmer hereinließ, vermutlich weil der Mondschein den Schnee erhellte. Spiralen aus blassblauem Eis zogen sich über die Fensterscheibe, wanden sich hierhin und dorthin, als wären sie unschlüssig, wohin ihr Weg gehen sollte. Lisa fühlte sich ihnen dahin gehend sehr verbunden.

Zwischen den kräftigen Eisranken wuchsen feinblättrige Farne, blühten fantasievolle, filigrane Blumen, waren Tropfen erstarrt. Tränen aus Eis.

Ihre Tränen, mit denen sie sich heimlich in den Schlaf geweint hatte, waren umso heißer gewesen. Einmal mehr hatte sie sich wertlos gefühlt. Ungeliebt und zurückgestoßen. Erst als sie sich selbst energisch zur Vernunft gerufen hatte – oder jene Stimme, die sie manchmal vernahm, ohne sie wirklich zu hören, und die stets ein bisschen wie Camilles klang, so weich, liebevoll und doch ungeschönt ehrlich –, war ihr bewusst geworden, dass sie keinerlei Anspruch auf Roberts Zuneigung oder gar Liebe hatte. Sie waren sich viel zu fremd.

Ebenso, wie sie von ihren Mitmenschen nicht erwarten konnte, dass jeder sie sofort ins Herz schloss und ihr wohlgesonnen war, konnte sie auch nicht erwarten, dass Robert sich einfach Hals über Kopf in sie verliebte. Was ihre Gefühle für ihn betraf, mochte das der Fall sein, doch das musste noch lange nicht auf Gegenseitigkeit beruhen. Sicherlich waren auch seinerseits Gefühle vorhanden, sonst hätte er sie nicht geküsst. Aber vielleicht befürchtete er ja ebenfalls, dass sie auf der Suche nach einer Ersatzfamilie war. Und darauf wollte er sich ganz bestimmt nicht reduzieren lassen.

Zuneigung und Faszination wuchsen manchmal so rasch wie Eisblumen, verblühten aber ebenso schnell, wie jene hinwegschmolzen. Liebe, die tiefer ging, benötigte Zeiten angeregter Gespräche und gemeinsamer Unternehmungen; das Erleben des jeweils anderen im Kreise seiner Familie und das gemeinsame Überwinden von Hindernissen.

Lisa schob den Gedanken weit von sich, dass sie all das – wenn auch auf äußerst komprimierte Art – doch gerade erlebte. Auch wenn sie bei Roberts Familie wohnte und dadurch seinen liebevollen und von Respekt geprägten Umgang mit seinen Eltern und dem Großvater miterlebt hatte und sie nun hier oben auf engstem Raum eingeschneit waren und damit aufeinander angewiesen, wollte sie es sich nicht zu leicht machen, nur weil ihr Herz beim Gedanken an Robert Purzelbäume schlug. Es gab einen Unterschied zwischen Verliebtheit und Liebe. Und so gab es auch einen Unterschied zwischen den Menschen, die sie wirklich ablehnten, und jenen, von denen sie einfach nur annahm, dass sie das taten.

Lisa kam es mittlerweile so vor, als rankten sich auf ihrem Körper ebenfalls Eisblumen, beginnend bei ihren Zehen bis hinauf zu ihren Oberschenkeln. Sie setzte sich auf und sah, dass das Feuer im Ofen erloschen war. Ob Robert am Abend vergessen hatte, Holz nachzulegen? Oder wurde der Brennstoff allmählich knapp, sodass er es für besser erachtet hatte, das Feuer über Nacht ausgehen zu lassen?

Ihr zweiter Blick fiel auf die Wolldecke, die als Sichtschutz an einem Deckenbalken zwischen der Kommode und dem Tisch angebracht worden war. Das war neu. Ob Robert inzwischen die Befürchtung hegte, dass sie hier weit länger festsitzen würden als nur zwei oder drei Nächte? Hatte er deshalb dafür gesorgt, dass sie fortan in der Nähe des Wasserbehälters und des provisorischen Waschbeckens eine gewisse Privatsphäre haben würden? Dafür würde auch das Einsparen von Brennholz sprechen.

Lisa schwang die Beine über das Bettgestell und tastete mit ihren Füßen nach der oberen Leitersprosse. Sie kletterte hinunter, vergewisserte sich, dass Robert noch fest schlief, und huschte hinter den Vorhang. Dort nahm sie ihre frisch gewaschene, etwas klamme Unterwäsche von der Armlehne des Stuhls und versuchte, die männlichen Gegenstücke auf der zweiten Lehne zu ignorieren. Offenbar hatte auch Robert Wäsche gewaschen. War dies ein weiterer

Hinweis darauf, dass sie sich auf eine deutlich längere Verweildauer hier oben einrichten musste?

Nach einer Katzenwäsche mit eiskaltem Wasser schichtete sie Holz im Ofen auf und entfachte ein Feuer. Als sie den Gang zur Toilette hinter sich gebracht hatte, war ihr klar, dass sie nicht mehr würde einschlafen können, vor allem weil die Kälte noch immer in ihren Gliedern steckte. Da ohnehin bald der Morgen dämmern würde, schlüpfte sie in ihre Wanderschuhe und zog sich Jacke, Schal, Mütze und Handschuhe an.

Kaum ins Freie getreten, hielt sie unwillkürlich den Atem an. Die eiskalte Luft brannte in ihrer Nase. Schnell schob sie sich den Schal über ihre untere Gesichtshälfte. Die Sterne am Himmel waren bereits am Verblassen, als ginge ihnen nach der langen Nacht die Leuchtkraft aus. Oberhalb der Bergkämme, die nur als dunkelblaue Schatten zu erahnen waren, zeichnete sich ein blassgelber Schimmer ab, dessen Ausläufer in weiches Rosé übergingen. Sie hatte demnach recht mit der Annahme, dass der Tag bereits darauf lauerte, die Nacht zu vertreiben und die Herrschaft über diesen Teil der Welt zu übernehmen. Über eine kalte, knisternde Winterlandschaft, die neben ihrer verwunschenen Schönheit durchaus auch etwas Feindliches hatte.

Um sich aufzuwärmen, rannte Lisa durch den Schneekanal, den sie bisher geschaufelt hatten, kehrte dann zur Hütte zurück, ergriff die Schneeschaufel und lief wieder hinüber zum anderen Ende. Keuchend warf sie einen neuerlichen Blick in Richtung Osten und bewunderte das Farbenspiel über der erwachenden Bergwelt, die wie liebevoll gemalt aussah, ehe sie sich dem Hindernis zuwandte, das ihnen die Rückkehr in die Zivilisation verwehrte. Leider hatten der Sonnenschein vom Vortag und die Minustemperaturen der Nacht den Schnee unangenehm verhärtet, was das Schaufeln zu einer noch anstrengenderen Tortur machte. „Ich würde dich gern weghaben, bevor uns das Holz oder die Nahrungsmittel ausgehen. Oder bevor Robert und ich uns an die Gurgel gehen." Letzteres würde wohl eher nicht passieren. Aber es war einfacher, die Gefahr, dass sie und Robert sich erneut näherkamen, so zu benennen, zumal Gott sicher zwischen den Zeilen zu lesen verstand.

„He, Stadtmädchen, du hast die Querstraßen vergessen."

Lisa lachte auf, drehte sich um und warf den Schnee, den sie auf der Schaufel hatte, nach Robert. Der duckte sich und wich der Ladung gekonnt aus.

„Das sollte eigentlich deine morgendliche Gesichtswäsche sein, Naturbursche."

„Wir Naturburschen werfen uns immer mit dem ganzen Körper in den Schnee. Sich nur das Gesicht damit abzureiben, ist eher was für sensible Städter."

„Für Städter, die in einer Schutzhütte festsitzen?"

„Richtig." Er stand nun vor ihr, beide Hände mit der weißen Pracht beladen.

„Ich finde, dass ich Gnade verdiene. Schließlich durftest du in einer warmen Hütte aufwachen, während sich um mich herum eine Eisschicht gebildet hatte."

„Das Feuer war aus?" Er sah sie betroffen an, ließ den Schnee fallen und strich sich über die inzwischen kräftig wuchernden Bartstoppeln. Lisa konnte das leise Knistern hören und beschloss, es angenehm zu finden.

„Das war also nicht geplant?"

„Nein, gar nicht", gab Robert zu und wiederholte die Handbewegung. Lisa lauschte intensiv. Doch, das Geräusch, jene Kombination aus Knistern und etwas, was sich wie ein Flüstern anhörte, empfand sie als sehr angenehm.

„Entschuldige bitte."

Lisa hob die Augenbrauen und betrachtete den Mann vor sich. Er sah sie direkt an, und dieses Mal hatte sein Blick nicht diese aufwühlende Intensität. Es lag etwas darin, was sie als Verletzlichkeit definieren würde. Ganz sicher meinte er mit seiner Bitte um Verzeihung nicht nur die Tatsache, dass er vergessen hatte, noch einmal Holz nachzulegen, sondern auch die anderen Geschehnisse des gestrigen Abends. Sie nickte, spürte dabei aber einen heftigen Schmerz durch sich hindurchschießen. Beinahe so, als wäre etwas in ihrem Inneren abgetrennt worden und an eine andere Stelle gerutscht. An die falsche Stelle. Denn eigentlich wollte sie nicht, dass er sich für den Kuss entschuldigte. Im Gegenteil. Es hätte ihr gefallen, wenn er sie stattdessen erneut in seine Arme gezogen und sie noch einmal geküsst hätte. Hier unter dem rosafarbenen Winterhimmel, der allmählich in ein sanftes Blau überging und die verschneite Bergwelt zum Strahlen brachte.

Die muntere Lockerheit, die Robert heute erneut an den Tag legte, war jedoch allemal besser, als wenn er in ein peinlich berührtes Schweigen verfallen wäre. Deshalb lächelte Lisa ihn dankbar an und drückte ihm die Schneeschaufel in die Hand. „Für die Querstraßen bist du zuständig. Aber tu mir bitte den Gefallen und leg sie nicht schachbrettartig an. Das finde ich langweilig."

Sein Grinsen war einfach umwerfend. Um den Aufruhr ihrer Gefühle vor ihm zu verbergen, stapfte sie los. „Ich hoffe, das Gourmetfrühstück steht bereits auf dem Tisch?"

„Tut es, ich habe nur leider vergessen, den silbernen Lüster zu polieren. Ich hoffe, das macht dir nichts aus."

„Zur Strafe wirst du ein paar Bäume pflanzen müssen", rief sie über die Schulter hinweg. Robert hielt die Schaufel bereits in den Händen. Sie lehnte mit dem Schild nach oben an seiner linken

Schulter. Den Anblick in sich aufnehmend, drehte Lisa sich noch einmal zu ihm um und ging einige Schritte rückwärts. Dieser Mann gehörte hierher, als wäre er wie die Schwarzwaldtannen fest in der Erde verwurzelt. Weitere Überlegungen dahin gehend, dass sie ihn sich nicht in einer französischen Großstadt vorstellen konnte, und die Frage, ob sie hier würde leben können, ließ sie nicht zu. Beides war doch reichlich verfrüht und damit unsinnig. Dennoch schmolzen die von ihr zurückgedrängten Gedanken und Empfindungen winzige Löcher in die Schneemauer, die sie noch am gestrigen Abend um ihr Herz gebaut hatte.

„Typisch Stadtmädchen. Glaubt tatsächlich, man könnte im Winter Bäume pflanzen", kam es von Robert, wenngleich er die Worte als eine zu laut vor sich hingemurmelte Überlegung tarnte.

Lisa lachte darüber, wandte sich um und eilte zurück zur Hütte. Auch wenn sie dort kein Gourmetfrühstück erwartete, freute sie sich doch auf die Mahlzeit, da sie mittlerweile ordentlich hungrig und durstig war. Sie nahm sich vor, im Frühjahr wieder hierherzukommen. Vielleicht würden die Vogels sie ja erneut einladen, bei ihnen im Forsthaus zu wohnen, und wenn nicht, gab es ja noch das kleine Hotel am Liliensee.

Dann würde *sie* einen Baum pflanzen. *Nein, zwei,* korrigierte sie sich. Einen dafür, dass sie mehr und mehr lernte, die Reaktionen ihrer Mitmenschen nicht immer direkt auf sich zu beziehen und dann darüber zu grübeln, ob man sie mochte oder nicht. Denn Robert hatte ihr an diesem Morgen auf seine ganz eigene Art gezeigt, wie gern er sie hatte. Und das, obwohl er ihr anfänglich überaus misstrauisch begegnet war. Der abrupt beendete Kuss hätte durchaus für eine nicht mehr aus der Welt zu schaffende Unannehmlichkeit sorgen können, doch sie beide verstanden damit umzugehen, ohne verletzt zu sein. Für diese Erkenntnis war Lisa mehr als dankbar.

Denn nur weil Roberts Vernunft gesiegt hatte, bedeutete das nicht, dass er nicht gern mit ihr Binokel spielte, Schnee schaufelte oder Dosenmahlzeiten zu sich nahm. Oder sie gern ein wenig aufzog.

Der zweite Baum würde für den nächsten Sieg stehen, den sie bis dahin bestimmt errungen hatte: den Sieg über ihre Gefühle für Robert, die in den vergangenen zwei Tage stetig angewachsen waren. Denn nur wenn ihr das gelang, bestand die Möglichkeit, dass die Vogels eine Art Adoptivfamilie für sie werden konnten. Von diesem Wunsch wollte sie nicht abrücken, denn dafür hatte sie diese wunderbaren Menschen schon viel zu lieb gewonnen. Sie zwei- oder dreimal im Jahr zu besuchen, würde eine Wohltat sein. Und vielleicht konnte Lisa ihnen ja auch etwas von dem Glück zurückgeben, das sie bei ihnen erleben durfte.

Kapitel 8

Charlotte ließ ihre Nichte Ellen stehen und rannte die knarrenden Stufen ins Erdgeschoss hinunter. Wie hatte ihr das passieren können? Und gleich zweimal hintereinander?

Im Grunde wusste sie die Antwort, immerhin galten ihr Sohn und Lisa noch immer als vermisst. Eine dritte Nacht war vergangen, ohne dass es Heinrich, Georg und einigen anderen Helfern vom Liliensee und aus Vierbrücken gelungen war, den garstigen Schiltrück zu bezwingen.

„Kommst du, Lotti?“, kam Johanns drängender Ruf von der Eingangstür her. Dass er verwirrt klang, war nichts Neues, aber die Beunruhigung in seiner Stimme irritierte Charlotte. Sie schüttelte über sich selbst den Kopf. Das war Unsinn. Natürlich war ihr Schwiegervater durcheinander, wenn schon wieder – ohne dass sie damit gerechnet hatten – eine Tochter von Gerda vor ihrer Tür stand. Charlotte erging es ja nicht anders.

Mit Erreichen der letzten Treppenstufe fiel ihr der ungeöffnete Brief auf dem Küchentisch ein. Vermutlich lag dort ein Schreiben, das erklärte, weshalb plötzlich ein Mann, eine Frau und zwei Kinder im Forsthaus um Einlass baten, wobei eines der Kinder Trudi war, die ihre Patentante besuchen wollte.

„Ich habe ja darum gebeten“, sagte Charlotte halblaut zu sich selbst, ehe sie über die Holzdielen in den Eingangsbereich eilte, in dem sich fünf Personen drängten. Der Mann, Ellen hatte gesagt, er habe sich im Hotel als Trudis Vater vorgestellt, trug einen etwa dreijährigen Jungen auf dem einen Arm und hatte den anderen beschützend um seine deutlich jüngere Frau gelegt. Die drückte die sechsjährige Trudi an sich, die sich an sie lehnte, als bräuchte sie Halt, um nicht umzufallen.

Die Augen des Mädchens, denen von Gerda überaus ähnlich, waren angstlich auf Johann gerichtet, was Charlotte dem Kind nicht verübeln konnte. Ihr Schwiegervater hatte sich an diesem Tag noch nicht gekämmt, was ihm das Aussehen eines Piraten verlieh, zudem hatte er die Augenbrauen zusammengezogen und abwehrend die Arme vor der Brust verschränkt.

Charlotte unterdrückte das in ihr aufperlende Lachen. Das Misstrauen, das ihr ältester Sohn über Lisa ausgegossen hatte, schien ansteckend zu sein. Nur dass Johann Lisa von Anfang an akzeptiert hatte, wohingegen er die Neuankömmlinge offenbar durch stummes Anstarren wieder aus dem Haus hinauskomplimentieren wollte. Am besten gleich hinunter zum Liliensee – oder weit weg über die Berge, dorthin, woher sie gekommen waren. Bei Johann konnte Charlotte das als eine Art Altersstarrsinn abtun, was Robert bezüglich Lisa dazu getrieben hatte, verstand sie noch immer nicht. Und nun war das arme Mädchen mit ihm allein dort oben … Es wäre wirklich von Vorteil gewesen, wenn Lisa ihre Ausflüge in umgekehrter Reihenfolge gemacht hätte: zuerst die Besteigung des Schiltrücks und dann die Erkundung des Liliensees und Campingparadieses. Dort hätte sie höchstens eine Nacht festgesessen, und zwar mit Georg.

Charlotte spürte, wie ihr die Hitze ins Gesicht stieg. Lisa und Robert hatten nun schon die dritte Nacht zusammen dort oben verbracht. Noch vor ein paar Jahren wäre das der Auslöser für einen riesigen Skandal gewesen und man hätte die beiden nach ihrer Rückkehr unverzüglich miteinander verheiratet. Natürlich hatte sie Robert gut erzogen, und er wusste sich einer Frau gegenüber angemessen zu benehmen, dennoch war er nun mal ein Mann. Ein Mann von beinahe dreißig Jahren. In diesem Alter hatten Heinrich und sie bereits drei Söhne um sich herumtoben gehabt.

„Du siehst aus, als hättest du gerade erfahren, dass Romy Schneider Georgs Heiratsantrag angenommen hat."

Charlotte hob erschrocken den Kopf. Fünf Augenpaare waren auf sie gerichtet. Zwei fragend, sie gehörten dem Ehepaar, eines neugierig, das des kleinen Jungen, Trudis vorsichtig und Johanns äußerst amüsiert. Er hatte sogar seine Abwehrhaltung aufgegeben, so sehr lachte er innerlich über seine schweigend und wie versteinert dastehende Schwiegertochter, die sich in ihren Gedanken verlaufen hatte.

„Entschuldigen Sie bitte, wie unhöflich von mir", stammelte sie.

„Wir wissen, dass Sie seit dem Schneesturm Ihren Sohn und eine Freundin der Familie vermissen. Dass Sie mit Ihren Gedanken woanders sind, ist doch völlig normal. Wenn wir ungelegen kommen –" Die junge Frau, Charlotte schätzte sie auf Anfang dreißig, deutete hinter sich zur geschlossenen Eingangstür.

„Aber nein. Sie sind doch eigens mit Ellen hier heraufgekommen, um mich zu besuchen. Ich bin Charlotte Vogel."

Die Frau stellte sich als Karin Müller vor, Werner, ihr Ehemann und Trudis Vater, war um die fünfzig und überaus gutaussehend. Charlotte konnte sich gut vorstellen, dass ihre Freundin sich einst Hals über Kopf in ihn verguckt hatte. Der kleine Junge hieß Jürgen und streckte ihr sofort die Hand entgegen, als Karin seinen Namen nannte. Charlotte ergriff sie und schüttelte sie mit dem gebotenen Ernst, den diese Geste verlangte. Schließlich ging sie vor Trudi in die Hocke. „Hallo, Trudi. Ich bin deine Patentante Charlotte. Leider habe ich dich seit deiner Taufe nicht mehr gesehen, aber ich habe oft an dich gedacht und für dich gebetet. Ich bin so froh, dich endlich wiederzusehen."

Es freute Charlotte, dass das Mädchen bei seinem leiblichen Vater eine neue Familie gefunden hatte, auch wenn das hieß, dass Trudi nicht zu den Vogels ins Forsthaus ziehen würde. Doch das Kind passte eindeutig besser in eine jüngere Familie.

Trudi nickte und lächelte schüchtern, presste gleichzeitig aber den Rücken noch fester an Karin. Dies verriet Charlotte, dass Trudi nicht erst seit Gerdas Tod bei den Müllers lebte.

Ihr Herz wurde schwer. Hatte Gerda Lotti schon vor Jahren in die Obhut des Vaters übergeben, lange bevor sie verstorben war? Weil sie auch für dieses Kind – wie schon für Lisa – nicht hatte Sorgen wollen? Der Gedanke, diese Regelung könne für Trudi wohl das Beste gewesen sein, tat Charlotte weh und beruhigte sie zugleich. Welch ein Chaos, auch im Hinblick auf ihre Gefühle!

Sollte sie dem Kind ihr Beileid aussprechen? Hatte Trudi in Gerda überhaupt eine Mutter gesehen? Wenn Lisa Gerda erwähnte, gebrauchte sie immer deren Vornamen, als wären sie und ihre Mutter zwei Personen, deren Wege sich einmal zufällig gekreuzt hatten.

„Legen Sie bitte ab und folgen Sie mir in die Stube. Dort können wir uns ein bisschen besser kennenlernen."

Charlotte führte die vier in das Wohnzimmer, das selten genutzt wurde. Der Lebensmittelpunkt ihrer Familie war die große Küche mit dem Esstisch, den gemütlichen Stühlen und der Eckbank.

„Würdest du bitte Tee und Kaffee für uns kochen, Johann?", fragte sie ihren Schwiegervater, noch immer leicht überfordert von dem überraschenden Besuch und den Erkenntnissen, die sie bereits in den ersten Minuten gewonnen hatte.

„Zu Diensten, gnädige Frau", murmelte der alte Mann und trottete, gutmütig, wie er war, davon. Charlotte ließ ihn ziehen. Seit er sich gemeinsam mit Robert die kleine Küche im Anbau teilte, ließ er zumindest das Wasser nicht mehr anbrennen. Also würde er auch Tee und Kaffee zubereiten können.

Werner räusperte sich. „Ich hoffe, Sie bekommen bald gute Neuigkeiten von den Vermissten."

„Ja, das wäre wirklich eine Erleichterung. Wir gehen davon aus, dass es ihnen den Umständen entsprechend gut geht. Robert, unser Sohn, kennt sich in den hiesigen Wäldern und Bergen bestens aus. Dort oben gibt es eine Schutzhütte, die für solche Fälle ausgestattet ist. Er ist mit unserem jungen Gast bestimmt dort untergekommen und versucht nun, einen Weg ins Tal zu finden."

Dass es sich bei ihrem jungen Gast um eine Halbschwester von Trudi handelte, wollte Charlotte vorerst für sich behalten. Das Mädchen sollte zuerst einmal mit ihr warm werden und sich hier ein wenig wohler fühlen, ehe sie ihm verriet, dass es nicht nur einen kleinen Bruder, sondern auch eine ältere Schwester hatte.

„Ellen sagte, es handelt sich dabei um Lisa Schwaiger. Es wäre schön, wenn wir sie kennenlernen könnten, solange wir hier sind, nicht wahr, Trudi?"

Charlottes Lächeln fiel zusammen wie ein schlecht aufgeschichteter Polter. Offenbar war Trudi mit dem Wissen aufgewachsen, eine ältere Schwester zu haben. Charlotte wusste nicht, was sie nun sagen sollte.

Vom Türrahmen her, an dem Johann lehnte und auf das Pfeifen des Wasserkessels wartete, kam ein Geräusch, als müsse er sich jeden Moment übergeben. Ahnte auch er, wie sehr Lisa die Erkenntnis zusetzen würde, dass Trudi von ihr gewusst hatte, während ihr selbst das Wissen um die Existenz einer Schwester vorenthalten worden war? Charlotte konnte nur hoffen, dass sie das nicht als Verrat vonseiten ihrer Großtante Camille einstufen würde.

„Gehst du denn schon zur Schule, Trudi?“, stellte Charlotte die erstbeste Frage, die ihr einfiel. Ja, sie wollte möglichst viel über ihr Patenkind erfahren, doch ihre Gedanken rutschten noch immer so unkontrolliert durch ihren Kopf wie draußen die Schneehauben von den Ästen.

Trudi saß weit vorn auf dem Sofa, sodass sie mit den Füßen das Kuhfell auf dem Boden berührte. Ihre Augen strahlten, ihr ganzer Körper schien vor Aufregung zu vibrieren. „Nein, aber im nächsten Sommer darf ich in die Schule gehen. Ich habe sie mir schon angeschaut. Es ist ein richtig großes Gebäude. Ich habe Angst, mich darin zu verlaufen. Aber die Angst ist nur ganz klein, weil ja meine beiden Freundinnen mitkommen. Wir werden ganz artig sein und viel lernen und …“

Charlotte hörte lächelnd zu, glücklich darüber, ein fröhliches und ausgeglichenes Kind vor sich zu haben, dem man anmerkte, dass es sich geliebt, umsorgt und beschützt fühlte. Ohne Zweifel war Trudi tief in der Familie Müller verwurzelt.

Zwischendurch brachte Johann die heißen Getränke herein. Er blieb jedoch nicht bei ihnen, obwohl er ein übermäßig neugieriger Mensch war, Kinder sehr gernhatte und sich stets für das Leben seiner Mitmenschen interessierte. Aus dem Augenwinkel sah Charlotte, wie er mit hängenden Schultern, als hätte jemand eine schwere Last darauf gelegt, in Richtung Anbau verschwand. Vermutlich würde er seine Pfeife aus dem Versteck holen, in der Annahme, dass sie nichts davon wusste, und vor dem Seiteneingang rauchen, ebenfalls in dem Glauben, sie würde das nicht mitbekommen. Seit Charlotte wusste, dass er diese Auszeiten zum Zwiegespräch mit Gott nutzte, hatte sie aufgehört, ihn dabei zu *ertappen.* Ralf hatte ihr den Hinweis mit den Worten gegeben: „Opa sendet mal wieder Rauchzeichen in den Himmel."

Robert stand auf und bedankte sich bei Lisa für das Mittagessen, was sie mit einem schiefen Grinsen und einem Fingerdeut auf den Stapel leerer Konservendosen in einer Feuerholzkiste quittierte. „Das nennst du hoffentlich nicht kochen?"

„Die höchste Kunst davon. Es soll Leute gegeben haben, die vor einer vollen Dose verhungert sind, weil sie sie nicht aufbekommen haben."

„Dann waren sie definitiv keine Naturburschen!"

„Richtig, es waren Städter. Sie wussten nicht, wie man mit einem Fuchsschwanz, einer Axt oder auch nur mit einer verbogenen Gabel umgeht."

„Du meinst also, ich würde sie ohne Dosenöffner nicht aufbekommen?"

„Niemals!"

„Würde ich wohl."

„Und wie würdest du das anstellen?" Er klang lauernd, stellte einen Fuß auf den Stuhl und beugte sich über sie. Der Schalk in ihren Augen war nicht zu übersehen.

„Ich würde eine Wette mit ihr abschließen und Binokel gegen sie spielen."

Robert lachte laut auf und streckte die Hände der Decke entgegen. „Ich gebe auf."

„So wie die Dose auch!"

Ihre schlagfertige Antwort erheiterte ihn noch mehr. Er mochte dieses Mädchen einfach. *Tust du nicht. Du liebst sie.*

Robert hatte keine Ahnung, woher der Gedanke gekommen war, dennoch setzte er sich in seinem Kopf fest wie ein Buchdrucker in der trockenen Baumrinde. Er wusste, dass er den Blick von ihr abwenden sollte, aber es gelang ihm nicht. Sie lächelte noch immer, wenngleich das spielerisch Herausfordernde in ihren Augen von etwas abgelöst wurde, das er als Verunsicherung mit einer Spur Furcht bezeichnen würde, wäre sein Kopf nur in der Verfassung, einen logischen Gedanken zu produzieren. Allerdings fühlte der sich an, als hätte Robert Schnee darin gehortet. Er *wollte* ihr Gesicht studieren. Ebenso wie es ihn lockte, ihre sanft geschwungenen Brauen mit dem Finger nachzuzeichnen, sich in dem warmen Braun ihrer Augen zu verlieren, die kleine Nase anzustupsen, die vollen Lippen zu küssen.

„Ich bin dran mit Schneeschaufeln." Lisas Stimme klang gepresst, als hätte jemand ihre Stimmbänder unsanft mit einem Wendehaken bearbeitet.

„Ich übernehme das", widersprach Robert ihr sofort. Er musste hier raus, musste das, was ihn da überfallen hatte, aus sich herausarbeiten.

„Aber du hast doch vorhin erst –"

„Die Schneise reicht jetzt bis in den Wald hinein. Dort liegt der Schnee weniger hoch, sodass ich zügig vorankommen werde, es vielleicht heute noch bis zum Jeep schaffe."

„Aber dann kann ich doch –"

„Die Bäume haben erheblich gelitten. Man muss sehr vorsichtig sein, sie im Blick behalten und möglicherweise zuerst Schäden beseitigen."

„Das kannst du tun, während ich –"

„Es ist nicht nötig, dass wir beide da rausgehen."

„Kannst du bitte aufhören, mir ständig über den Mund zu fahren?"

Robert blickte auf ihren Mund. Drehte sich um. Verließ die Hütte. Mit offenen Schnürsenkeln, die Jacke in der Hand, ohne Mütze, Schal und Handschuhe.

Die Tür fiel lautstark hinter ihm zu. Endlich konnte er wieder Luft holen. Die Gefahr war gebannt. Für ihn, für sie. Jetzt musste er sich nur noch der Gefahr herabstürzender Äste oder fallender Bäume stellen. Aber das war erheblich einfacher für ihn. Und sicherer.

Bewaffnet mit der Schneeschaufel schritt Robert durch die Schneise. Man sah deutlich, wo er und wo Lisa gearbeitet hatte. Während er den Schnee aus dem Weg geräumt hatte, hatte Lisa der weißen Masse ihr ganzes Körpergewicht entgegengeworfen, dabei aber das meiste davon mit ihren Schuhen und ihrem Körper zusammengeschoben. An diesen Stellen stieg der Pfad an und senkte sich erst dort wieder, wo er das Schaufeln übernommen hatte. Ihre Art, ihnen einen Weg zu bahnen, war im Grunde keine schlechte und sie war gut damit vorangekommen, allerdings erklärte das auch, weshalb Lisa stets klatschnass und völlig durchgefroren in die Hütte zurückgekommen war.

„Vielleicht wollte sie einfach nur dein Hemd tragen, Junge", sagte er zu sich selbst und ging zufrieden vor sich hin pfeifend weiter. Sobald er die ersten Bäume erreichte, wurde er wieder aufmerksam – und misstrauisch. Die Äste warfen inzwischen massenhaft Schnee ab, manchmal gaben sie unter der Last aber auch einfach nach. Dennoch schien der Baumbruch aus dem Frühjahr und nach dem neuerlichen Schneesturm nicht ganz so schlimm zu sein, wie er anfangs befürchtet hatte. Es zahlte sich aus, dass hier nicht nur Fichten standen, sondern eine bunte Mischung aus unterschiedlichen Baumarten und wild wachsendem Unterholz.

Robert arbeitete sich über den nicht mehr erkennbaren Pfad durch den Schnee, der hier unter den Bäumen deutlich niedriger lag als auf der Lichtung. Dafür lagen ihm einige umgestürzte Baumstämme im Weg, über die er klettern musste. Er schaufelte sich auch über die zweite, kleinere Lichtung hinweg und hielt schließlich vor dem steilen Abhang inne. Die letzte Strecke bis zum Jeep würden sie ohne vorheriges Freischaufeln überwinden können. Dabei würden sie zwar wieder nass werden, aber wenn sie erst einmal unten im Forsthaus angelangt waren, konnten sie sich ja aufwärmen und umkleiden. Allerdings hegte Robert die Befürchtung, dass auch auf der schmalen Serpentinenstraße umgestürzte Bäume lagen, und vermutlich auch wieder deutlich mehr Schnee als hier oben.

Ein kaum wahrnehmbares Motorengeräusch ließ ihn den Kopf heben. Offenbar war man im Tal bereits damit beschäftigt, ihnen die Hindernisse aus dem Weg zu räumen. Robert stieß die Schneeschaufel mit viel Schwung in den Schnee, wo sie wie ein seiner Flagge beraubter Fahnenmast stecken blieb, und kletterte über die schneebedeckten Baumwurzeln und Felsbrocken hinweg den steilen Abhang in Richtung Jeep hinunter. Wenige Meter, bevor er den Wagen erreichte, entdeckte er eine Fußspur, die bis zu einem von Wind und Schnee umgeworfenen Baumstamm führte, dort jedoch endete und wieder zurückführte. Jemand war hier oben gewesen, hatte aber keine Möglichkeit gesehen, bis zur Hütte vorzudringen. Oder es war bereits spät gewesen und derjenige hatte nicht im Dunkeln weitergehen wollen? Der Jeep jedenfalls war bereits von einer helfenden Hand ausgegraben worden.

Robert lauschte erneut auf das Brummen der Motorsäge, dem sich gelegentlich das vertraute schrille Kreischen beimischte, war sich aber sicher, dass die Helfer noch weit unten am Hang zugange waren. Er öffnete die unverschlossene Fahrertür und entdeckte einen mit einem Tuch zugedeckten Weidenkorb auf dem Sitz.

Obenauf lag ein orangefarbenes Kassenbuch. Robert schlug es auf und las, was Georg mit seiner schwungvollen, aber nahezu unleserlichen Schrift auf die erste Seite geschrieben hatte.

Wir nehmen an, ihr seid in der Schutzhütte untergekommen. Weiter unten liegen mehrere Baumstämme quer, wir arbeiten daran. Fahrt einfach so weit, wie ihr kommt. Den restlichen Weg bis dorthin, wo wir arbeiten, geht zu Fuß. Wir bringen euch dann zum Forsthaus und holen den Jeep später.

Wie sieht es weiter oben aus? Auf den Lichtungen liegen vermutlich zwei Meter Schnee? Wir sollten Schneeschuhe in der Hütte deponieren.

Falls jemand von euch verletzt ist, vermerkt es hier. Dann arbeiten wir uns erst einmal zu euch durch. Wenn ihr Verbandsmaterial oder einen Arzt braucht: aufschreiben. Wir tun unser Möglichstes.

Seid Gott befohlen, Georg

Robert schlug das Tuch beiseite und fand neben einem gut verpackten Brot vier Äpfel, eine Räucherwurst, eine kleine Tafel Schokolade und eine nur halb volle Flasche mit dickflüssigem Holunderbeerensaft. Halb voll deshalb, weil der Saft so genug Platz zum Ausdehnen hatte und das Glas nicht platzte, falls er gefrieren sollte. Seine Mutter war überzeugt, dass es nichts Gesünderes als Holunderbeerensaft gab. Der Vitamine wegen, und zur Linderung von Husten und weiteren Erkältungssymptomen.

Er tastete das Innere des Korbs ab und fand einen Bleistift. Obwohl er in seinen durchnässten Schuhen inzwischen eiskalte Füße hatte, nahm er sich die Zeit für eine Antwort.

Wir sind in der Schutzhütte und es geht uns gut.

Er zögerte. Sollte er noch schreiben, dass sich Lisa hervorragend hielt? Robert strich sich durch das feuchte Haar. Sie tat mehr als das. Nicht ein einziges Mal hatte sie über die Kargheit der Hütte geklagt oder ungeduldig gefragt, wann sie denn endlich vom Berg herunterkommen würden. Lisa nahm die Situation an, in die der Schneesturm sie gebracht hatte, und machte das Beste daraus.

Roberts Herz zog sich zusammen. Aufgewühlt blickte er zwischen dunklen Baumstämmen hindurch den steilen Hang hinunter. Irgendwo dort unten schlängelte sich die Straße entlang. Robert wusste zwar nicht genau, auf welcher Höhe Georg und seine Helfer inzwischen angekommen waren, aber wenn er und Lisa jetzt bis zum ersten Hindernis fuhren, das sich ihnen in den Weg stellte, und den Rest zu Fuß zurücklegten, würden sie wohl nicht länger als drei oder vier, allerhöchstens fünf Stunden unterwegs sein, bis sie bei der Hilfsmannschaft ankamen. Immerhin war Georg den Weg schon einmal herauf- und wieder hinuntergewandert.

Robert traute Lisa durchaus zu, mit ihm Schritt zu halten. Er warf einen Blick auf seine Armbanduhr. Es wäre zu schaffen, auch wenn sie gegen Ende in die Abenddämmerung geraten würden.

Wieder sah er auf. Vermutlich war gerade jemand – vielleicht erneut Georg, weil er sich am meisten um Lisa sorgte – zu Fuß auf dem Weg hierher, um zu prüfen, ob sie beim Jeep gewesen waren. Wenn Robert nun schrieb, dass sie beide unverletzt waren, würde derjenige wahrscheinlich bis zur Hütte hinaufsteigen und dort übernachten, um am nächsten Tag gemeinsam mit ihnen den Abstieg in Angriff zu nehmen.

Wir treffen uns morgen dort, wo ihr mit Aufräumarbeiten beschäftigt seid. Grüß alle.

Ob Georg die Nachricht so auffassen würde, wie Robert sie meinte? Dass es keinen Sinn machte, die Nacht zu dritt in einer Hütte zu verbringen, die eigentlich nur Platz für zwei bot? Ohne sich um das leise Gefühl eines schlechten Gewissens zu kümmern, ergriff Robert den Proviantkorb und ließ das Heft und den Bleistift auf dem Sitz zurück. Er brauchte diesen letzten Tag mit Lisa dort oben in der Hütte, umgeben von Bäumen, Schnee und der Weite des Himmels. Danach würde er sie in Georgs Arme entlassen.

Allein bei dem Gedanken daran schien sich sein Herz zu einem Klumpen zusammenzuballen. Er blickte wieder zum wolkenlosen Himmel hinauf und bat um eine gehörige Portion Kraft.

Es sah nicht danach aus, als drohe erneuter Schneefall, also war sein Plan, den Abstieg auf den nächsten Tag zu verschieben, durchaus vernünftig. So würden sie deutlich länger im Tageslicht unterwegs sein, als es heute der Fall wäre.

Den steilen, dazu verschneiten und teilweise gefrorenen Weg den Hang hinauf mit dem Korb in der Hand zu bewältigen, stellte sich als eine Herausforderung der besonderen Art heraus, zumal sich rechts von ihm, verdeckt von etwas Gebüsch und einigen Baumreihen, eine senkrecht abfallende Felswand befand. Robert grinste bei dem Gedanken daran, dass eben jene seinen Bruder davon abgehalten haben könnte, sich bis zu ihnen durchzuschlagen. Darüber, was dies über die Tiefe von Georgs Zuneigung zu Lisa aussagte, konnte Robert nicht nachdenken, da in dem Augenblick, als ihm der Gedanke kam, über seinem Kopf ein gewaltiger Ast unter der Schneelast brach.

Instinktiv warf Robert sich nach rechts. Schnee und Fichtenzapfen fielen auf ihn herunter. Er rutschte. Auf die Felswand zu. Mit den Füßen suchte er Halt, fand aber keinen. Sein Körper wurde durchgeschüttelt, schlitterte immer schneller den Hang hinunter.

Panik breitete sich in ihm aus; Hitzewellen jagten durch ihn hindurch. Schließlich bekam er eine der oberirdisch verlaufenden Baumwurzeln zu fassen. Seine Rutschpartie stoppte abrupt. Mit dem Gesicht nach unten blieb er reglos liegen. Wartete. Sein Herzschlag normalisierte sich. Aber nur so lange, bis Robert registrierte, dass seine Beine unterhalb der Knie bereits in der Luft hingen. Er wagte vorsichtig einen Blick an seinem Körper entlang. Zwischen ihm und dem Abgrund gab es nichts als den halben Meter Erdboden, auf dem er lag. Und diese eine Wurzel, die er krampfhaft umklammert hielt.

Lisa hatte eine Liste der Lebensmittel und Gebrauchsgegenstände erstellt, die sie bis heute verbraucht oder benutzt hatten und ersetzen mussten. Jetzt saß sie auf der Truhe, eigentlich Roberts Platz, und blätterte in der Bibel, dem einzigen Buch in der Hütte. Sie las darin, machte sich ab und zu Notizen auf dem kleinen Block, der bei dem Buch gelegen hatte, und schaute immer wieder besorgt zur Tür.

Täuschte sie sich oder blieb Robert heute wesentlich länger weg, als er es in den vergangenen Tagen getan hatte? War das ein gutes Zeichen? Womöglich war er bis zum Jeep gekommen und prüfte nun, ob sie ins Tal fahren konnten. Allerdings gab es auf dem schmalen Waldweg keine Wendemöglichkeit. Was also wollte er tun, wenn ein umgestürzter Baum auf dem Weg lag? Nach dem heftigen Sturm war das ja durchaus denkbar.

Beunruhigt schlug sie die Bibel zu, legte sie auf den Tisch und ging zur Tür. Sie öffnete diese einen Spalt breit, um nicht zu viel Kälte hereinzulassen, und ließ den Blick über die verschneite Lichtung schweifen. Das milchige Licht der tief stehenden Sonne brachte die

Schneekristalle zum Glitzern, sodass die sanft geschwungene Ebene einer unberührten weißen Leinwand glich. Der Pfad, den sie geschaufelt hatten, wirkte wie ein Pinselstrich mit einem zuvor nicht richtig gesäuberten Malutensil, der alles ruinierte.

Nachdenklich lehnte Lisa den Kopf an den Türrahmen. War es nicht so, dass sie versuchte, die krummen, unsauber gemalten Pinselstriche zu überdecken, die Gerda auf ihrem Lebensgemälde hinterlassen hatte? Die vielen Jahre, in denen sie sich ungeliebt und wertlos gefühlt hatte, hatten Spuren auf dem einst tadellos geschaffenen, einzigartigen Bild hinterlassen.

Lisa biss sich auf die Unterlippe. Die auf sie einströmenden Gedanken waren zutiefst herausfordernd … Manche dieser Mängel mochten sich im Nachhinein ausbessern lassen, andere jedoch blieben für immer. Irritierten, störten, beeinflussten. Wie sollten ihre Mitmenschen Lisa verstehen, wenn sie nichts von den Fehlern auf ihrem Gemälde wussten? Wie sollten sie nachvollziehen können, weshalb es Lisa zu Worten oder Handlungen trieb, die sie – gäbe es jene unschönen Stellen nicht – niemals sagen oder tun würde? Wäre es nicht besser, offen darüber zu sprechen, auch auf die Gefahr hin, verlacht oder gar verachtet zu werden?

Mit zusammengekniffenen Augen trat Lisa von einem Bein auf das andere. Innere Unruhe verband sich mit Unsicherheit, was dazu führte, dass sich das Gedankenkarussell in ihrem Kopf unaufhaltsam weiterdrehte. Sie fragte sich, wie man mit Menschen verfahren sollte, die ihre fehlerhaften Pinselstriche nur allzu gern als Entschuldigung benutzten. Hinderten sie sich dadurch nicht selbst daran, ihr Verhalten kritisch zu hinterfragen, an dem Erlebten zu wachsen und es fortan besser zu machen?

Lisa schloss die Augen. Sie konnte sich kaum noch an Gerdas Gesicht erinnern, aber sie wusste, wie ihre Stimme geklungen hatte, wenn sie unglücklich gewesen war. Oder wenn Lisa sie gefragt hatte, warum sie keine Freunde einladen durfte, warum Gerda nicht mit ihr zu Schulveranstaltungen ging … Gerda hatte dann immer weinerlich geklungen, um Verständnis heischend, ein wenig manipulativ. *Weißt du, Lisa, ich bin von vielen Menschen hier im Dorf verletzt worden. Deshalb will ich nichts mit ihnen zu tun haben … Ich leide sehr unter den Verletzungen, die andere mir zugefügt haben, deshalb kann ich nicht … Du musst verstehen, dass das für mich zu schmerzlich wäre …*

Lisa verdrängte ihre Mutter aus ihren Gedanken und betrachtete den unsauberen Pinselstrich auf dem sich vor ihr ausbreitenden, glitzernden Schneegemälde. Es brauchte reine weiße Farbe, um einen verunreinigten Untergrund auszubessern. Wenn Gott es noch einmal schneien ließ, würden die von Menschenhand verursachten Vertiefungen überdeckt. Vielleicht nicht vollständig, sodass man sie nicht mehr sehen konnte, aber doch so, dass sie nicht mehr so deutlich zu erkennen waren. Einer liebevollen, geduldigen Hand konnte es gelingen, die Ausbesserungen geschickt in das Gesamtwerk einzuarbeiten. Sie würden immer noch da sein, jedoch nicht das Augenmerk auf sich ziehen, sich in den Vordergrund drängen, das Kunstwerk verunstalten.

Lisa hatte das dank Camille erfahren und gelernt. Gerda war dieses Wissen wohl verborgen geblieben. Das Wissen um die Wichtigkeit, die eigenen Schwächen anzunehmen, um den Wert des Geliebtseins, um die heilende Kraft der Liebe und Vergebung.

War es an der Zeit, dass Lisa die dunklen Schlieren akzeptierte, die durchschienen und weiterhin sichtbar waren? Dass sie sie als Teil ihres Lebensbildes annahm und sich über all jene Menschen freute, die sich nicht an dem Makel störten? Weil auch sie Makel auf ihren Lebensbildern hatten, um ihre eigene Fehlerhaftigkeit wussten?

Ja, es war gut, offen über diese Makel zu sprechen. Denn was im Verborgenen blieb, nagte an dem, der es in sich trug, und erinnerte ihn stets an die eigene Unzulänglichkeit. Nur was ans Licht kam, was offengelegt wurde, konnte von Gott geheilt werden.

Lisa rieb sich die Stirn, denn in diesem Moment begriff sie, dass nicht sie selbst ihre Makel übermalen musste, sondern dass sie dies Gott überlassen durfte.

Eine Bewegung am Ende der Lichtung ließ sie aufschauen. Diesmal war es nicht der Schnee, der von den Bäumen stäubte, sondern eine sich nähernde Gestalt. *Robert.* Unwillkürlich fragte sich Lisa, welche Farbspritzer auf seinem Lebensbild hatten übermalt werden müssen. Ob er eines Tages bereit wäre, sie ihr zu zeigen?

Lisa kniff die Augen zusammen. Seine offenkundigen Verletzungen konnte er jedenfalls nicht verstecken. Obwohl ihr inzwischen kalt war, stürmte sie aus der Hütte und lief ihm entgegen. Der Schnee knirschte unter ihren Schritten, mehrmals drohte sie auszurutschen, doch sie ließ sich nicht aufhalten.

„Was ist passiert?“, stieß sie hervor, als sie bei ihm ankam. Aus der Nähe betrachtet sah Robert noch viel schlimmer zugerichtet aus: Aus einer Wunde an seiner Stirn lief ihm Blut ins Gesicht, seine rechte Wange war von einer Schramme dunkel verfärbt. Die Jacke war verdreckt und nun auch auf der Vorderseite an mehreren Stellen gerissen.

Er drückte ihr den Korb in die Hand, den er bei sich trug. „Ich bin bis zum Jeep durchgekommen. Meine Familie versucht, von unten her den Weg freizubekommen. Wir können uns morgen auf den Rückweg machen.“

Lisa stellte den Korb in den Schnee. Robert war klatschnass, und nun, da er aus dem Wald heraus und in den fahlen Sonnenschein getreten war, fielen kleine Eisstückchen aus den Falten seiner Hose und von den Schnürsenkeln seiner Schuhe; winzige Eiszapfen, die in seinen Haaren hingen, schmolzen hinweg.

Sie legte ihre Finger an sein mit Bartstoppeln übersätes Kinn und drückte vorsichtig dagegen, sodass er den Kopf drehen musste und sie die Schürfwunde und die blutende Stelle betrachten konnte. „Ich will nicht wissen, was wir morgen tun werden, sondern was heute mit dir passiert ist", stellte sie klar.

Er nahm ihre Hand von seinem Kinn, drückte kurz ihre Finger und ließ sie los.

„Es ist das passiert, weshalb ich dich heute nicht im Wald haben wollte." Er marschierte einfach an ihr vorbei. Lisa sah ihm einen Moment lang nach, doch die Kälte trieb sie dazu, ebenfalls in die schützende Behausung zurückzukehren. Sie ergriff den Korb am Henkel und hatte den Eindruck, dass ihre Finger sogleich daran festfroren. Energisch warf sie die Tür hinter sich zu und stellte das Flechtwerk auf den Tisch.

„Du schaust jetzt zu, dass du aus den gefrorenen Sachen rauskommst. Was magst du lieber, einen heißen Tee oder Kaffee?"

„Tee", nuschelte er. Vermutlich wollte er vor ihr verbergen, dass er vor Kälte mit den Zähnen klapperte. Sie machte sich am Ofen zu schaffen, während er sich hinter dem provisorischen Raumteiler seiner Kleidung entledigte. Schließlich kam er nur in eine Decke gewickelt hinter dem Vorhang hervor und setzte sich neben dem Ofen auf den Boden, den Rücken an die Wand gelehnt. Mit geschlossenen Augen ließ er den Hinterkopf unsanft gegen das Holz fallen.

Wenig später hockte sich Lisa vor ihn und hielt ihm die dampfende Tasse hin. Er öffnete die Augen und sah sie eine Weile lang nachdenklich an. In ihrem Inneren schien plötzlich ein ganzer Wald seine Schneelast abzuwerfen, so wild stoben die glitzernden Schneekristalle umher. Robert unterbrach den Blickkontakt wieder, zog die Arme aus der Decke und Lisa betrachtete einmal mehr fasziniert seine definierten Armmuskeln und seinen breiten Brustkorb.

„Kann ich etwas für dich tun? Dir noch die Bettdecke bringen? Oder ein Kissen für den Rücken? Vielleicht deine Zehen massieren, damit sie –"

„Nein", lautete seine knappe Antwort, die reichlich unfreundlich daherkam. Lisa sah es ihm nach, immerhin musste ihm eiskalt sein.

„Dann kümmere ich mich mal um deine Verletzungen. Wie ist das passiert?"

„Offenbar besitze ich weniger Geschick als du, wenn es darum geht, Bäumen auszuweichen."

Lisa presste betroffen die Lippen zusammen, erinnerte sie sich doch mit Schrecken an den auf sie zurauschenden Baum. Unendlich erleichtert darüber, dass Robert mit ein paar oberflächlichen Blessuren davongekommen war, stand sie schließlich auf und holte einmal mehr die Weihnachtsgebäckdose aus der Kommode. Dabei fiel ihr ein, dass sie auch Verbandszeug und Jod auf ihre Liste setzen musste.

Sie kniete sich neben Robert, der inzwischen parallel zur Wand saß, damit seine Füße näher beim Ofen waren. Dieser bollerte kräftig vor sich hin, hatte Lisa doch jede Menge Holz aufgelegt.

„Das sind nur ein paar Kratzer", versuchte Robert halbherzig, sie davon abzuhalten, sich über ihn zu beugen.

In Erinnerung an ihre Gedanken von zuvor hielt Lisa prompt inne. Der verwirrende Umstand, dass Robert ihr nahekam, nur um gleich darauf wieder auf Abstand zu gehen, weckte nicht zum ersten Mal den Verdacht in ihr, dass es eine Frau in seinem Leben gab. Oder gegeben hatte. Sie ging von Letzterem aus, hätte sie von einer Freundin oder einer Verlobten doch sicher schon erfahren, ja sie womöglich bereits kennengelernt. Hatte der Fleck auf seinem

Gemälde etwas mit einer Frau zu tun, die er einst geliebt hatte? War in seinem Lebensbild gar ein Riss, der nicht so einfach mit Farbe zu überdecken war?

„Was harmlose Farbkleckse und was tiefgehende Verunreinigungen sind, entscheide heute ich."

„So?" Robert schaute sie fragend an, sichtbar irritiert über ihre Ausdrucksweise.

Lisa schob seinen Kopf leicht nach hinten und strich ihm die nassen Haare aus der Stirn, damit sie sich die Verletzung an seinem Haaransatz besser ansehen konnte. Er schloss die Augen, und ihr fiel das erste Mal auf, wie unglaublich lang seine Wimpern waren. Sie waren dunkler als sein Haar, wurden an den Spitzen aber heller, was jedoch nur aus der Nähe zu sehen war.

Die Wunde war nicht tief und hatte mittlerweile aufgehört zu bluten. Das allerdings nur, weil der Mann im Grunde ein einziger Eisklotz war. Deshalb holte sie seine karierte Bettdecke und breitete diese, ohne ein weiteres Mal nach seinem Einverständnis zu fragen, über seinen Beinen aus.

Robert hatte den Kopf wieder an die raue Holzwand gelehnt und ließ zu, dass sie mit der Pinzette den Schmutz aus der Wunde entfernte. Als sie die Stelle mit Jod betupfte, zischte er zwar kurz auf, hielt aber weiterhin still. Ebenso, als sie ihm ein Pflaster aufklebte, das vermutlich nicht besonders lange halten würde. Zuletzt wandte sie sich seiner Wange zu, die tatsächlich nur oberflächlich abgeschürft war. Sie säuberte sie mit dem vom Teemachen abgekochten Wasser und beließ es dabei. Dann schob sie die Verbandsdose beiseite und beugte sich über ihn, da sie ihm seinen Becher mit Tee wieder in die Hand drücken wollte, den er neben sich abgestellt hatte. Robert musste dringend etwas Warmes in den Magen bekommen.

Ehe Lisa die Tasse ergreifen konnte, packte er sie und zog sie mit sich zu Boden. Nun lag sie auf seiner Decke, er halb auf ihr, und sein Gesicht war ihrem aufregend nahe. Sie sah winzige Wasserperlen an seinen Haarspitzen und die langen Wimpern um seine Augen, die im Schein des Feuers hell schimmerten. Er würde sie küssen, dessen war sie sich sicher. Und sie freute sich darauf, ja sehnte sich richtiggehend danach. Doch genauso schnell, wie er sie gepackt und hinuntergedrückt hatte, richtete er sich wieder auf und lehnte den Kopf an die Holzwand. Dabei wirkte er hart und unnahbar.

„Vielleicht vertraust du mir ja eines Tages genug, um mir zu erzählen, was diese Frau dir angetan hat", sagte sie mutig in die Stille hinein. Und über den Schmerz der Enttäuschung hinweg, der von ihr Besitz ergriffen hatte. Allerdings bezog sie sein Verhalten nicht auf sich. Sie wusste, dass sein Zurückweichen keine Ablehnung bedeutete und dass der Grund dafür nicht bei ihr zu suchen war. Gott hatte an diesem Nachmittag einen Eimer weiße Farbe zur Hand genommen …

Da von Robert keine Reaktion kam, erhob sich Lisa, räumte auf und sah die zunehmend schwindenden Dosenvorräte durch. Dabei fiel ihr der Korb ein, der vernachlässigt auf dem Tisch stand. Sie öffnete die Abdeckung und strahlte begeistert, als sie das zwar gefrorene, aber appetitlich aussehende Brot herausnahm, dazu all die anderen Schätze. Einen Augenblick überlegte sie, wie sie diese sinnvoll einteilen sollte, doch in Erinnerung an Roberts Ankündigung, dass sie die Hütte morgen verlassen würden, beschloss sie, großzügig zu sein.

Sie legte das Brot in einen Topf, den sie auf den Ofen stellte, um es aufzubacken, schenkte ihnen beiden von dem Saft ein, den sie mit heißem Wasser verdünnte, und schnitt dicke Scheiben von der fetten Räucherwurst ab. Schließlich legte sie auch noch zwei Äpfel auf den Tisch, ehe sie diesen eindeckte.

Mit vor Aufregung zitternden Händen – was sie selbst amüsierte – öffnete sie die Verpackung der Schokolade. Sie brach ein Stück ab und schob es sich in den Mund, wo es zügig schmolz und einfach himmlisch süß schmeckte. Nach einem Blick auf Robert, der noch immer neben dem Ofen saß und sich keinen Millimeter gerührt hatte, brach sie ein weiteres Stück ab und ging vor ihm in die Hocke.

„Vertraust du mir?"

„Halbwegs … ja."

Lisa nickte. Zu wenig, um ihr mehr von seinem Bild zu zeigen.

„Öffne bitte mal den Mund."

Er hielt die Augen geschlossen und runzelte leicht die Stirn, folgte dann aber ihrer Aufforderung. Sie schob ihm vorsichtig die Schokolade zwischen die Lippen, darauf bedacht, sie ja nicht mit ihren Fingern zu berühren.

Er stieß ein zufriedenes Brummen aus, das Lisa so herrlich fand, dass sie kichernd aufstand.

„Hast du Hunger?"

„Wie ein Bär."

„Willst du lieber da unten neben dem Ofen sitzen bleiben?"

„Ja."

Lisa betrachtete die beiden Decken, in die er sich gewickelt hatte, und fand den Gedanken ebenfalls besser. Also stellte sie ihm einen Blechteller mit drei dicken Scheiben Brot, mehreren nicht weniger dicken Wurstscheiben und einem Apfel auf den Schoß. Ehe sie sich ihrer eigenen Mahlzeit zuwandte, hängte sie Roberts nasse Sachen über den freien Stuhl nahe beim Feuer.

„Morgen also?", sagte sie schließlich zwischen zwei Bissen.

„Morgen, ja.“

Das nachfolgende Schweigen war nicht unangenehm; war es die ganzen Tage über nicht gewesen.

„Bist du froh darüber?“ Roberts Stimme klang rau und löste in Lisa die Befürchtung aus, dass sich bei ihm eine Erkältung anbahnte. Andererseits kämpfte auch sie seit dem Vorfall vorhin mit ihren Emotionen.

„Irgendwie schon“, erwiderte sie nach geraumer Zeit. „Ich freue mich auf ein heißes Bad, frische Kleidung und das wirklich hervorragende Essen deiner Mutter.“

„Oh ja!“, sagte er nur, ehe er mit genießerischem Gesichtsausdruck in den Apfel biss, wobei er ein wenig wie ein Kind wirkte, das wochenlang gespart hatte, um sich beim Krämer eine Süßigkeit kaufen zu können.

Wieder kehrte Stille ein, die vom Prasseln des Feuers und dem unsteten Tropfen der durchnässten Kleidungsstücke hervorgehoben wurde.

Nachdem Lisa ihre Mahlzeit beendet hatte, lehnte sie sich bequem auf dem Stuhl zurück. „Was ich dich schon lange fragen wollte: Warum heißt der See eigentlich Liliensee?“

„Weil Schilfsee oder Kiefernsee nicht so viele Touristen anlocken würde.“ Roberts Stimme klang munterer als zuvor, und Lisa atmete auf. Offenbar verstand er ihre Frage als das, was sie sein sollte: ein Angebot, ihre Beziehung wieder auf eine rein freundschaftliche Ebene zu bringen. „Das ist natürlich eine absolut logische Erklärung.“

„So leicht bist du zufriedenzustellen?“ Er sah zu ihr auf und zwinkerte ihr zu. „Der See hieß immer einfach nur *See*. Bis meine Tante und mein Onkel dort ein Haus bauten und meine Tante die Idee hatte, Unmengen von Lilien in ihren Garten zu pflanzen.

Denen hat es dort überaus gut gefallen. Seither wuchern sie fast so stark wie auf der gegenüberliegenden Seite das Schilf. Also gaben sie ihrem Hotel den Namen *Zur Lilie.*“ Robert lachte leise und fügte hinzu: „Ich bin mir sicher, dass sie sich erhofft hatte, fortan für alle die Lilien-Marianne zu sein.“

Lisa lachte leise auf. „Diese seltsame Namensgebung hier bei euch ist mir schon aufgefallen. Meist hat sie etwas mit dem Beruf des Mannes zu tun, nicht wahr? Ist deine Mutter die Förster-Lotti?“

Robert schüttelte den Kopf und biss noch einmal in den Apfel. Nachdem er den Bissen heruntergeschluckt hatte, erklärte er: „So einen Namen verdient man sich über Jahre hinweg oder er entsteht aus einer Laune heraus. Meine Mutter ist eine Zugezogene. Die haben es nie leicht, in den kleinen Gemeinden Fuß zu fassen und akzeptiert zu werden. Meine Mutter hat sich ihren Platz in der Gemeinschaft erkämpft. Durch Freundlichkeit, Hilfsbereitschaft und sehr viel unnachgiebigen Trotz. Aber sie ist nach wie vor die Frau Forstmeister, die Frau Charlotte oder die Frau Vogel. Anders ist das mit der Hirschen-Alma aus Vierbrücken oder der Pferde-Amrei.“

„Pferde-Amrei, das klingt hübsch.“

Robert lachte erneut und legte das Kerngehäuse beiseite. „Die Pferde-Amrei wohnt einige Kilometer entfernt und unterhält eine Pension, nebenbei züchtet sie Nutz- und Reitpferde. Die schweren Schwarzwälder, die hier noch immer bei der Ernte oder den Waldarbeiten helfen, stammen alle von ihr. Sie ist eine robuste, scharfsinnige und nicht immer einfache, aber dennoch großartige Frau mit einer bewegten Vergangenheit. Du würdest sie sicher mögen.“

„Vielleicht lerne ich sie ja mal kennen.“

Auf Roberts zweifelnden Blick hin hakte Lisa nach: „Und wie nennt man deine Tante nun?“

„Also, ich nenne sie Tante Marianne.“

Lisa drohte Robert damit, das Kerngehäuse ihres Apfels nach ihm zu werfen.

„Offiziell heißt sie nach wie vor Marianne Stein. Aber die Leute aus Vierbrücken, jene, die Angst haben, dass das neue Hotel ihnen die Kunden stielt, nennen sie heimlich Touristenelster."

Kapitel 9

Der Rest des Abends war gemütlich verlaufen. Sie hatten die Schokolade genossen und Binokel gespielt, nachdem Robert wieder so weit aufgewärmt gewesen war, um sich der Herausforderung zu stellen. Lisa hatte ihm, sofern er danach fragte, stets verraten, welche Karten bereits gespielt worden waren, was das Ganze zu einer überaus lustigen Angelegenheit gemacht hatte.

Nun lag sie im Bett, war müde und aufgewühlt zugleich und lauschte, wie Robert sich wusch, Feuerholz nachlegte und schließlich auf sie zukam. Das Stockbett wackelte und quietschte, als er es sich unten bequem machte, soweit ihm das in dem beengten Lager überhaupt möglich war.

Ihre letzte Nacht in der kleinen Schutzhütte war angebrochen, sodass Lisa sich fragte, ob sie froh darüber war – was sie aus vollem Herzen bejahen konnte. Dennoch verspürte sie einen Anflug von Zweifel. Leise wie ein Schmetterling, der jetzt im Winter doch gar nicht herumflattern sollte. Einerseits schön anzusehen, andererseits fehl am Platz. Lisa hatte sich in der robusten Holzhütte wohlgefühlt, trotz aller Einschränkungen und so mancher Aufregung. Das hatte vorrangig an Robert gelegen, dessen war sie sich mittlerweile bewusst. Sie war gern mit ihm zusammen und genoss seine besonnene Art. Mit dem ständigen Wechsel zwischen grimmigem Brummbären, rauem Naturburschen und charmantem Kompagnon, der er sein konnte, kam sie spielend zurecht. Und sie liebte es, wenn er sie mit seinen seeblauen Augen musterte, wenn er sie berührte, wenn …

Wie viel er tatsächlich für sie empfand, konnte sie nicht einschätzen, weil er meist unglaublich beherrscht und zurückhaltend auftrat, seine Gefühle tief in sich vergrub. Allerdings nicht hinter einer gewaltigen und meterhohen Schneemauer, sondern unter einer dünnen Farbschicht, die nicht wirklich gut deckte und Lisa hier und da verriet, was sich darunter verbarg.

Sie lauschte auf das Prasseln und Zischen des Feuers, unter das sich gesellig das Knacken des Gebälks mischte, die einzigen Geräusche in einer Welt aus Eis und Schnee. Hier oben auf dem Berg, wo Lisa dem Himmel näher war als jemals zuvor.

Vielleicht lag es daran, heute keiner körperlichen Arbeit nachgegangen zu sein, dass sie trotz der Müdigkeit lange wach lag – und sich Roberts Anwesenheit überaus bewusst war. Ihr Nacken kribbelte, ein paar Funken aus dem Ofen mussten sich in ihren Körper verirrt haben. Lisa schloss die Augen und sperrte den flackernden orangefarbenen Lichtschein aus, der gerade eben noch Roberts markante Gesichtszüge beleuchtet hatte. Der Mann, der ihre Gedanken mehr beherrschte, als er das sollte. Von ihrem Herzen ganz zu schweigen.

Ich habe mich Hals über Kopf in den Naturburschen verliebt, gestand sie sich ein. *Wird man mir das glauben? Wird nicht jeder denken, dass ich nur eine Familie für mich suche?* Lisa drehte sich zur Wand hin. *Wenn ich aber doch weiß, dass meine Gefühle echt und keine Selbsttäuschung sind, dann kann es mir egal sein, was andere denken. Außerdem kennt ohnehin niemand meine Geschichte.*

Lisa öffnete die Augen wieder. Doch, genau die Menschen, auf die es ankam, kannten ihre Vergangenheit – zumindest Teile davon. Die Familie Vogel und vor allem Robert. Vielleicht sollte sie –

„Sie hieß Irmgard." Roberts tiefe Stimme durchbrach die Stille, so wie der Schlag einer Kirchturmglocke die dunkelste Nacht über einer Stadt zu durchdringen vermag.

Lisa begann zu zittern. Ob er noch mehr sagen würde? War er wirklich bereit, ihr anzuvertrauen, wer oder was dunkle Farbspritzer in sein Herz gebracht hatte? Tat er dies, da sich sein Misstrauen ihr gegenüber in Vertrauen verwandelte? Oder fand er es einfach nur angebracht, darüber zu sprechen, weil sie ihm anvertraut hatte, worunter sie litt? *Gelitten habe,* dachte sie bei sich und freute sich über die Korrektur.

Bei dem bloßen Gedanken daran, hier oben in der Einsamkeit eingeschneit zu sein, mochte manch einer Entsetzen und Furcht empfinden. Lisa jedoch hatte die Erhabenheit der Bergwelt, die Stille der Natur, die Einfachheit unter dem weiten Himmel – und zugleich dessen Nähe – als wohltuend heilsam erlebt. Sie hatte endlich die Ruhe gefunden, um sich Gedanken zu machen, sowohl über ihre Vergangenheit als auch über ihre Gegenwart. Zu beten, Hoffnung zu schöpfen, Frieden zu finden. Und eine Zukunft?

Selbst wenn sie letztlich nicht zu sagen vermochte, wie diese im Detail aussehen und ob Robert ein Teil davon sein würde, so stand ihr in diesem Augenblick doch klar vor Augen, dass sie frohen Mutes nach vorn blicken durfte. Einfach deshalb, weil Gott sich der dunklen Striche auf ihrem Lebensbild angenommen hatte. Sie musste die Makel nicht mehr mühsam verstecken, sondern durfte sie als Teil ihrer Geschichte annehmen und weitergehen. Das, was in ihrer Kindheit vorgefallen war, gehörte zu ihr, aber es musste sie nicht Tag für Tag auf unschöne Weise beeinflussen.

„Ich habe Irmgard geliebt, sie mich angeblich auch. Und außerdem noch mindestens einen anderen." Robert klang nicht aufgewühlt oder wütend, eher müde und … resigniert?

Er sprach emotionslos, und Lisa fragte sich unwillkürlich, ob er das nur spielte oder ob es ihm hier oben ähnlich ergangen war wie ihr. Hatte er diesen Teil seines Lebens hinter sich gelassen, ihn abgelegt wie ein verschlissenes Kleidungsstück, das nicht mehr zu gebrauchen war?

„Eines Tages sagte sie mir, dass sie von dem anderen, der längst über alle Berge war, schwanger sei. Ich habe eine Nacht darüber geschlafen und ihr dann angeboten, sie zu heiraten. Sie hat über meinen Vorschlag nur schallend gelacht. Oder über mich, wer weiß das schon? Sie starb, während jemand versuchte, das Kind ungeschehen zu machen."

Lisa schnappte unwillkürlich nach Luft. Ihre Gedanken waren sofort bei dem ungeborenen Leben; einem Kind, das nicht gewollt gewesen war. Ungeliebt. Als störend empfunden. Als wertlos erachtet.

Es dauerte einen Moment, bis sie das eigentümliche Gefühl, das sie befiel, einordnen konnte. Es war Dankbarkeit darüber, dass ihre Mutter sie zur Welt gebracht hatte. Dass Gerda sie irgendwann nicht länger ihrer Einsamkeit überlassen, sondern sie zu Camille geschickt hatte. Das „Wie" mochte unglücklich gewesen sein, doch zum ersten Mal akzeptierte Lisa das „Warum".

Das Bett wackelte, also drehte Lisa sich auf die andere Seite. Robert hatte sich erhoben und begab sich zum Fenster. Schwer stützte er die Hände auf den schmalen Sims, stand gebeugt da und starrte hinaus. Was er wohl sah? Einen mit Sternen geschmückten Himmel, der sich unendlich weit über ihm ausdehnte? Eine verschneite Lichtung, von Bäumen, Felsen und Berghängen begrenzt?

Lisa kletterte die Leiter hinunter und tappte auf den Mann zu. Trotz der angenehmen Wärme in der Hütte fühlte sich der Boden unter ihren Füßen eiskalt an. Sie war nur noch zwei Schritte von

Robert entfernt, als der Holzboden unter ihr laut knarrte und er zu ihr herumwirbelte. „Nicht, Lisa. Mach das nicht. Geh zurück."

Erschrocken betrachtete sie seinen abwehrend ausgestreckten Arm, seinen vom Feuer beschienenen, unbekleideten Oberkörper, die lange Unterhose, in der er hier oben schlief, und seine ebenfalls nackten Füße. Im selben Augenblick wurde sie sich ihres Anblicks bewusst, denn auch sie trug nur ihre Unterwäsche. Robert war ihr so vertraut geworden, dass ihr das nicht viel ausmachte. Ihm aber offenbar umso mehr?

Robert wandte sich wieder dem Fenster zu. Sie atmete tief durch; etwas in ihr wollte ihn gern berühren, ihn trösten. Als hätte er ihre Gedanken erraten, schüttelte er den Kopf. Also machte sie kehrt und kletterte zurück in ihre Koje. Zitternd nun, und erschrocken über ihren Mut. Oder ihre Naivität? Weil sie sich eingebildet hatte, dass Robert etwas für sie empfand? Oder empfand er *zu viel* für sie? War seine harsche Reaktion gerechtfertigt, damit in ihrer letzten Nacht hier oben nichts geschah, was sie bereuen würden? Spätestens morgen früh?

Zutiefst aufgewühlt und mit heftig pochendem Herzen drehte sie sich zur Wand. Wenn das Leben doch nur wie eine Partie Binokel wäre, dann könnte sie die Karten, die das Leben – oder Gott – Robert und ihr ausgeteilt hatte, ansehen und sich einprägen. Vielleicht würde sie dann all das, was hier geschah, besser verstehen können? Dann würde sie Robert sagen, welche Karten bereits gespielt und welche noch im Stapel und in ihren Händen verblieben waren. Dann würden sie wissen, was vor ihnen lag und was sie getrost hinter sich lassen konnten. Aber so funktionierte das Leben nun mal nicht. Einige Entscheidungen musste man treffen, ohne sich sicher sein zu können, ob sie wirklich sinnvoll waren. Dabei unterliefen einem Fehler, die manches Mal schwer zu korrigieren waren.

Hatte Robert sie gerade vor solch einem Fehler bewahrt? Weil diesmal er derjenige war, der den Überblick hatte?

Robert begann, in der winzigen Hütte ruhelos auf und ab zu gehen. Auch er mischte die Karten neu. Überlegte, taktierte, verwarf. Ob dies zu einem Sieg führen würde?

Lange Zeit lauschte Lisa seinen gleichmäßigen Schritten, dem Knarren der Bodendielen, dem Bollern des Feuers, und schlief schließlich ein.

Lisa sah zu, wie Robert die benutzte Bettwäsche neben der Tür deponierte, die Feuerholzkiste mit den leeren Verpackungen verbrauchter Vorräte daneben stellte, dann die Tür zuzog und den Riegel vorlegte. Sobald es ihm möglich wäre, würde er wieder heraufkommen und die Schutzhütte mit allem neu bestücken, was sie verbraucht hatten.

Während Robert kräftig ausschritt, warf Lisa der hinter der Behausung hoch aufragenden Felswand einen wehmütigen Blick zu. „Danke für den Schutz“, flüsterte sie. „Für die Stille und die Zeit, die mir Raum zum Sortieren meiner Vergangenheit geboten haben, und für –“

„Lisa? Kannst du bitte deine Unterhaltung mit dem Berg beenden? Wir haben einen gewaltigen Marsch vor uns.“

Lisa lachte auf und folgte dem ungeduldigen Mann. Heute Morgen war zwischen ihnen alles wie immer gewesen. Fast alles. Sie wusste nun von einer Frau, die einmal Roberts Herz besessen und es in zwei Teile gerissen hatte. Allerdings war sich Lisa sicher, dass das nicht der alleinige Grund dafür war, weshalb er sie auf Abstand hielt.

Vielleicht lag es einfach an seiner guten Erziehung. Daran, sie nicht verletzen zu wollen oder sie beide in eine Situation zu manövrieren, die sie nicht mehr aufhalten und später bereuen könnten. Das war ihm hoch anzurechnen. Entsprechend gespannt war Lisa darauf, wie sich Robert ihr gegenüber verhalten würde, sobald sie wieder im Forsthaus wären. Umgeben von seiner Familie und all den anderen Menschen, denen sie in dieser einen Woche begegnen würden, die Lisa noch hier im Schwarzwald blieb. Vielleicht würde er sie galant umwerben …?

Bei dem Gedanken daran perlte eine ähnlich betörende Aufregung durch sie hindurch wie bei dem einen Mal, als sie Champagner gekostet hatte. Nur viel intensiver und verbunden mit kräftigem Herzklopfen.

Robert schritt den von ihnen freigeschaufelten Pfad entlang, hinein in den Wald, über die nächste Lichtung und zu dem Pfad, auf dem sie heraufgekommen waren. Lisa war sich sicher, dass sie diesen niemals wiedergefunden hätte, da der Wind bizarre Schneeskulpturen davor aufgetürmt hatte. Sie folgte Robert, und er seinen Fußspuren vom Vortag.

„Der Boden ist noch immer glatt, also sei bitte vorsichtig", ermahnte er sie kurz vor Erreichen des Steilhangs. Er ging weiterhin vor ihr her, suchte immer wieder Halt an Baumstämmen und sie machte es ihm nach. Zweimal landete sie unsanft auf dem Po, auf dem sie prompt abwärtsrutschte, und jedes Mal hielt Robert ihre Schlitterpartie auf, indem er sich ihr in den Weg stellte. Beim zweiten Mal grinste er auf sie herunter. „Ich hätte dir einen Schlitten bauen sollen, Stadtmädchen."

„Du könntest auch einfach kommentarlos weitergehen, Naturbursche."

„Das könnte ich, wenn ich wollte."

„Du siehst gern zu, wenn ich hinfalle, ja?"

„Es hat etwas … reizend Unbeholfenes. Wie ein neugeborenes Kitz, das seine langen Beine noch nicht sortiert bekommt."

„Es tut weh, du Holzklotz."

„Das ist der Ausgleich für meinen blauen Rücken. Der wird allmählich grün und gelb."

„Ich mag's bunt", gab sie mit einem gezwungenen Grinsen zurück und rappelte sich auf.

„Bitte warte hier kurz", sagte er, tastete sich vorsichtig einige Meter den Hang hinab und suchte sich dort einen sicheren Halt, ehe er ihr die Hand entgegenstreckte.

„Ich schaffe das durchaus allein", murmelte sie dem Baum neben sich zu. Dabei entdeckte sie eine Spur aus platt gedrücktem Schnee, die den Hang hinunterführte und an der Felskante abrupt endete. Lisas Blick flog zu Robert zurück, der sie mit gerunzelter Stirn anschaute, dann wurde ihr schlagartig bewusst, was sich ihr da offenbarte. Ohne Zweifel war Robert hier ausgerutscht und bis zur Felskante geschlittert, ehe er sich hatte festhalten können. Vermutlich an der Baumwurzel, die dunkel aus dem Weiß hervorstach.

„Wie tief geht es dahinter runter?", fragte sie tonlos.

„Ich kann es für dich vermessen lassen."

„Robert?" In ihrer Stimme schwang Panik mit.

„Mindestens fünfzig Meter, eher mehr."

„Robert!", wiederholte sie und schaute ihn entsetzt und mit Tränen in den Augen an. Er wäre hier gestern beinahe abgestürzt! Erleichterung, Verlustangst und das Bedürfnis, sich sofort in seine Arme zu werfen, brachen über sie herein wie die Schneehauben, die links und rechts von ihr von den Bäumen fielen.

„Wir müssen hier weg", brummte Robert mit einem Blick auf die Baumwipfel über ihnen. Hatte er das Thema gewechselt, um dieses explosive Knistern zu entschärfen, das wieder einmal in der Luft lag? Oder hatte er tatsächlich nicht mitbekommen, wie heftig sie auf die Erkenntnis reagiert hatte, dass er nur knapp dem Tod entkommen war? *Ist es dir egal, weil ich dir gleichgültig bin?*

Um nicht auch noch den Schmerz empfinden zu müssen, den diese Überlegung im Gepäck hatte, überquerte sie den steilen, extrem glatten Abschnitt, allerdings ohne Roberts helfende Hand in Anspruch zu nehmen.

„Dickkopf", hörte sie ihn murmeln.

„Davon gibt es hier zwei."

„Redest du mit mir?"

„Mit wem denn sonst?"

Zu ihrer Verwunderung lachte er auf ihre Frage hin und setzte den Abstieg fort. Es war nur gut, dass der anspruchsvolle Weg, ihre nassen Schuhe und das unheimliche Schaben und Knarren der Bäume um sie herum ihre ganze Aufmerksamkeit erforderten. Somit entkam sie dem Gefühlschaos in sich. Zumindest vorerst.

Lisa kletterte über einen Baumstamm, der nur knapp den Jeep verfehlt hatte. Das Auto war bereits vom Schnee befreit worden, diverse Fußspuren verrieten Lisa, was sie ohnehin schon wusste: Mindestens einmal war aus dem Tal jemand hier heraufgestiegen, um nach ihnen zu suchen und ihnen den Korb und eine Nachricht zu hinterlassen.

Robert öffnete die Beifahrertür und sie glitt auf den kalten Sitz. Neugierig nahm sie das Notizheft in die Hand, las Georgs Sätze, Roberts knappe Antwort und dann wieder die Zeilen seines Bruders, der nach Roberts gestrigem Abstieg noch einmal hier gewesen sein musste. War Georg nicht zur Hütte heraufgekommen, weil man ihn im Forsthaus sonst ebenfalls vermisst hätte? Oder weil ihm die Aussicht auf eine Nacht in der dürftigen Notunterkunft abgeschreckt hatte? Vermutlich hatte er auch Roberts Antwort nach unten ins Tal tragen wollen.

Lisa lehnte sich zurück, während Robert einige größere Äste aus dem Weg räumte. Sie waren tatsächlich dabei, in die Zivilisation zurückzukehren, und bereits in einer Woche würde sie wieder nach Marseille fahren. In ihre Wohnung, die sie nie als Heimat angesehen hatte. Heimat war dort, wo ihr Herz wohnte, und sie war sich sicher, es hier im Schwarzwald zurückzulassen. Es sei denn, Robert …

Sie atmete tief durch, vertrieb mögliche Tagträume und sagte mit einem Blick auf die neben ihr aufragenden Baumstämme: „Warum nur habe ich das Gefühl, dass das nicht passieren wird?" Eine Antwort erhielt sie nicht.

Robert stieg in den Jeep und nahm das orangefarbene Heft von Lisa entgegen. Er schlug die erste Seite auf und las Georgs Antwort.

Gut gemacht! Diese Nachrichten werden im Forsthaus Jubel auslösen. Wir sehen uns dann morgen. Grüß die tapfere Lisa von mir.

Er sagte nichts zu der Frau neben sich, schließlich hatte sie die Zeilen ebenfalls gelesen. Aufgebracht, vor allem über sich selbst, legte er das Heft weg und kramte den Autoschlüssel aus der Tasche seiner in Mitleidenschaft gezogenen Jacke hervor. Allerdings sah diese noch gut aus im Vergleich zu seinem Herzen, das gerade in Stücke gerissen wurde.

Während er den Schlüssel ins Zündschloss steckte, ihn herumdrehte und hoffte, dass der Wagen auch wirklich ansprang, ballte er die linke Hand zur Faust. Er würde Lisa in Georgs Obhut übergeben und dann all das, was sie in ihm ausgelöst hatte, packen, zusammenknüllen und an der tiefsten Stelle des Liliensees versenken. Dort, wo es niemand finden würde. Er liebte seinen Bruder und wollte dessen Glück nicht im Weg stehen. Diese aus Liebe geborene Entscheidung hatte in den vergangenen Tagen eine Menge Kämpfe erfordert. Doch er hatte sie als Sieger verlassen. Warum nur fühlte er sich dann wie der Verlierer?

Weil er genau das war! Er war im Begriff, Lisa zu verlieren, die sein Misstrauen mit ihrem Lächeln, ihrem Mut, ihrer Geradlinigkeit und ihrem Feingefühl förmlich weggespült hatte.

Robert verbot sich einen Seitenblick auf die junge Frau, ganz einfach deshalb, weil er sie sonst bei der Hand packen und den Berg wieder hinaufziehen würde. Dort würde er sie in die Arme nehmen, sie küssen, liebkosen …

Der Jeep röhrte protestierend, als halte auch er es für eine miserable Idee, jetzt ins Tal hinunterzufahren. Wäre Robert wie Lisa veranlagt, würde er dem Vehikel recht geben und ihm für seine Unterstützung danken. Allerdings sprang der Motor beim zweiten Versuch an.

„Verräter", murmelte er.

„Wie bitte?"

„Ich habe keine Ahnung, wie weit wir mit dem Jeep kommen werden."

„Wenn ich an die Abhänge denke, die entlang der Gebirgsstraße verlaufen, wäre mir fast lieber, wir würden zu Fuß gehen."

Robert schalt sich einen verrückten Träumer, weil er tatsächlich kurz gedacht hatte, sie würde ihm vorschlagen, noch länger in der Hütte zu bleiben. So lange, bis der ganze Schnee geschmolzen war. Also bis März oder April oder, wenn er Glück hatte, sogar bis in den Mai hinein.

Dass er schwieg, schien Lisa nicht zu irritieren; etwas, was er ebenfalls an ihr mochte. Sie hielt lange Zeiten des Schweigens spielend aus, nutzte sie, um ihren eigenen Gedanken nachzuhängen und zur Ruhe zu kommen.

Er gab vorsichtig Gas und fuhr so langsam, wie es der Wagen erlaubte, durch den hier höchstens dreißig Zentimeter hohen Schnee und über herabgefallene Zweige hinweg. Mehrmals gerieten die Räder ins Rutschen, doch da Robert die Geschwindigkeit niedrig hielt, bestand keine Gefahr. Sie kamen zwei Kurven weit nach unten, dann verwehrte ihnen eine gewaltige Fichte, die talabwärts gestürzt war, das Weiterkommen.

„Ab hier müssen wir zu Fuß weiter."

„Das sehe sogar ich, Naturbursche."

Dieses Mal ging er nicht auf ihr Geplänkel ein, was ihm einen nachdenklichen Blick von ihr einbrachte. Doch er war nicht in der Verfassung, sie weiter spielerisch herauszufordern. Dazu waren seine Gefühle für sie inzwischen viel zu stark. Liebe, die von einer Hülle aus Schmerz umgeben war.

Sie stiegen aus, und Robert suchte die Stelle, an der Georg das Hindernis überwunden haben musste. Er fand einen unter dem Stamm hindurchführenden, platt getretenen Pfad, dem sie geduckt folgten, bis sie die andere Seite erreichten.

„Das ist ja richtig abenteuerlich", lachte Lisa mit funkelnden Augen, als sie zwischen schneebedeckten Fichtenzweigen wieder auftauchte.

„Wenn ich gewusst hätte, dass du auf Abenteuer aus bist, hätte ich dich während des Schneesturms auf deinem Aussichtspunkt stehen lassen."

„Du warst schon charmanter." Lisa schlug ihm mit der behandschuhten Faust vor die Brust und folgte Georgs Spuren.

Ich war auch schon weniger verliebt. Nicht weniger unglücklich, aber – Er brachte den Gedanken nicht zu Ende, sondern ließ sogleich einen nächsten zu. *Ich habe die Sache mit Irmgard überlebt, ich werde auch das hier überleben. Selbst dann, wenn Georg und Lisa ständig vor meiner Nase herumtanzen.*

Nicht wirklich überzeugt von der Eingebung, hielt Robert sich dennoch ebenso grimmig daran fest wie an der Baumwurzel nahe der Felswand, an der er sich tags zuvor wieder nach oben gezogen hatte.

Ihre Helfer hatten gute Arbeit geleistet, denn Lisa und Robert brauchten nur zwei Stunden, um zu ihnen zu gelangen. Artemis war die erste, die sie entdeckte. Sie rannte zu ihnen und umsprang sie wild bellend. Wenige Meter weiter unten brandete ihnen Jubel entgegen, was die eigentlich gemütlichen Schwarzwälder Kaltblüter, die vor einen Baumstamm gespannt waren, erschrocken die mächtigen Köpfe hochwerfen ließ. Weiße Atemwolken tanzten vor ihren Nüstern, ihre hellen Mähnen flatterten, ehe sie wieder auf das dunkle fuchsfarbene Fell sanken.

„Gott sei Dank!“ Heinrich eilte ihnen entgegen. Er zog Robert in seine Arme, drückte ihn kurz, aber fest an sich und wandte sich dann Lisa zu. Diese lachte laut auf, als er auch sie kräftig an seine dicke fellgefütterte Jacke drückte.

„Es ist gut, dich wohlauf zu sehen, Bruderherz. Na, sagen wir, halbwegs wohlauf“, schränkte Georg mit einem Blick auf die Verletzungen in Roberts Gesicht ein. Er schlug ihm viel zu kräftig auf den Oberarm, grinste ihn an und wandte sich dann an Lisa, indem er beide Hände auf ihre Schultern legte. „Du hast es also gut überstanden?“

„Mir geht es gut, danke.“

„Und der Kerl hier hat sich anständig benommen?“

Lisa warf Robert einen Seitenblick zu, der ihm seltsam Hilfe suchend vorkam. Doch er zuckte lediglich mit den Schultern und wandte sich ab. Von nun an würde er die Verantwortung für Lisa an Georg übergeben. Wie früher im Schulsport den Staffelstab an den Endläufer. Georg würde ihn ins Ziel bringen, Robert blieb nur noch das Zuschauen und Mitfreuen.

Mit zusammengezogenen Augenbrauen nahm er von einem Mann, den er nie zuvor gesehen hatte, einen Becher mit heißem Tee entgegen.

„Ich fahre dich und Lisa ins Forsthaus", hörte er Georg hinter sich sagen.

„Nimm sie mit, ich bleibe noch hier und helfe."

„Das musst du nicht, Junge", schaltete Heinrich sich ein. „Fahr mit, lass dich ein bisschen von deiner Mutter verwöhnen und –"

„Es geht mir gut. Ich hatte jetzt lange genug Zwangsurlaub. Mama kann sich erst einmal um Lisa kümmern." *Das ist besser, als wenn Georg das übernimmt.*

Robert blähte die Wangen auf. *So viel also zum Thema Staffelstabübergabe.* Er hatte den Stab nicht übergeben. Und, nein, er würde nicht damit zurechtkommen, tagtäglich Georg und Lisa zusammen zu sehen.

„Wie du meinst." Georg führte Lisa zu seinem Geländewagen, und Robert machte den Fehler, ihr nachzuschauen. Bevor sie einstieg, drehte sie sich um und suchte seinen Blick. Sie wirkte nachdenklich und irgendwie traurig. Aber wahrscheinlich bildete er sich das nur ein.

Der Wagen fuhr davon und verschwand bald darauf hinter den Baumstämmen und der nächsten Kurve.

„Ich bin übrigens Werner Müller", stellte sich der Unbekannte vor. „Trudis Vater. Sie, meine Frau und unser Sohn sind gerade zu

Besuch bei Ihrer Mutter. Trudi freut sich schon sehr darauf, endlich ihre Schwester kennenzulernen."

Robert zischte auf. Er hatte sich den heißen Tee über die Hand geschüttet. Das, was er da gerade erfahren hatte, klang verdächtig nach der in Brand gesetzten Zündschnur einer Bombe, die demnächst explodieren würde. Genau neben Lisa. Oder in Lisa. Eine besorgte Stimme in ihm flüsterte, dass er sie nicht hätte alleinlassen dürfen.

Kapitel 10

Du bist meine große Schwester?!" Noch ehe jemand reagieren konnte, rannte Trudi auf Lisa zu. Das Kind schlang ihr die die Arme um die Hüfte. Johann konnte sehen, wie die junge Frau zusammenzuckte, und das hatte sicher nichts mit der lauten, hohen Kinderstimme oder der unerwarteten Umarmung zu tun.

„Ich wollte dich schon immer kennenlernen, aber Mami hat gesagt, das geht nicht", nuschelte Trudi in Lisas feuchte Bluse.

Johann hatte sich selten einmal so überfordert gefühlt. Und so sehr mit einer anderen Person gelitten, der nicht gerade die Nachricht von einem Todesfall übermittelt wurde.

Lisa hatte gelächelt, als Georg sie über die Schwelle in die Küche geschoben hatte, nun wirkte sie, als wolle sie am liebsten sofort die Flucht ergreifen. Wieder hinauf auf den Berg, in die einsam gelegene Hütte, umgeben von nichts als reinem, weißem Schnee. Lisas Lippen bewegten sich tonlos, dennoch war Johann bewusst, was sie da sagte. Oder ihr Herz vielmehr laut hinausschrie. *Schon immer?*

Ihre Stirn furchte sich, während sie die Worte noch zwei weitere Male lautlos wiederholte. Allein die Begrüßung hatte der älteren Schwester verraten, dass die jüngere von ihr gewusst hatte.

Lisas Blick wanderte zu dem kleinen Jungen, dann zu der Frau, die nun beschwichtigend sagte: „Jetzt lass deine Schwester doch erst einmal in Ruhe ankommen, mein Schatz."

Johann sah, wie Lisa sich versteifte. Sie war schlau genug, um das familiäre Gefüge zu durchschauen. Ihr nächster Blick galt Charlotte, auf deren Schoß Trudis Puppe mit dem blonden Haar und den großen blauen Augen lag, da sie und das Mädchen bis gerade miteinander gespielt hatten.

Lisa lächelte Charlotte an, aber der Schmerz in ihren Augen blieb Johann nicht verborgen. Ein Schmerz, so vermutete er, den Lisa eigentlich gar nicht empfinden wollte. Immerhin trug sie ein großes Herz in sich, eines, das Trudi eine liebevolle Familie gönnte, das sich darüber freute, dass Charlotte nun doch noch ihr Patenkind bei sich haben durfte.

Lisas gedankenverlorenes Kopfschütteln bestätigte Johanns Verdacht. Und dann tat sie etwas, was sein Gemüt heftig erschütterte – vor Bewunderung, gepaart mit einem eigentümlichen Gemenge aus Faszination, Freude und tiefem Mitgefühl. Lisa ging in die Hocke und nahm die kleinen Hände des aufgeregt plappernden Mädchens in die ihren. „Ja, ich bin deine Schwester, Trudi. Und ich freue mich ebenfalls, dass ich dich kennenlernen darf. Ist es für dich in Ordnung, wenn ich zuerst ein Bad nehme und mich umziehe? Dann setzen wir uns in Charlottes hübsche Stube und du erzählst mir einfach alles von dir. Würde dir das gefallen?“

Trudi nickte eifrig, dabei blitzten ihre weit geöffneten Augen voller Bewunderung und Vorfreude. Das Mädchen war unübersehbar ein glückliches und fröhliches Kind. Zugänglich, vertrauensvoll und im Kreis ihrer Familie behütet aufgewachsen. Hatte sie all das, was Lisa fehlte?

Lisa erhob sich und musste ihre Hände fast gewaltsam aus dem Griff der Kleinen befreien. Ob sie das bemerkte? Ob sie sah, wie begeistert Trudi jetzt schon von ihr war? Von ihrer liebevollen großen Schwester?

Johann wünschte es sich für Lisa, bezweifelte jedoch, dass diese Erkenntnis durch die Schichten aus Unverständnis, Schmerz und Eifersucht – die sie gar nicht empfinden wollte – hindurchdringen konnte. Er kannte sicher nicht die ganze Geschichte, ahnte jedoch, dass Lisa sich als Kind verraten gefühlt haben musste. Ob jenes hässliche Gefühl in ihrem Herzen gerade wieder die Oberhand gewann? Wie ein Ast im Fluss, der lange Zeit unter einem Stein festgekeilt gewesen war. Nun gab der Stein das Holz frei, sodass es wieder nach oben geschwemmt wurde.

Trudi rannte zurück zu Charlotte. Seine Schwiegertochter war aufgestanden, um Lisa zu begrüßen, doch diese warf der ihr unbekannten Frau im Raum ein entschuldigendes Lächeln zu, wandte sich um und ging an Georg vorbei in den Flur hinaus.

„Wo ist Robert?", fragte Johann, in der Hoffnung, sein ältester Enkel würde dem Mädchen ein wenig beistehen. Er hörte Lisa die knarrenden Holzstufen hinaufsteigen, war sich aber sicher, dass keine schweren Männerschritte folgten.

„Er ist auf dem Berg geblieben und hilft dort mit", sagte Georg ruhig.

Johann riss aufgebracht die Arme hoch, was ihm vonseiten Charlottes einen warnenden Blick einbrachte. Wie so oft ignorierte er dies. „Was denkt sich der Junge eigentlich? Dass Gott ihm dreimal Schnee vor die Füße wirft?" Johann verstand Robert nicht. Da hatte eine Verwechslung, die nur im Himmel eingefädelt worden sein konnte, ihnen dieses bezaubernde Mädchen gebracht, und der Junge ignorierte es einfach? Sogar nach der gemeinsamen Zeit in der Hütte? „Vom Himmel geplant!", murmelte er traurig vor sich hin.

„Ist schon gut, Johann", sagte Charlotte leise. Offenbar befürchtete sie, er könnte vor den Gästen noch mehr unverständliche Sätze von sich geben – die für ihn aber durchaus einen Sinn ergaben.

„Georg, willst du nicht nach oben gehen und nachsehen, ob es im Bad warm genug ist? Und ob Lisa alles hat, was sie benötigt?“ Charlotte hatte sich wieder zu Trudi gesetzt.

„Hm, ich wollte eigentlich auch zurück zum Berg.“

„Geh schon!“, fauchte Johann, erzürnt darüber, dass Charlottes Einflussnahme ebenso wenig fruchtete wie seine. Offenbar hatte er zwei Enkel, die ganze Baumstämme vor den Köpfen hatten. Wenn wenigstens Ralf schon hier wäre … „Nein, Robert. So ist es richtig. Ich weiß es!“, sagte er laut, wohl wissend, dass niemand seinen Gedanken folgen konnte. Selbst Trudi und der kleine Jürgen sahen ihn irritiert an.

„Geht es dir gut, Johann?“, fragte Charlotte besorgt.

„Allesamt Holzköpfe“, erwiderte er. Seine Schwiegertochter hob alarmiert die Augenbrauen, Karin wirkte sogar ein wenig entrüstet.

„Ich kümmere mich um das Bibbele.“ Johann warf Charlotte einen vorwurfsvollen Blick zu, den sie mit einem hilflosen Lächeln quittierte. Sicher ahnte auch sie etwas von dem Gefühlschaos, das Lisa angefallen haben musste wie ein Wolf seine Beute. Aber sie hatte sich um Trudis Familie zu kümmern. Während die hier nur zu Gast waren, fühlte Lisa sich schon heimisch. „Und so soll es auch bleiben.“ Mit diesen Worten, die bei den anderen erneut fragende Blicke verursachten, stampfte Johann davon.

Er traf Lisa im Flur des Obergeschosses an, wo sie in der offenen Tür zu ihrem Gästezimmer stand, als wage sie sich nicht hinein. Der Anblick bereitete ihm Kummer. Sie war dabei, sich wieder fremd zu fühlen. Unwillkommen. Aussortiert. Ersetzt. Durch Trudi – das Mädchen, das seine Familie ursprünglich eingeladen hatte.

Johann lehnte sich an die Flurwand und betrachtete Lisas junges Gesicht, das vom Lichtschein aus ihrem Zimmer sanft beleuchtet wurde.

„Gerda hat die Kleine schon sehr früh an den Vater weitergereicht. Später hat er dann geheiratet“, erzählte er, was er inzwischen über Trudi wusste. „Das Kind wuchs in dem Wissen auf, dass seine leibliche Mutter nicht in der Lage war, sich um es zu kümmern. Sie hatten aber regelmäßig Kontakt, dafür hat Werner gesorgt.“

„Trudi hat eine Familie. Und keine Geheimnisse. Das ist schön“, flüsterte Lisa stockend, was Johann durchaus verstand. Auch er dachte immer deutlich mehr, als er dann in Worte fasste, was häufig für Verwirrung sorgte. Etwas, was ihm meist eine Menge Spaß bereitete. „Es ist dir gegenüber –“

Lisa hob die Hand. Ihr Lächeln wärmte sein altes, oftmals stolperndes Herz. Dieses Mädchen hatte so viel Liebe zu verschenken, dass er Robert einen verbohrten Waldschratt nennen musste, weil er das nicht sah.

„Offenbar hat Gerda es beim zweiten Mal tatsächlich besser gemacht. Das ist doch gut, nicht wahr? Vor allem für das kleine Mädchen.“

Johann brummte zustimmend. Für Trudi war es sicher gut, für Lisa bedeutete es erneuten Schmerz. Oder etwa nicht? Er beobachtete, wie sie die nassen Handschuhe in ihren Händen knetete.

„Entweder wollte mich mein Vater nicht haben, oder Gerda wusste nicht, wer er war oder wo er steckte. Also gab es die Möglichkeit für mich nicht.“

Johann strich sich über den Vollbart. Lisa war auf einen weiteren Menschen in ihrem Leben gestoßen, von dem sie annahm, dass er sie nicht gewollt hatte. Allerdings klang sie nicht, als würde sie diese Erkenntnis sonderlich aufregen. Ohnehin wirkte sie seltsam ruhig – oder in sich ruhend? Weil sie sich dennoch geliebt wusste? Ob Robert vielleicht doch …? In Johann glomm ein kleiner Hoffnungsfunke auf.

„Ich hatte meine Großtante. Und sie hätte mir von Trudi erzählt, wenn sie von ihr gewusst hätte. Immerhin war sie eine feinfühlige Frau. Sie hätte gewusst, dass ich mich über eine Schwester freuen würde." Lisa hielt kurz inne. „Wir haben nichts von Trudi erfahren, weil Gerda umgezogen ist und uns nie ihre Adresse mitgeteilt hat."

Johann lauschte weiterhin ihrem Monolog. Es schien, als spreche sie mit dem Zimmer, das sie eigentlich betreten wollte.

„Camille … Sie hätten sich bestimmt hervorragend mit ihr verstanden, Herr Vogel."

Er lächelte. Sie war sich seiner Anwesenheit also doch bewusst.

„Sie war eine ehrliche Person. Tiefgläubig und wunderbar … modern, obwohl sie schon alt war, als ich zu ihr kam." Nachdenklich zupfte Lisa an ihrer Unterlippe. „Sie war meine Familie. Ebenso wie die Nonnen, zu denen sie weiterhin engen Kontakt hielt, obwohl sie ihrer Glaubensgemeinschaft den Rücken gekehrt hatte. Gerda hat einige Fehler gemacht. Aber damals, als sie mich in den Zug gesetzt hat, hat sie die richtige Entscheidung getroffen. Für sich und für mich. Und wissen Sie, was das bedeutet?"

Johann schwieg, da er ihre Frage für eine rein rhetorische hielt. Doch Lisa wandte sich zu ihm um und sah ihn auffordernd an. Er lächelte leicht, mochte er doch das Braun ihrer Augen. Es war eine warme, weiche Farbe, die ihr Innerstes widerzuspiegeln schien. Einem Impuls folgend stieß er sich von der Wand ab, ging zu ihr hinüber und legte seine raue Hand an ihre Wange. „Sie hat dich geliebt."

Tränen schimmerten in Lisas Augen, sodass Johann schnell den Blick senkte. Mit weinenden Frauen konnte er nicht besonders gut umgehen. Wie fast alle Männer seiner Generation war er sehr autoritär, mit eiserner Disziplin und Prügelstrafen erzogen worden. Jungen mussten hart sein. Vor allem sich selbst gegenüber. Erst die gemeinsamen Jahre mit seiner Frau und den Kindern hatten ihn gelehrt, dass es von Stärke zeugte, wenn man sich und anderen seine Schwächen eingestand. Dazu gehörte außerdem, die Schwächen anderer zu akzeptieren, anstatt sie dafür zu verurteilen – und sich und seinem Nächsten zu vergeben. Dies zu erkennen, hatte Johann allerdings weich gemacht, zumindest was Frauen anbelangte, die ihren Schmerz offen zeigten.

„Dort oben auf dem Berg habe ich verstanden, dass Gott mit weißer Farbe über ein verunstaltetes Bild malen kann. Und auch wenn weiterhin ein paar dunkle Flecken durchschimmern, so sind sie doch nicht mehr als ein Mahnmal, das Schwere nicht zu vergessen, sondern es fortan besser zu machen und für das Gute dankbar zu sein."

Johann nahm seine Hand weg und grinste dabei. Im Moment klang Lisa ein wenig wie er. Sie würden hervorragend miteinander auskommen. Vorausgesetzt, sie blieb. Das lag allerdings nicht an ihm. „Auf Robert ist mal ein Baum gefallen."

„Ich habe die Narben gesehen."

„Die, die ich meine, die kann man nicht sehen." Er tippte sich zuerst an die Stirn, dann auf die Brust. Dorthin, wo sein Herz schlug, das diesem Mädchen innerhalb kürzester Zeit zugeflogen war.

Lisa lachte leise auf, dabei kullerten nun doch noch Tränen über ihre Wangen. Robert musste mit Blindheit geschlagen sein, wenn er nicht sah, was Johann sah: Lisa war verliebt. Und sie zitterte vor Kälte. Jetzt war er der Dumme, weil er sie so lange aufgehalten hatte. „Ich habe auch oft genug ein Brett vor dem Kopf." *Der Junge dafür aber eine Wagenladung voller Rundholz.*

Lisa schaute ihn fragend an.

„Ich heize dir schnell das Bad ein."

„Das ist sehr lieb von Ihnen. Vielen Dank."

Johann schritt energisch den Flur entlang zum Bad. Ja, er konnte sehr lieb sein. „Aber ich kann auch anders, Robert!", sagte er halblaut vor sich hin und wünschte, sein Enkel könnte es hören.

Lisa kehrte mit noch feuchten Haaren in die Küche zurück. Sofort sprang Trudi auf und deutete auf ein Holztablett auf der Ablage. „Schau, Tante Lotti hat für uns Gebäck und Tee bereitgestellt. Wir können alles mit in die gute Stube nehmen, hat sie gesagt. Ist das nicht allerliebst wunderbar?!"

Lisa lächelte über den Überschwang und die Wortwahl der Kleinen. Noch ehe sie nach dem Tablett greifen konnte, nahm Charlotte sie fest in die Arme. „Geht es dir gut? Es tut mir leid, dass dich das jetzt so überraschend getroffen hat. Wir hatten erst später mit dir und Robert gerechnet."

„Ist schon gut. Ich fürchte, es wäre kaum leichter für mich gewesen, wenn du mich darauf vorbereitet hättest."

„Ich möchte nur, dass du eines weißt: Du bist hier immer herzlich willkommen. Und das nicht nur, weil Trudi eine Familie hat und uns nicht braucht."

„Das bedeutet mir viel. Danke." Ob Charlotte erahnen konnte, wie zärtlich ihre Worte Lisas Seele streichelten? Immerhin wusste sie nichts von dem, was Lisa Robert dort oben in der Hütte anvertraut hatte. Dem Mann, der sie offenbar nicht schnell genug hatte loswerden können …

Lisa schob den Gedanken beiseite. Robert war ein verantwortungsbewusster Mann und hatte seine Aufgabe darin gesehen, den Männern auf dem Berg zur Hand zu gehen. Sie würde ihn später wiedersehen.

„Kommst du?“ Trudi hüpfte schon wieder auf und ab. „Ich will dir doch unbedingt von meinen Freundinnen erzählen. Und von der grandiosen Schule, in die ich bald gehe. Und ich will wissen, wie es in Frankreich ist. Lotti hat gesagt, dass du dort lebst. Kein Wunder, dass wir uns noch nicht kennengelernt haben, nicht wahr? Das ist ja bestimmt dramatisch weit weg.“

Lisa löste sich aus Charlottes Umarmung, und diese ergriff noch einmal ihre Hand, als sei sie sich unschlüssig darüber, ob sie Lisa und Trudi wirklich allein lassen konnte. Also beugte sich Lisa vor und flüsterte: „Das, was ich Trudi sagen werde, ist die Wahrheit. Aber ich muss ihr nicht alles erzählen, was wahr ist.“

„Ich verlasse mich darauf.“

„Ihr Glück tut auch mir gut. Denn seit ich von ihr erfahren habe, hat mich die Befürchtung gequält, dass es ihr womöglich noch schlechter ergangen sein könnte als mir. Immerhin hatte ich Camille.“

Charlotte sah ihr tief in die Augen. „Du wirkst … gereift?“

„Ich denke vielmehr, dass ich Wurzeln geschlagen habe.“

„Das gefällt mir gut.“

„Mir auch.“ Lisa ergriff das Tablett und folgte der ungeduldig voraushüpfenden Trudi in das am anderen Ende des Flurs gelegene Wohnzimmer. Inzwischen war die Sonne weit in den Westen gewandert und malte roséfarbene Streifen an den Himmel. Der Schnee auf den Hängen und in den Baumkronen schien die Farbe aufzusaugen. Das Ergebnis war ein friedlich anmutendes, heimeliges Gemälde …

Nachdem Lisa die Abendstimmung ausgiebig bewundert hatte, stellte sie das Tablett auf den mit Intarsien verzierten Tisch und setze sich zu Trudi auf die Couch.

„Was willst du zuerst hören?“, fragte die Kleine großzügig.

Lisa lächelte breit und nahm sich ein Plätzchen. „Ich möchte *alles* über dich erfahren. Was du magst und was du nicht leiden kannst. Was du den ganzen Tag über so tust und wie du dich mit deinem Bruder verstehst. Einfach alles!"

„Also, ich male ganz viel, und Papa sagt, dass ich das wirklich gut kann."

Erneut schwemmten Tränen Lisas Augen, gleichzeitig lächelte sie. Da hatten sie ja bereits die erste Gemeinsamkeit gefunden.

Sie hörte dem plaudernden Kind aufmerksam zu. Während sie in die leuchtenden Augen schaute, die ihr so vertraut vorkamen, obwohl sie Gerda nach ihrer Abreise aus Füssen nie wiedergesehen hatte, wurde ihr erst so richtig bewusst, welch großes Geschenk da vor ihr saß. Sie hatte eine kleine Schwester. Sie hatte eine Familie!

Trudi mochte woanders leben als sie und brauchte sie im Grunde auch nicht, aber sie gehörten dennoch zusammen. Die Tatsache, dass Trudis Familie hierhergereist war, um die Patentante des Mädchens zu besuchen und sie, Lisa, kennenzulernen, bewies, dass das Ehepaar Müller dies ähnlich sah.

Plötzlich fühlte sich Lisas Herz überraschend leicht an, und seltsamerweise hatte das mit Robert zu tun. Es dauerte einen Augenblick, bis sie die Ursache erkannte. Bis zu diesem Moment hatte sie sich dagegen gewehrt, ihre Gefühle für ihn gänzlich zuzulassen. Aus der Furcht heraus, sie könnte die Sehnsucht nach einer eigenen Familie mit der Liebe zu diesem großartigen Mann verwechseln. Während sie Trudi weiter zuhörte, wanderte ihr Blick nach draußen zu dem bezaubernden Leuchten, das über dem See lag wie ein Versprechen.

Robert ließ sich von seiner Mutter umarmen. „Es ist alles in bester Ordnung", raunte er ihr zu. Dass das nicht so ganz stimmte, wurde ihm umso deutlicher bewusst, als er das fremde Ehepaar mit dem kleinen Jungen in der Küche betrachtete und feststellte, dass Lisa fehlte. Und ihre Halbschwester.

„Wo ist Lisa?", wandte er sich an Georg, doch der zuckte nur mit den Schultern. Robert runzelte die Stirn. Wollte sein Bruder es ihm nicht sagen? Weil er befürchtete, Robert könnte sich Lisa gegenüber unehrenhaft verhalten haben, während sie auf dem Berg festgesessen hatten? Natürlich war da dieser eine Kuss gewesen, aber …

Energisch ergriff Robert Georg am Arm. „Wir müssen reden."

„Zuerst muss ich was in den Magen bekommen."

Robert machte Platz, weil seine Mutter und Karin Müller, so hatte die Frau sich ihm vorgestellt, die vorbereiteten Platten und Schüsseln zum Tisch trugen.

Johann, von dem Charlotte behauptete, dass er riechen könne, wenn sie auch nur daran dachte, eine Mahlzeit zuzubereiten, trat ein und verpasste Robert einen kräftigen Schlag auf den Hinterkopf. „Dummer Junge."

„Ich habe den Sturm nicht kommen sehen."

„Du siehst nicht mal etwas, wenn man es dir direkt vor die Nase stellt."

„Also hör mal, Opa!"

„Du bringst das gefälligst in Ordnung. Und mach es richtig."

„Sobald es geht, gehe ich wieder hoch und bringe alles in Ordnung."

„Nimm sie mit."

„Wie bitte?"

„Siehst du, du siehst gar nichts!" Ein weiterer Schlag auf den Hinterkopf folgte, dann wandte Johann sich seinem Sitzplatz zu.

Allerdings drehte er sich noch einmal zu Robert um, der einfach nicht verstand, was er verbrochen hatte. Bisher hatte er sich immer eingebildet, die seltsam zusammenhangslosen Sätze seines Großvaters halbwegs nachvollziehen zu können. Ob der heute noch verwirrter war als sonst?

„Geh die Mädchen holen, damit wir essen können. Sie sind in der Stube", trug Johann Robert auf.

„Das kann Georg –"

„Ich habe es aber zu dir gesagt."

Robert atmete tief ein und langsam wieder aus. Seit Jahren hatte sein Großvater ihn nicht mehr so behandelt. Genau genommen seit seinem sechzehnten Geburtstag, als Johann zu ihm gesagt hatte, dass er nun erwachsen sei, er ihn wie einen Erwachsenen zu behandeln gedenke und Robert wie ein solcher handeln solle.

Eigentlich war er davon ausgegangen, das durchaus hinbekommen zu haben; auch in den vergangenen Tagen. Lisa und er hatten den Schneesturm gut überstanden. Körperlich zumindest. Was sein Herz dazu zu sagen hatte, klang ein wenig anders an. Es verhielt sich störrisch. Aber davon konnte Johann ja nichts wissen.

„Schon gut", sagte er besänftigend zu seinem Großvater. Der schaute ihn nur mürrisch an. Robert verließ die überlaufene Küche, in der es verführerisch nach Braten, frisch geschabten Spätzle, Rosenkohl und einer deftigen Soße duftete, und begab sich auf den Weg in Richtung Wohnzimmer. Die Tür war nur angelehnt, und er vernahm zwei Stimmen, die sich angeregt unterhielten und gemeinsam kicherten. So leise, wie es ihm möglich war, schob er die Tür auf und schaute in den Raum.

Lisa und Trudi lagen einträchtig nebeneinander auf dem Kuhfell vor dem flackernden Kamin und malten auf einem Zeichenblock, den Lisa vermutlich in ihrem Gepäck gehabt hatte. Das Bild der beiden Halbschwestern, die sich bis zum heutigen Tage nicht gekannt hatten, nun aber um ihre Vergangenheit wussten, ließ ihn staunend und gleichzeitig auch zufrieden seinen Beobachtungsposten beibehalten. Beide hatten ihre Beine angewinkelt und bewegten sie im Gleichklang eines Taktes, der womöglich ihren Herzen entsprang.

Robert verlagerte das Gewicht und dabei knarrte die Diele unter seinen Füßen. Lisa sah auf, und ihr Lächeln traf ihn bis ins Mark. Was er darin sah, war eine Fülle aus Vertrautheit und Vertrauen.

Er räusperte sich umständlich, da es ihn in diesem Moment völlig überforderte, Johanns banale Bitte vorzubringen. Er wollte etwas ganz anderes sagen. Etwas viel Wichtigeres, Intimeres. Als ob Johann ihn deshalb geschickt hätte … Robert grinste bei dem Gedanken. „Essen ist fertig."

„Hast du wieder ein paar Dosen geöffnet?"

„Nein, meine Mutter."

„Sie macht das besser als du, Naturbursche. Denn ihr Dosenessen ist entschieden leckerer als deins."

„Ich frage sie bei Gelegenheit nach ihrem Geheimnis. Falls ich mal wieder mit einer … Frau einschneien sollte." Die Worte „aufregenden", „bezaubernden" und „liebenswerten" hatte er lieber verschluckt. Allerdings drohte er nun an ihnen zu ersticken.

„Hast du auch Hunger, Trudi?", wandte Lisa sich an das Mädchen. Dies legte nur zögernd den Stift aus der Hand. „Malen wir nachher weiter?"

„Das musst du deine Eltern fragen. Es ist schon recht spät."

„Dann aber morgen."

„Gut, dann morgen." Lisa strich der Kleinen über das zu zwei dünnen Zöpfen geflochtene braune Haar. Sie erhoben sich, und Trudi schob völlig selbstverständlich ihre Hand in Lisas. Als Robert den beiden folgte, spürte er einen unangenehmen Anflug von Eifersucht in sich aufkommen. Wie gern würde er Lisas Hand halten …

Robert verstand nicht, warum Charlotte ihn plötzlich neben Lisa setzte und Georg den Platz ihr gegenüber zugeteilt bekam. Ebenso wenig, weshalb Johann das anscheinend gar nicht passte und dieser in sein Bierglas murmelte: „Den Hinweis würde ich gern zurücknehmen."

Für Robert wurde die fröhliche Mahlzeit zu einer Art Folter, denn Lisa berührte mehrmals versehentlich seinen Arm und einmal auch mit dem Knie seinen Oberschenkel. Die Stelle schien daraufhin in Flammen zu stehen, und er war versucht, den Brand mit seinem Mineralwasser zu löschen. Vielleicht sollte er das tatsächlich tun, um sich dann schleunigst verabschieden zu können, doch er brachte es einfach nicht fertig. Lisas Nähe war berauschend und schmerzlich zugleich. Dies ließ die Erkenntnis in ihm reifen, dass er sich in den nächsten Tagen rarmachen musste. Zumindest so lange, wie Lisa noch im Forsthaus zu Gast war.

Robert sah zu Georg hinüber, der sich angeregt mit Werner unterhielt, und kam um den Verdacht nicht herum, dass es seinem kleinen Bruder vielleicht ganz ähnlich erging wie ihm. Womöglich glaubte Georg, sich von Lisa fernhalten zu müssen, weil sich zwischen ihr und Robert etwas verändert haben könnte. Das war nicht in Ordnung. Georg hatte als Erster Interesse an Lisa gezeigt, und Robert würde sich ganz sicher nicht dazwischendrängen. Genau das würde er durch seine Abwesenheit in den nächsten Tagen deutlich machen. Und wenn Georg es nicht kapierte, würde Robert ihn eben mit der Nase darauf stoßen.

Sein Großvater hatte durchaus recht: Es gab Männer in diesem Forsthaus, die offensichtlich nicht sahen, was sie vor der Nase hatten, auch wenn Johann das zu dem falschen Enkel gesagt hatte.

Kapitel 11

In den folgenden drei Tagen verbrachten Lisa und Trudi so viel Zeit wie möglich miteinander. Trudi schlief sogar für eine Nacht in Lisas Zimmer. Sie fuhren gemeinsam mit Karin, Werner und Jürgen Schlitten, bauten ein Iglu und Schneemänner, malten oder lagen einfach nur vor dem wärmenden Kaminfeuer und plauderten. Es war leicht für Lisa, das kritische Thema „Gerda" zu vermeiden, stellte die Kleine doch keine Fragen über ihre leibliche Mutter. Trudi hatte Gerda gelegentlich getroffen; sie war ihre Mutter, Karin ihre Mama. Das Mädchen lebte bereits seit seinem zweiten Lebensjahr bei Werner, der damals schon mit Karin verlobt gewesen war. Auf Trudis Frage, weshalb Lisa denn im fernen Frankreich lebe, antwortete sie, dass sie gern bei ihrer Großtante Camille gewohnt habe, da diese keine eigene Familie gehabt hatte und sie dort eine ganz besondere Schule habe besuchen können.

Trudi akzeptierte die Antwort mit einem Nicken und den Worten, dass die Großtante darüber bestimmt glücklich gewesen sei. Lisa stimmte ihr mit einem warmen Lächeln zu und ließ die Sache damit auf sich beruhen. Allerdings nahm sie an, dass Trudi, wenn sie erst älter wäre, noch einmal auf dieses Thema zurückkommen würde. Aber mit einem reiferen Mädchen würde sie auch offener reden können als mit einem Kind. Die Aussicht darauf, von nun an ein wichtiger Teil von Trudis Leben zu sein, machte Lisa glücklich.

Weniger glücklich war sie über den Umstand, dass Robert die Arbeit, die er in den vergangenen Tagen versäumt hatte, offenbar in Rekordzeit nachzuholen gedachte. Sie sah ihn nur kurz beim Frühstück und beim Abendessen, ansonsten war er unterwegs oder zog sich in den Anbau zurück.

Zwei Tage vor ihrer Abreise winkte sie gerade dem Auto der Müllers nach, als Robert mit dem Jeep aus der entgegengesetzten Richtung angefahren kam. Obwohl es wieder ein eiskalter Abend war, blieb sie in der Tür stehen. Sie beobachtete, wie Robert ausstieg, sich bückte, um Artemis zu kraulen, und sie schließlich entdeckte.

Lisa sah, dass er kurz zögerte, bevor er sich mit großen Schritten der Treppe näherte, die ersten drei Stufen hinaufstieg und vor ihr stehen blieb, einen Fuß auf der obersten Stufe aufgestützt.

„Wenn du zur Eisfigur werden willst, warum gesellst du dich dann nicht einfach zu dieser Schneemannfamilie dort hinten?“ Er deutete auf die vierzehn unterschiedlich großen Schneemänner, die Lisa, Lotti und Jürgen auf einem Wiesenstreifen gebaut hatten.

„Die reden mir zu viel. Ich ziehe die Gesellschaft von stilleren Zeitgenossen vor.“ *Und damit meine ich vor allem dich.*

„Das erklärt, weshalb du so gern Zeit mit der kleinen Trudi verbringst.“

Lisa lachte. Der Mund ihrer Halbschwester stand wirklich selten einmal still, nicht einmal während des Essens.

„Geh doch rein, du hast schon eine ganz rote Nase. Du willst die Heimreise doch sicher nicht erkältet antreten.“

Eine riesige, kalte Hand schien Lisas Herz zu umfassen und unbarmherzig zusammenzupressen. Wenn Robert erst im Haus war, würde er sicher wieder in sein kleines Reich verschwinden. Signalisierte er ihr damit nicht allzu deutlich, wie wenig ihm ihre baldige

Abreise ausmachte? Hatte sie sich denn so sehr getäuscht, sich selbst etwas vorgemacht? Aber da war doch dieser Kuss gewesen. Seine Annäherungen, die er bewusst unter Kontrolle gehalten hatte. Hatte sie zu viel in das Geschehene hineininterpretiert? Dabei war sie davon ausgegangen, dass Robert niemals mit ihren Gefühlen spielen würde, schließlich hatte eine Frau das mit ihm getan und ihn damit schrecklich verletzt. *Ich verstehe dich einfach nicht. Oder … hast du Angst? Angst vor einer weiteren Enttäuschung, weiterem Schmerz? Was soll ich denn jetzt machen?*

„Nach dem Essen spielen wir Binokel. Und du wirst dich nicht drücken." Lisa sah ihn unter hochgezogenen Augenbrauen streng an. Er öffnete den Mund, schloss ihn aber wieder, ohne seinen Protest hervorgebracht zu haben. Erneut war sie vollkommen gefangen von seinem prüfenden Blick, der ihr Innerstes in Aufruhr versetzte. Sah er denn jede Frau so an? Sie konnte und wollte sich das einfach nicht vorstellen.

Plötzlich huschte ein Grinsen über sein Gesicht. „Das wird lustig", sagte er, zwinkerte ihr zu und ging an ihr vorbei in die kleine Eingangshalle.

Lisa unterdrückte ein Aufjubeln, wirbelte herum und sperrte endlich die klirrende Kälte aus. Sie setzte sich neben Robert auf die Truhe, zog ihre Schuhe aus und schlüpfte in ihre bequemen Ballerinas, während er seine ausgetretenen schwarzen Pantoffeln suchte, die Jürgen heute einige Zeit an seinen kleinen Füßen spazieren geführt hatte.

Lisa eilte in die Küche, holte sie unter der Eckbank hervor und brachte sie Robert.

„Man könnte meinen, wir hätten einen Welpen im Haus", brummte er.

„Dann wären sie triefend nass und zerkaut."

„Danke, dass du Jürgen zumindest *davon* abgehalten hast."

Lisa prustete los und drückte kräftig seinen Unterarm. „Binokel! Nicht vergessen!"

Robert senkte den Blick und betrachtete ihre Hände auf seinem Arm. Schließlich sah er ihr wieder in die Augen. In seinen glomm etwas auf, das sie an einen still daliegenden See erinnerte, über den nun eine kräftige Bö fegte. Er murmelte etwas, entzog ihr seinen Arm und stapfte davon.

Lisa sah ihm nach. Traurig, und mit dem Eindruck, als wollte jene kalte Hand, die ihr Herz umfasste, es aus ihrer Brust reißen. Energisch, ja nahezu wütend, verjagte sie das unschöne Gefühl in sich, das sich wie der Schneesturm auf dem Berg hinterrücks anschlich und sie erneut traktieren wollte. *Nein, es liegt nicht an mir. Ich bin geliebt. Auch dann, wenn Robert mich nicht auf die Weise liebt, wie ich es gern hätte.*

Sie betrat die Küche, in der Charlotte sie mit einem strahlenden Lächeln empfing. Dies half Lisa erheblich dabei, jene noch immer lauernde, äußerst schmerzliche Empfindung wieder zu vertreiben. Sie durfte nicht erwarten, von allen Personen in ihrem Umfeld in gleichem Maße anerkannt, respektiert und geliebt zu werden. Ebenso wenig, dass Robert die gleichen Gefühle für sie empfand wie sie für ihn. Dies machte aus ihr noch lange keinen wertlosen oder gar ungeliebten Menschen. Und vielleicht lag Roberts Zurückhaltung ja wirklich in dem begründet, was er vor einigen Jahren mit Irmgard erlebt hatte.

Nicht nur sie trug Spuren der Vergangenheit in ihrem Herzen, die ihr zu schaffen machten. Auch Robert hatte mit Verletzungen aus längst vergangenen Tagen zu kämpfen. Jeder weitere Schritt zwischen ihnen brauchte erst einmal gestärktes Vertrauen, und dafür benötigten sie Zeit.

Lisa ergriff das Messer, das Charlotte ihr hinhielt, und begann, den bereits gewaschenen Lauch zu schneiden. *Ich werde ja bald wiederkommen.*

Robert lehnte sich auf der knarrenden Bank zurück und verschränkte die Arme vor der Brust. Er grinste breit, als Georg aufgebracht die Karten auf den Tisch warf. Heinrich kratzte sich im Nacken, Johann, der ihnen zuschaute, hatte die Stirn gerunzelt, weil ihn das Ganze offenbar überforderte. Robert konnte es seinem Großvater nicht verdenken. Lisas Fähigkeit, sich alle ausgespielten Karten zu merken, sorgte dafür, dass er und sie – zu viert spielten sie in Zweierteams – die meisten Runden gewannen. Nur wenn ihr Blatt wirklich schlecht war, verloren sie auch mal.

„Du schummelst doch!“, rief Georg. Robert zuckte zusammen, aber Lisa lachte nur und schüttelte den Kopf. Die Anschuldigung bedeutete für sie keinen Angriff mehr. Vielleicht, da sie auf ihrem Weg der Heilung ein weiteres Stück vorangekommen war oder weil Georg ihr nie mit den gleichen Vorbehalten begegnet war wie er. Oder weil sie seinen Bruder eben liebte.

Robert biss die Zähne zusammen. Sie gaben ein Knirschen von sich, das seinen Vater aufgebracht zu ihm hinübersehen ließ. „Du kannst ruhig laut lachen“, sagte er prompt.

„Es ist immer ärgerlich, wenn eine Anfängerin den Meister schlägt“, gab Robert in Anspielung auf Heinrichs Erfolge bei diversen Binokel-Turnieren zurück.

„Oder der Jüngere den Älteren“, korrigierte Johann. „Sehr ärgerlich.“

„*Die* Jüngere“, verbesserte Heinrich mit einem Blick auf Lisa.

„Dabei ist das gar nicht so“, sinnierte Johann. „Der Älteste gewinnt.“ Er deutete auf Robert.

„Nicht noch einmal, Opa“, erwiderte Georg mit neu erwachtem Kampfgeist.

„Dabei willst du das eigentlich auch, Bengel!“

Georg lachte gutmütig, wie er es häufig tat, wenn sein Großvater wieder einmal wirres Zeug von sich gab. Heinrich mischte die Karten, und Robert fragte sich, ob sein Großvater wirklich über Binokel gesprochen hatte.

„Gut, versuchen wir es noch einmal. Streng dich gefälligst an, Georg.“ Heinrich teilte die Karten aus und runzelte die Stirn über das fröhliche Kichern, das vom Küchenstuhl neben der Stehlampe kam, wo Charlotte saß und einen Roman las. „Kümmere du dich mal um das Glück deiner Romanfiguren.“

„Ach, die finden sich schon, keine Sorge.“

„Nur echte Männer stellen sich tollpatschig an.“ Johann beugte sich vor, um einen Blick auf Georgs Karten zu erhaschen.

„Sprichst du von dir, Vater?“, spottete Heinrich.

„Nein. Ich kam, sah und siegte.“

„Meinst du damit meine Mutter oder deine Binokelniederlagen gegen mich, sagen wir, in den letzten dreißig Jahren?“

Robert hob den Kopf. Das würde ihn auch interessieren.

„Ich hatte immer einen Schlag bei den Frauen.“

„Ihr verwirrt mich“, beklagte sich Georg.

„Das kenne ich.“ Johann grinste zufrieden in die Runde.

Robert schüttelte den Kopf. Er war aus dem Reizen schon raus, bevor er überhaupt hätte einsteigen können. Er hatte nichts zu melden. Also sah er hinüber zu der einzigen Person, die sich aus der Diskussion heraushielt. Lisa sah ihn unumwunden an, und ihm wurde plötzlich sehr warm. Was passierte hier eigentlich gerade?

Jetzt war er ebenfalls verwirrt – und verspürte gleichzeitig ein flaues Gefühl in der Magengegend. Oder lag der Unruheherd in seinem Inneren höher? In seinem Herzen?

„Herz", sagte Heinrich, da er das Reizen gewonnen hatte und damit den Trumpf festlegte.

„Sehr gut", lobte Johann.

„Mit deinen Kommentaren verrätst du immer viel zu viel", rügte Georg den alten Mann, der ihm ständig in die Karten sah.

„Zu schweigen mag Vorteile haben, aber nicht immer", konterte der, und Robert hatte den Eindruck, als wolle Johann ihn mit seinem Blick an der Bank festnageln, auf der sie saßen.

„Willst du mir irgendetwas mitteilen, Opa?", fragte er und spielte eine Karte.

„Soll ich? Hier, vor allen anderen?"

Robert brummte, während Georg freudestrahlend den Stich einfuhr.

„Gut, dann später. Nur ein Hinweis: Du verspielst gerade dein bestes Blatt."

„Ich bin doch gar nicht dran."

„Das glaubst auch nur du."

Robert schüttelte den Kopf. Nein, sein Großvater sprach definitiv nicht von dem Spiel. Sondern von … Lisa? Allerdings schien dem alten Mann da eine Kleinigkeit entgangen zu sein. Georg und Lisa …

Lisa gewann auch diese Partie, was Georg erneut die Karten auf den Tisch werfen ließ. „Mit dir habe ich das erste und letzte Mal Binokel gespielt."

„Gut so!", pflichtete Johann ihm bei.

Lisa zuckte nur mit den Schultern und sammelte die Karten ein. Dabei streiften ihre Finger Roberts Hand. War das Absicht gewesen? Er starrte sie an, sie lächelte, was es ihm schlicht unmöglich machte, den Blick von ihr abzuwenden. Er liebte die Sanftheit, die sich mit dem Lächeln auf ihr Gesicht legte.

Es wurde unruhig am Tisch. Charlotte und Heinrich wünschten allen eine gute Nacht, was Lisa den Blickkontakt zu Robert unterbrechen ließ. „Ich spüle noch."

„Das brauchst du nicht, Kind. Die Tassen spüle ich morgen früh mit dem Frühstücksgeschirr."

„Es macht mir nichts aus", fügte Lisa hinzu und erntete ein dankbares Nicken von Charlotte. Gleich darauf hielt sie sich an Roberts Schulter fest, weil sie hinter ihm über die Bank ging, um zur Spüle zu gelangen. Für Robert war die Berührung, als hätte man ihm einen elektrischen Schlag verpasst. Machte sie das eigentlich auch bei Georg? Dieses ständige zufällige Berühren?

„Die Gewinner müssen spülen und abtrocknen", bestimmte sie und drückte Robert das Geschirrtuch in die Hand. Ihr Lächeln fiel betörend aus. Wie sollte er sich da zur Wehr setzen?

Auch Georg wünschte ihnen eine gute Nacht und verließ die Küche. Robert nahm es mit gerunzelter Stirn wahr. An Georgs Stelle hätte er angeboten, Lisa beim Abwasch zu helfen, um allein mit ihr in der Küche zurückzubleiben. Ein paar Minuten ungeteilter Zweisamkeit – es sei denn, sein Großvater hatte vor, auf der Küchenbank Wurzeln zu schlagen.

Johann rutschte auf der Bank nach vorn, erhob sich etwas schwerfällig und verabschiedete sich ebenfalls. Lisa, mit beiden Händen bereits im Spülwasser, küsste ihn auf die faltige Wange.

Roberts Herz platzte beinahe vor Zuneigung. Weshalb er von seinem Großvater schon wieder einen Schlag auf den Hinterkopf erhielt, auch wenn dieser recht sanft ausfiel, verstand er allerdings nicht. Im Türrahmen drehte der Mann sich noch einmal um und taxierte ihn. „Kapierst du es jetzt, Junge? Du bist der Gewinner."

Robert stand reglos da, dekoriert mit dem Geschirrtuch über der Schulter, und blickte den alten Mann völlig überfordert an.

„Holzkopf", war alles, was der noch vor sich hin murmelte, ehe er kopfschüttelnd davonstapfte.

Was blieb, waren das Ticken der Küchenuhr, das Plätschern des Spülwassers und ein gelegentliches Knacken des Gebälks. Friedliche Stille umgab ihn und Lisa, fast so intensiv wie in der eingeschneiten Hütte auf dem Berg.

„Du weißt, was man mit so einem Geschirrtuch anfängt, Naturbursche?" Ihr Tonfall klang leicht, spielerisch und schon wieder herrlich herausfordernd.

Robert betrachtete das karierte Tuch, das er inzwischen zusammengerollt hatte und an den Enden hielt. Langsam drehte er sich um und stellte sich dabei vor, wie er die Arme hob, sie über Lisas Kopf hinwegführte und bis zu ihrer Taille senkte, um dann mit einem kräftigen Zug am Tuch dafür zu sorgen, dass sie auf ihn zugehen, sich an ihn lehnen musste …

Hastig ergriff er eine der nassen Tassen und trocknete sie ab. So ging das nicht. Johann hatte recht. Dieses Schweigen war nicht gut. Er musste ein Gespräch führen, aber nicht mit Lisa oder seinem Großvater, sondern mit Georg.

Er trocknete das Geschirr nun deutlich eifriger ab, hängte das nasse Geschirrtuch über die kurze Wäscheleine neben dem Ofenrohr und wünschte Lisa eine gute Nacht. Sie stand mit dem Rücken zu ihm, hielt das Tuch, mit dem sie die Spüle trocken gerieben hatte, in der verkrampften Hand und sah nicht auf. Ihre Schultern bebten. Besorgt machte er einen Schritt auf sie zu, hielt dann aber inne.

Er *musste* einfach zuerst mit Georg sprechen. *Warum hast du das nicht längst getan?*, schalt er sich selbst. Doch er kannte die Antwort nur zu gut: Gerade eben war er noch davon ausgegangen, dass

Georg und er zu dem einvernehmlichen Entschluss gekommen wären, diese bezaubernde Frau ziehen zu lassen. Schließlich waren sie Brüder. Zwischen ihnen sollte keine Frau stehen. Jetzt war er sich gar nicht mehr so sicher, ob sie wirklich zwischen ihnen stand. Denn im Augenblick war er hier, und Georg hatte sich zurückgezogen.

Robert wandte sich abrupt um, eilte aus der Küche, die Stufen hinauf und nahm dann die zweite Treppe, die bis unters Dach führte. Ohne anzuklopfen, stürmte er in Georgs Reich. Die Dachschräge nahm dem eigentlich großen Raum eine Menge Volumen, zudem hatte Georg hier oben zwei wuchtige Schreibtische und einige Stellwände stehen, an denen Pläne für die Campinghütten und – das war neu – für ein Wohnhaus hingen. Hatte er vor, ein Haus zu bauen? Weil er hoffte, bald zu heiraten?

Robert drehte sich um und wollte die Flucht ergreifen, doch da kam sein Bruder bereits aus dem angrenzenden Badezimmer heraus und schaute ihn verblüfft an.

„Hast du dich verlaufen? Du schläfst hier schon seit ein paar Jahren nicht mehr“, wies Georg ihn grinsend darauf hin, dass er den falschen Weg eingeschlagen hatte. Ob dem wirklich so war?

„Wie stehst du zu Lisa?“, platzte Robert heraus.

Georg streifte sich auch noch das Oberteil seines Schlafanzugs über und setzte sich auf die Bettkante. „Lisa? Sie ist ein nettes Mädchen. Lustig, hilfsbereit, offenbar robuster, als sie aussieht, und sie schummelt sehr geschickt beim Binokel.“

„Liebst du sie?“

Georg lehnte sich auf die Ellenbogen zurück, neigte leicht den Kopf und taxierte seinen Bruder. „Sollte ich?“

„Ja.“

„Warum?“

„Weil …“ Robert hatte eine Menge Gründe parat, aber wenn Georg das nicht selbst wusste … „Also nicht?“ Auf einmal fühlte Robert sich seltsam kurzatmig.

Ein genüssliches Grinsen breitete sich langsam auf Georgs Gesicht aus. „Also, wenn du mich so fragst: Der Gedanke ist gar nicht mal so schlecht.“

„Georg?“

„Ich finde sie außergewöhnlich, großer Bruder. Genau richtig!“ Er richtete sich auf. „Für dich.“

„Du meinst, ich sollte …“

Georg trat vor ihn und legte ihm die Hände auf die Schultern. „Sie ist nicht wie Irmgard. Sie ist meilenweit davon entfernt, und das nicht, weil sie eben nicht Irmgards überaus attraktives Äußeres hat, sondern einfach nur … hübsch anzusehen ist.“

Robert blinzelte. Er hatte Lisa von dem Augenblick an, als er sie am Schiltacher Bahnhof das erste Mal gesehen hat, für wunderschön gehalten. In seinen Augen war sie das. Georg hatte recht, sie war einfach perfekt.

„Papa kommt gut mit ihr klar, Mama sieht in ihr bereits die Tochter, die sie nie hatte, und Opa ist hin und weg. Auf Ralfs Urteil werden wir wohl noch ein wenig warten müssen. Aber er ist nicht hier. Er stellt also keine Konkurrenz für dich dar. Vor allem wenn du ihn vor vollendete Tatsachen stellst. Der Kleine ist ja nicht blöd.“

„Und was ist mit dir?“

„Als Schwägerin hätte sie nur einen Fehler.“

„Hm?“

„Sie schummelt beim Binokel.“

Robert grinste.

„Lass sie nicht gehen.“

„Ich hatte es nicht gewagt …, weil du und sie –“

„Freu dich doch darüber, dass ich mich gut mit ihr verstehe.“

Robert nickte bedächtig, während sein Herz unkontrolliert in seiner Brust herumpolterte, gleich einem unsachgemäß gefällten Baum, der einen Abhang hinunterrollte.

„Und jetzt verschwinde!“ Georg schob ihn zur Tür.

Auch Robert hatte es plötzlich sehr eilig, wieder nach unten zu kommen. Allerdings brannte dort kein Licht mehr, die Küche war verwaist. Er eilte erneut die knarrende Treppe hinauf und betrat den Flur, doch als sich die Schlafzimmertür seiner Eltern öffnete, zuckte er zurück. Unter dem geblümten Morgenmantel seiner Mutter schaute ihr weißes Nachthemd hervor. Die tagsüber hochgesteckten Haare hingen ihr wie ein Schleier über den Rücken.

„Bist du das, Robert?“

„Ja.“

„Ist etwas mit Opa?“

Robert zögerte. Nein, Johann ging es gut. Mehr noch: Offenbar war er derjenige, der als Einziger in der Familie stets den Überblick behielt.

„Nein, keine Sorge. Es ist alles bestens.“ *Mehr als das.* Robert grinste in den dunklen Flur hinein.

„Weshalb treibst du dich dann hier herum?“

„Ich wohne hier“, gab er lahm zurück. Seine Mutter würde sicher nicht gutheißen, wenn er zu dieser späten Stunde in Lisas Zimmer stürmte. Andererseits hatten Lisa und er bereits mehrere Tage allein in einer einsam gelegenen Hütte verbracht. Aber da hatte er noch nicht gewusst, was er jetzt wusste … was er fühlte, was sein Herz leicht machte, seine Gedanken beherrschte, ihn fröhlich stimmte … und sehnsüchtig.

„Du wohnst im Anbau. Noch.“

„Wie bitte?“

„Johann hat in letzter Zeit öfter einmal angedeutet, dass er den Anbau gern für sich allein hätte. Er meinte, für dich wäre es Zeit, ein eigenes Heim zu bauen."

Robert schwieg und genoss das angenehm friedliche Gefühl, das sich bei dem Gedanken daran, wie sehr auch er sich das wünschte, in seinem Inneren ausbreitete.

„Aber vielleicht ist es Georg, der derlei Pläne schmiedet."

„Er hat oben in seinem Zimmer Skizzen für ein Haus hängen."

„Ich wusste es!" Trotz der Dunkelheit sah Robert, wie sich seine Mutter beide Hände an die Brust presste. Dies zu beobachten, machte Robert deutlich, dass ihr Verhalten ein Grund dafür gewesen war, weshalb er angenommen hatte, Lisa würde sich für Georg entscheiden. Er verdrängte die leisen Zweifel, die ihm daraufhin kamen. Lisas Signale waren kaum mehr falsch zu verstehen. Offenbar hatte sie seiner Sturheit den Kampf angesagt. *Schlaues Mädchen.*

„Und was machst du nun hier?"

Robert hatte gehofft, seine Mutter hätte die Frage inzwischen längst vergessen. „Ich war noch kurz oben bei Georg", sagte er ausweichend.

Sie zögerte, stemmte die Hände in die Hüfte, als wolle sie ihn tadeln, und senkte sie dann wieder. „Mach keine Dummheiten."

Robert lachte leise auf. „Aus dem Alter bin ich raus, Mama." *Zumindest seit heute.*

„Aus dem Alter kommen Männer nie raus."

„Du musst es ja wissen."

„Werd nicht frech. Und, ja, das tue ich durchaus. Ich bin nun mal ausschließlich von Männern umgeben."

Nicht mehr lange. Hatte er das gerade laut gesagt? Erschrocken hielt er die Luft an. Die ausbleibende Reaktion seiner Mutter – bis auf ein hörbares Gähnen – war Antwort genug.

„Geh schlafen“, murmelte sie und trat ins Schlafzimmer.

Robert warf einen sehnsüchtigen Blick auf die geschlossene Zimmertür, hinter der er Lisa wusste. Musste sie die halblaut geführte Unterhaltung nicht gehört haben? Oder schlief sie bereits? Er nahm sich vor, bis zwanzig zu zählen und dann zu gehen, falls sie bis dahin nicht die Tür geöffnet hatte.

Nachdem er bei zwanzig angekommen war, wobei er ab achtzehn auch die Zehntelstellen bis zehn gezählt hatte, fing er wieder von vorn an. Dann ein drittes Mal. Den fünften Durchgang brach er schließlich ab. Es ergab keinen Sinn. Außerdem fror er in dem unbeheizten und somit unangenehm kühlen Flur.

„Sie ist ja noch einen ganzen Tag da. Morgen also“, tröstete er sich, während er langsam, um nicht zu viel Lärm zu verursachen, die Stufen hinabstieg. Als er die Verbindungstür zum Anbau öffnete, sah er sich plötzlich Johann – bekleidet mit einem weißen Herrennachthemd – gegenüber. „Jetzt hat sich doch tatsächlich ein Geist aus der Schiltacher Burg hierher verirrt.“

„Werd nicht frech.“

„Das habe ich gerade schon mal gehört.“

„So?“ Johann zog das Wort in die Länge und grinste dabei so verschlagen und zugleich beseelt, wie Robert das noch nie bei ihm gesehen hatte. Zudem hob er mehrmals bedeutungsvoll die Augenbrauen. Inzwischen verstand Robert, worauf sein Großvater mit seinen seltsamen Kommentaren abzielte, und fand es daher angebracht, zumindest die Kopfschläge zurückzugeben, wenngleich verbal.

„Ja, von Mama.“

Johann starrte ihn grimmig an, drehte sich ruckartig um und floh nicht etwa schwebend, sondern wütend polternd und vor sich hin grummelnd in sein Schlafzimmer.

Kapitel 12

Robert richtete sich ruckartig auf, als jemand ihn an der Schulter packte. „Was …?“

„Steh auf, wir sind schon spät dran.“ Da er seinen Sohn erfolgreich geweckt hatte, stapfte Heinrich wieder in Richtung Zimmertür.

„Spät dran?“ Robert blickte verschlafen zum Fenster, das in der unteren Hälfte und an den Seiten mit Eisblumen geschmückt war, während der obere Teil den Blick auf glitzernde Sterne an einem noch makellos nachtblauen Himmel freigab. Er war nur in einer Sache spät dran, und das würde er heute ändern. *Lisa …*

Irritiert betrachtete er den Rücken seines Vaters. Heinrich trug seine beste Garnitur der Forstmeisteruniform. Der Kragen seines grünen Uniformhemdes stand hinten hoch, ein deutliches Zeichen dafür, dass Charlotte ihn noch nicht gesehen hatte – zumindest nicht von hinten –, und er hatte sich das allmählich lichter werdende Haar streng zurückgekämmt.

„Was ist los?“, nuschelte Robert, noch immer nicht ganz wach.

„Hast du die Sitzung vergessen? Wir müssen heute um acht Uhr in Schiltach antreten.“

„Sitzung?“

„Die Einladung kam doch Ende letzter Woche …“

„Da habe ich auf dem Schiltrück Schneemänner gebaut.“

Heinrich drehte sich um und zog die buschigen Augenbrauen hoch. Er trug schon vor dem Frühstück seine Krawatte. Damit war klar: Bei dem Termin handelte es sich tatsächlich um eine Sitzung mit weiteren Förstern aus dem Schwarzwald und nicht um einen von Heinrichs Späßen.

„Schneemänner? Hat es deshalb so lange gedauert –“

„Vielleicht fährst du mal selbst dort hoch und schaust dir die Schneemassen an?“, brummte Robert und schwang die Beine aus dem Bett. Um die Sitzung würde er nicht herumkommen, zumal er seine Stelle als Förster gern behalten wollte. Somit musste er das wichtige Gespräch mit Lisa entweder noch vor seiner Abfahrt führen oder es auf die Abendstunden verschieben.

Heinrich lachte glucksend auf, was Robert verriet, dass er, was die Schneemänner betraf, von seinem Vater auf den Arm genommen worden war. Er war schlicht noch nicht richtig wach.

Unsicher fuhr er sich mit den Händen durchs Haar. Sollte er aufstehen, sich gründlich rasieren und in Schale werfen, nur um anschließend in einer leeren Küche zu stehen, weil Heinrich einfach wieder ins Bett gegangen war? Die Männer in diesem Haus spielten sich ab und zu solche Streiche, wobei sein Vater schon lange nicht mehr mit von der Partie gewesen war.

Robert zog den laut tickenden Wecker zurate. Der verriet ihm, dass es bereits nach sechs Uhr war. Würde er vier Uhr oder noch früher anzeigen, hätte Robert sich einfach wieder hingelegt und das Ganze als Scherz abgetan. So blieb ihm aber nichts anderes übrig, als aufzustehen.

Eine halbe Stunde später betrat er ebenfalls in voller Montur die Küche, die Krawatte noch lose um den Hals gelegt. Es roch nach frisch gebrühtem Kaffee, und seine Mutter briet gerade Eier. Sehr zu seiner Freude war Lisa schon auf. Sie stand an der Arbeitsplatte und hantierte wie selbstverständlich mit Brot, Butter, Wurst und den Metallbrotdosen, um für ihn und seinen Vater eine Nachmittagsmahlzeit zuzubereiten.

Robert wünschte ihnen leise einen guten Morgen und bekam von beiden Frauen ein fröhliches Lächeln geschenkt. Zufrieden und mit einem angenehm warmen Gefühl in seinem Inneren schob er sich auf die Küchenbank und ergriff seine Kaffeetasse. Während er das heiße Getränk genoss, beobachtete er Lisa, die ihm leider den Rücken zukehrte. Der dunkelblaue Pullover umschmeichelte ihre weibliche Figur, die eng geschnittene Hose offenbarte erstaunlich lange Beine, dafür dass sie eigentlich recht klein war. Sie hatte ihr Haar zu zwei Zöpfen geflochten, die ihr frech mal vorn, mal hinten über die Schultern hingen, als könnten sie sich nicht entscheiden, wohin sie gehörten. Ob Lisa das konnte? Und würde ihm ihre Entscheidung gefallen?

Leise aufseufzend lehnte er sich zurück und ignorierte die wie zum Protest knarrende Holzlehne. An diesen Anblick könnte er sich gewöhnen: Lisa in der Küche, Lisa in seinem Zuhause, Lisa, die gegen ihn beim Binokel gewann, Lisa in seinen Armen …

„Was nun? Eines oder zwei?" Die Stimme seiner Mutter ließ ihn auffahren.

„Wie bitte?"

„Willst du ein Spiegelei oder zwei?"

„Der Junge träumt noch", meinte Heinrich lachend und machte sich über sein Frühstück her. Robert sah aus dem Augenwinkel, wie Lisa sich zu ihm umdrehte. Ihre Blicke begegneten sich und das ihm inzwischen vertraute freche Grinsen brachte ihn völlig aus dem Konzept. Ob sie ahnte, wovon er träumte?

„Das kommt davon, wenn man nachts durchs Haus geistert, anstatt zu schlafen", sagte Charlotte und hielt die Pfanne schräg, um die Eier auf Roberts Teller rutschen zu lassen. „Da ist es nur gut, dass du keiner von diesen Draufgängern bist, die jeden Abend zum Tanz fahren und dort wie wild durch die Gegend hüpfen. Sonst müsste ich dich ja jeden Morgen füttern wie ein Kleinkind."

Heinrich hustete, wohl um ein Auflachen zu verstecken, und Lisa, die sich wieder ihrer Aufgabe widmete, summte fortan *Dancing in the Streets* vor sich hin. Anscheinend hatte sich heute alles und jeder gegen ihn verschworen, nicht nur der Umstand, dass er innerhalb der nächsten Stunde wohl keine Gelegenheit mehr finden würde, ein Gespräch mit Lisa zu führen.

In Roberts Innerem breitete sich ein Gefühl von Erleichterung aus. Er nahm es mit grimmiger Miene wahr. Offenbar hatte er Angst. Vor dem eigenen Schneid? Davor, dass er Lisas Verhalten falsch interpretiert hatte? Dass sie … ihn auslachen würde?

Er schlang sein Frühstück herunter, was er sonst nie tat, murmelte etwas und schob sich energisch aus der Bank.

„Zuerst knöpfst du mal dein Hemd richtig." Charlotte tippte ihm mit dem Zeigefinger auf die Brust. Prüfend schaute er an sich hinab, zog dann das Uniformhemd aus der Hose und begann, die Knöpfe zu öffnen.

„Junge, wo sind deine Manieren? Auf dem Berg geblieben? Es ist eine junge Dame anwesend."

Robert schaute seine Mutter entgeistert an und stellte mit einem Seitenblick auf Heinrich fest, dass sein Vater ihr einen ganz ähnlichen Blick zuwarf. Lisas Summen geriet kurz in Schieflage, wohl weil sie versuchte, ihre Erheiterung zu verbergen. Dass Charlotte noch nie in der Hütte auf dem Schiltrück gewesen war, erschloss sich Robert erst hier und jetzt. Vermutlich wusste sie nicht, dass die winzige Behausung aus einem einzigen Raum bestand, in dem lediglich ein Stockbett stand.

„Entschuldigt bitte", sagte er gespielt artig und ging in den Anbau, um seine Kleidung zu richten. Danach schob er zwei Hefter in eine in die Jahre gekommene Aktentasche und kehrte dann eilig in die Küche zurück. Dort legte er die Tasche ab und ergriff die Enden seiner noch immer ungebundenen Krawatte. Seine Mutter hatte die Hände in einer Schüssel mit Teig versenkt, wie er äußerst zufrieden feststellte, also wandte er sich an Lisa. „Könntest du vielleicht …?"

Lisa sah zu ihm auf und trat einen Schritt näher. Dann zögerte sie kurz, überbrückte schließlich aber doch die Distanz zwischen ihnen. Sie nahm ihm die Krawattenenden aus den Händen, wobei sie mit ihren Fingern sanft über die seinen strich, was ihn scharf einatmen ließ. Sie legte den Kopf in den Nacken, zog leicht an dem Stoff, sodass Robert sich ihr entgegenbeugen musste – was er überhaupt nicht schlimm fand –, und flüsterte ihm ins Ohr: „Ein alter Fischer hat mir mal einige Seemannsknoten beigebracht, davon kannst du dir gern einen aussuchen."

„Keinen Krawattenknoten?" Er war nicht in der Lage, einen vollständigen Satz zu formulieren, und seine Stimme klang, als wäre er stark erkältet. Lisa duftete so herrlich frisch. Ein wenig nach Apfel und Zitrone. Außerdem war sie ihm so nahe, dass ihr Atem über seine Wange strich, fast schon wie ein Kuss oder zumindest das Versprechen auf einen solchen.

„Ich bin bei Nonnen aufgewachsen", erinnerte sie ihn an ihre Vergangenheit.

„Und bei Fischern?"

„Die tragen aber ganz selten mal Krawatten."

„So wie ich."

„Das nehme ich an, sonst müsstest du mich nicht um einen Seemannsknoten bitten."

„Oder erzählst du Seemannsgarn?"

Lisa lachte, ließ die Krawatte los und trat einen Schritt zurück, was Robert zutiefst bedauerte. Gleich darauf stand sein Vater vor ihm und band ihm das verhasste Teil um den Hals. „Du durchkreuzt Lottis Pläne“, raunte er ihm zu.

Robert öffnete den Mund und schloss ihn wieder. Er sah nicht ein, dass er sich dafür entschuldigen sollte. Heinrich verpasste ihm einen Schlag auf die Schulter, der sich wie ein Ritterschlag anfühlte. Gleich darauf nahm er seine Frau in den Arm und sagte: „Ärgere dich nicht zu sehr.“

„Worüber sollte ich mich denn ärgern?“

Heinrich lachte nur, drückte ihr einen Kuss auf die Wange und bedeutete Robert, ihm zu folgen. Sie mussten zeitig aufbrechen, da die Straßen noch immer mit Schnee und Eis bedeckt waren.

Robert schnappte sich seine Tasche und den Beutel mit der Verpflegung. Er küsste seine Mutter auf die andere Wange und hätte das gern bei Lisa wiederholt, doch die hatte sich mittlerweile auf die Küchenbank gesetzt. Also nickte er ihr zum Abschied zu.

Im Rausgehen hörte er noch ihre auf Französisch gesprochenen Worte, die sie in der Annahme, er könnte sie nicht verstehen, halblaut vor sich hin sagte – und die ihn beinahe hätten umkehren lassen. „Weißt du denn noch immer nicht, wie sehr ich mir wünsche, dass du mich endlich bittest zu bleiben?“

Robert warf einen weiteren Blick auf die Kuckucksuhr im Gasthaus, in dem er seit dem Morgen ausharrte. Die Besprechung zog sich unerträglich lange hin und war – sehr zu seinem Ärger – mit einer zweistündigen Mittagspause angesetzt worden. Seit einer dreiviertel Stunde stritten sich nun drei Förster über ein Thema, das im

Augenblick ohnehin nicht zufriedenstellend gelöst werden konnte und zudem auch nicht sonderlich eilte. Die Entscheidung konnte also ohne Weiteres vertagt werden.

Aber offenbar hielt das niemand für nötig. Die zwei ältesten Kollegen hatten inzwischen das vierte Bier und den vierten Kirschschnaps vor sich und widmeten sich diesen, sein Vater unterhielt sich leise mit seinem Sitznachbarn und ignorierte das unproduktive Gezanke der Streithähne.

Robert beugte sich über den Tisch, in der Hoffnung, dass einer der anderen Förster – immerhin waren die alle älter als er – endlich ein Machtwort sprach und die Sitzung beendete, doch einer von ihnen schrieb etwas, während der andere den Kopf gesenkt hatte und schlief.

Draußen war es inzwischen wieder dunkel geworden, und als Irene die nächste Runde Bier und Schnaps brachte, hatte Robert genug. Lisa reiste morgen ab, und er saß hier in einer Sitzung, die sich unnötig in die Länge zog. Er stand entschlossen auf und legte seinem Vater die Hand auf die Schulter. Der brachte seinen Satz zu Ende und wandte dann fragend den Kopf.

„Zeit zu gehen", sagte Robert nur.

„Lässt du dich neuerdings von deinem Sohn herumkommandieren?", kam es lallend von Heinrichs Gegenüber.

„Du hast keine Kinder, sonst wüsstest du, dass sie vom Tag ihrer Geburt an das Sagen haben." Heinrich erhob sich, sehr zu Roberts Erleichterung.

„Denen würde ich den Hosenboden stramm ziehen."

„Robert ist zwar mein Sohn, zugleich aber auch ein Kollege. Und dazu ein sehr fähiger."

Zwei Männer klopften Beifall auf dem Tisch, der kinderlose Erziehungsexperte widmete sich wieder seinem Bier.

„Gehen wir." Robert schob seinen Vater zum Tresen. Sie bezahlten bei Irene, die Robert schwärmerisch anlächelte, wie sie das bereits seit zwei Jahren tat. An der Garderobe zogen sie sich ihre Jacken und Mützen an, begrüßte sie draußen doch eine weitere sternklare, frostige Nacht. Sie hatten einige Mühe, den Wagen vom Eis zu befreien, und er startete auch nur widerwillig.

Auf der schmalen Gebirgsstraße, nur wenige hundert Meter hinter Schiltach, fuhren sie auf ein Auto zu, auf dessen Dach Skier und ein Schlitten befestigt waren und das halb im Graben lag. Ein eifrig winkender Mann tauchte im Scheinwerferkegel auf, etwas abseits stand eine in eine Decke gehüllte Frau. Sie hielt ein weinendes Kind fest an sich gedrückt.

Heinrich fuhr an den Straßenrand, und Robert sprang aus dem Wagen, voll Sorge darüber, dass die Insassen des zerbeulten Autos mit der gänzlich schneeuntauglichen Bereifung verletzt sein könnten.

Sehr zu Roberts Erleichterung war die kleine Familie mit dem Schrecken davongekommen. Es dauerte jedoch zwei Stunden, bis sie das Auto aus dem Graben gezogen und zurück nach Schiltach gebracht hatten. Dann chauffierten sie die Familie noch nach Vierbrücken in das Hotel Hirschen, ehe sie endlich den Heimweg antraten. Im Forsthaus wurden sie von Charlotte, Georg und Johann begrüßt, die sich bereits Sorgen um sie gemacht hatten.

Während Robert sich aus den hochschaftigen schwarzen Lederstiefeln schälte, setzte sich Georg neben ihn auf die Holzbank. „Hast du mit Lisa gesprochen?"

„Wann denn?", brummte Robert.

„Sie ist weg."

Robert fuhr hoch und starrte seinen Bruder ungläubig an. „Was soll das heißen: Sie ist weg?"

„Die Müllers waren heute Nachmittag hier und haben Lisa gebeten, den Abend mit ihnen zu verbringen. Sie haben bei Onkel Werner und Tante Marianne eigens ein Zimmer für sie gebucht. Ellen fährt sie morgen früh nach Schiltach zum Bahnhof."

Robert, mit dem einen Fuß noch immer im Stiefel, rieb sich den Nacken. Was sollte er jetzt tun? Lisa einfach abreisen lassen und ihr in den nächsten Tagen einen Brief schreiben? Er schüttelte über sich selbst den Kopf. Er war ja schon kein Meister des gesprochenen Worts, und schriftlich war er eine echte Niete. Zwischen Shakespeare und ihm lagen Millionen Quadratmeter an Waldfläche.

„Ich ... fahre runter zum See."

„Tu das. Möglichst schnell, Mama ist nämlich kurz davor, mir den Kopf abzureißen."

Robert sah seinen Bruder irritiert an, der breit grinste und die Augen verdrehte. „Sie sagt nichts, aber sie ist grantig, weil ich mir das *süße Mädchen* nicht geschnappt habe. Und Opa poltert schon den ganzen Abend herum und redet unverständliches Zeug. Ich habe den Eindruck, du kommst dabei nicht sonderlich gut weg."

Robert zog sich den Stiefel wieder an. Seine Hände wollten ihm nicht recht gehorchen, weil er mit dem Kopf ganz woanders war. Nein, Lisa durfte nicht einfach abreisen. Nicht so. Er musste einen Weg finden, ihr zu sagen, wie viel er für sie empfand. Er sprang auf und griff nach Georgs Winterjacke, da seine mittlerweile völlig unbrauchbar war.

„Halt! Wo willst du hin?" Robert zuckte unter dem scharfen Tonfall seiner Mutter zusammen. Es fühlte sich an, als hätte er mal wieder mit einer Steinschleuder eine Fensterscheibe zerschossen. Charlotte baute sich im Durchgang zum Flur auf.

„Ich muss noch mal ... zu Ellen runter."

„Dann nimm gefälligst Georg mit."

Die Brüder sahen sich an, dann rieb sich Georg mit beiden Händen über das Gesicht, vermutlich weil er dahinter seine Belustigung versteckte. „Och nein, Mama. Dafür bin ich viel zu müde." Er gähnte künstlich und streckte sich wie eine Katze hinter dem Ofen.

„Georg! Du begleitest gefälligst deinen Bruder."

„Der findet den Weg auch allein."

„Du fährst mit. Und grüße Lisa noch einmal besonders herzlich von mir. Nein, bitte umarme sie von mir und sage ihr, dass wir sie bald schon wieder hier begrüßen möchten."

„Sehr subtil", hörte Robert Georg murmeln.

„Vielleicht machen die das in ihren Romanen so?", gab Robert ebenso leise zurück.

„Was flüstert ihr da? Hat euch nie jemand gesagt, dass das unhöflich ist?"

„Nein!", erwiderten beide gleichzeitig und schauten ihre Mutter überaus interessiert an, als hätte sie ihnen soeben eine weltbewegende Neuigkeit kundgetan.

„Ach, geht mir aus den Augen!" Aufgebracht blitzte Charlotte die beiden an, und Georg schlenderte betont gleichmütig zur ins Obergeschoss führenden Treppe. Nachdem Charlotte lautstark die Küchentür hinter sich zugeschlagen hatte, reckte Georg Robert den erhobenen Daumen entgegen. Der ließ sich nicht länger aufhalten, sondern nahm den Wagenschlüssel seines Vaters vom Brett und verließ so eilig das Haus, dass er beinahe auf der vereisten Treppe ausgerutscht wäre. Deutlich bedachter setzte er seinen Weg fort.

Wenige Minuten später parkte er vor dem Hotel, bei dem nur hinter einer Handvoll Fenster Licht brannte, und benutzte den Privateingang an der Seite des Gebäudes. Im Wohnzimmer der Familie traf er prompt auf Ellen, die die Beine hochgelegt hatte und in einer Zeitschrift blätterte.

„Was machst du um die Uhrzeit hier?“ Ellen warf ihre Lektüre auf den Beistelltisch und folgte Roberts Blick zur Kaminuhr. Es war bereits nach zweiundzwanzig Uhr.

„Ich muss dringend mit Lisa sprechen.“

„Du oder Georg?“

„Ralf.“

„Wie … Ach, du verkohlst mich doch nur wieder.“ Ellen warf ein Kissen nach ihm, das er geschickt auffing. „Sie ist schon vor einer Stunde ins Bett gegangen, weil sie morgen um halb acht am Bahnhof sein muss.“

Robert klemmte sich das orangefarbene Zierkissen mit den Quasten an den Ecken unter den Arm und fuhr sich mit den Händen durch die Haare. Was sollte er jetzt tun? Alles in ihm drängte danach, Lisa zu sehen. Ihr zu sagen, dass er sich in sie verliebt hatte und dass er sich ein baldiges Wiedersehen wünschte. Er würde sie für Weihnachten einladen, und wenn sie zusagte, würde er sie in die Arme nehmen. Ließ sie es zu, würde er sie küssen …

Während er seinen Gedanken nachhing, fiel ihm plötzlich Ellens breites Grinsen auf.

„Ich finde das gut. Vor allem weil sie wirklich eine nette Person ist.“

„Aber was mache ich denn jetzt?“

Ellen stand auf und ging zu einem der Sprossenfenster hinüber. Robert folgte ihr. Vor dem Hoteleingang hing eine Lampe, von der ein sanftes Licht ausging, sodass sie einen Teil des verschneiten Vorplatzes und die Schneehaufen entlang der einzigen Straße am Liliensee betrachten konnten.

„Ich habe da so eine Idee …“

Robert wandte sich zu ihr um. Vermutlich würde sie ihm ein Zimmer anbieten, damit er und Lisa sich morgen früh noch einmal treffen konnten. Oder plante sie, morgen eine Wagenpanne vorzutäuschen, sodass Lisa ihren Zug verpasste? Das würde er nicht zulassen, schließlich kostete eine Zugfahrt nach Frankreich eine Menge Geld. Zudem musste Lisa ja wieder arbeiten.

Ellen lehnte sich leicht an ihn und flüsterte ihm etwas zu, so leise, als befürchtete sie, die Wände hätten Ohren.

Lisa verabschiedete sich von Werner, Karin und Jürgen und nahm dann Trudi in die Arme. Das Mädchen klammerte sich an sie und drückte sie ganz fest, was Lisas halb erfrorenes Herz zum Tauen brachte und ihr ein Lächeln auf die Lippen zauberte. Zuletzt hatte sie geglaubt, Robert hätte ihre Signale verstanden. Aber nun würde sie abreisen, ohne dass sie ihn noch einmal gesprochen hatte. Ohne einen zweiten Kuss, ohne ein Versprechen.

Zwar hatte Johann etwas dahin gehend gemurmelt, dass seinem Enkel diese Besprechung in die Quere gekommen sei, doch Lisa wusste nicht, ob Robert das nicht nur als Ausrede diente. Weil er sich noch zu unsicher war und mehr Zeit benötigte? Immerhin hatte eine Frau ihm einmal sehr wehgetan.

Lisa winkte den Müllers ein letztes Mal zu und setzte sich dann zu Ellen in den weißen Audi 60, der vor den um den Vorplatz herum aufgetürmten Schneebergen kaum auszumachen war. Sie würde im Frühsommer wiederkommen, das hatte sie Charlotte versprechen müssen. Dann, wenn der Schnee auch an den schattigsten Stellen geschmolzen war, die Bäume blühten und ihre Blätter bekamen, die Hügel sich mit einem grünen Kleid schmückten und die Lilien, die dem See ihren Namen gaben, kurz davor waren, ihre Schönheit zu präsentieren. Wenn die Sonne die Erde und die Menschen wärmte, der Himmel blauer war und die Tage wieder länger wurden. Lisa klammerte sich an die Hoffnung, dann mehr Zeit mit Robert verbringen zu können, damit sie sich endlich ein wenig näherkommen würden.

„Bereit?“, fragte Ellen, die mit ihrem braunen, im Nacken gebundenen Kopftuch, der weißen Bluse und der ebenfalls braunen Reithose heute einen recht sportlichen Eindruck machte. Lisa, tief in Gedanken versunken, antwortete mit einem „Nein.“ Doch Ellen lachte nur und trat aufs Gaspedal.

Sie ließen den See hinter sich, fuhren langsam die schneebedeckte Waldstraße hinauf und erreichten schon bald die Stelle, an der sich die Straße teilte. Der eine Weg führte nach Vierbrücken, der andere an mehreren Bauernhöfen vorbei nach Schiltach.

Lisa fiel eine am Wegesrand geparkte Limousine mit italienischem Kennzeichen auf, deren Fahrer, in Skibekleidung, einen Stopp eingelegt hatte, weil er etwas mit seinem Fotoapparat festzuhalten gedachte. Sie wartete, bis sie den Wagen passiert hatten, ehe sie Ausschau nach dem Motiv hielt. Sie fand es auf der freien Fläche zwischen der Weggabelung. Jemand hatte eine Schneemauer errichtet, allerdings bestand diese aus Buchstaben. Ellen, wohl ebenfalls neugierig, trat auf die Bremse, sodass es Lisa gelang, das leicht verzerrt wirkende weiße Wort vor dem Hintergrund der dunklen Baumstämme zu entziffern. *STADTMÄDCHEN.*

Hitze schoss durch Lisa hindurch und sammelte sich in ihrer Bauchmitte. Ohne auf ihre Chauffeurin zu achten, öffnete sie die Tür und stieg aus.

„Da hat sich jemand mit vergänglichem Material zu verewigen versucht“, rief der Fotograf ihr zu und knipste noch einmal. „Wobei ich den Sinn des Wortes *Stadtmädchen* nicht verstehe. Und dem ‚E‘ fehlt schon der mittlere Strich.“

Lisa nickte ihm zu und näherte sich dem Kunstwerk. Jenes war nach seiner Fertigstellung mit Wasser übergossen worden. Der Schnee zu ihren Füßen war platt getrampelt, einer gefrorenen Pfütze wich sie vorsichtshalber aus.

Lisa berührte vorsichtig die eisigen Kugeln auf dem „A“ und ging dann zu dem rechten der beiden in den Schnee gerammten Spaten, von dessen Griff – wie bei seinem Gegenstück – ein rotes Stück Stoff herunterhing. Klamm und ebenfalls gefroren.

„Das war eine Menge Arbeit für eine Nacht, denn gestern Abend stand das Kunstwerk noch nicht hier. Und dem Künstler war danach vermutlich ziemlich kalt.“

Lisa nickte dem Touristen erneut zu. Der stieg wieder in sein Auto und schlug rutschend den Weg in Richtung Vierbrücken ein. Zögernd stupste sie die gefrorene Fahne an. „Rote Hemden an Stöcken und Büschen“, sagte sie halblaut vor sich hin. „Hier sollte ja niemand vorbeigehen.“ Sie legte den Kopf in den Nacken und betrachtete die weißen Wolken, die sich träge über den blassblauen Himmel schoben und sich in der Ferne vor einer im Morgennebel bläulich schimmernden Bergkette sammelten. „Oder zumindest das *Stadtmädchen* nicht.“

Langsam drehte sie sich um. Der Motor des Audis knatterte noch immer, Ellen war aber ebenfalls ausgestiegen und hatte die Arme auf dem Holm der offenen Fahrertür gekreuzt. Ihr Kinn ruhte auf ihrem Jackenärmel. Ob sie davon gewusst hatte? Schimmerten deshalb jene bläulichen Schatten unter ihren Augen? Weil sie und Robert sich die halbe Nacht um die Ohren geschlagen hatten?

Lisa tastete sich vorsichtig über Eisflächen und kleinere Schneehaufen zum Wagen zurück und stieg ein. Ellen tat es ihr gleich, wartete aber ab, indem sie auf ihre behandschuhten Hände blickte, mit denen sie das weißgepolsterte Lenkrad festhielt.

„Ich sollte meinen Zug nicht verpassen", sagte Lisa schließlich in das Schweigen hinein.

„Ist gut." Ellens Antwort klang traurig, aber sie legte ohne ein weiteres Wort den Gang ein und fuhr nach links auf die Straße in Richtung Schiltach.

Mit geschlossenen Augen lehnte sich Lisa zurück. Robert hatte ihr ein deutliches Zeichen gegeben. Er wollte nicht, dass sie diesen Weg nahm. Sie sollte umkehren, zurück zu ihm. Allerdings musste sie in zwei Tagen wieder zur Arbeit erscheinen. Weit weg von hier, im Süden Frankreichs, wo es keinen Schnee gab, dafür das salzige Meer, Möwengeschrei und gewaltige Wellen, die sich donnernd am Strand brachen.

Sie war davon ausgegangen, ihr Leben in Marseille zu verbringen. Aber wollte sie das wirklich? War es richtig, die Fahrt fortzusetzen, ohne vorher noch einmal mit Robert gesprochen zu haben? Auch in Anbetracht dessen, was er – vermutlich gemeinsam mit Ellen – in der vergangenen Nacht an der Wegkreuzung für sie erschaffen hatte?

Es war *ihre* Wegkreuzung. Sie durfte darüber entscheiden, wie ihr Leben fortan verlaufen würde. Und wenn sie die richtige Entscheidung traf, hatte sie endlich das, was sie sich immer gewünscht hatte: eine Familie. Und sie konnte sogar eine eigene Familie gründen.

„Ellen?"

„Na endlich!" Ellen lachte befreit auf. „Ich kann in zweihundert Metern wenden."

„Dann solltest du das wohl tun."

Ellen fuhr auf einen kleinen Parkplatz, wendete den Wagen und pfiff auf der Rückfahrt wenig damenhaft, aber durchaus gekonnt einen flotten Rock 'n' Roll vor sich hin. Als sie jedoch an der Auffahrt zum Forsthaus vorbeifuhr, drehte sich Lisa befremdet zu ihr um. „Wohin fahren wir?"

„Zu Robert."

„Wo ist er denn?"

„Lass dich überraschen."

„Das ist alles … geplant?"

„Was denkst du denn?! Robert lässt dich doch nicht einfach so wieder abreisen. Er ist zwar manchmal ein wenig eigen, aber doch kein Dussel."

Sie fuhren hinunter an den Liliensee, dessen gefrorene und verschneite Oberfläche ein ungewöhnlich sanftes, ja heimeliges Blau aufwies, beinahe so, als wollte er Lisa signalisieren, dass er mit dem, was hier geschah, durchaus einverstanden war. An einer Stelle war der Schnee beiseitegeschoben worden, und kreuz und quer verlaufende Spuren zeugten von Schlittschuhläufern, die sich auf das Eis gewagt hatten.

Ellen parkte hinter Roberts Jeep auf dem schneebedeckten Parkplatz des Campingplatzes. „Raus mit dir. Ich bringe dein Gepäck zurück ins Hotel. Entweder könnt ihr es nachher dort abholen, falls du einen späteren Zug nimmst und Robert dich zum Bahnhof fährt, oder ich bringe es wieder hoch ins Forsthaus. Ich kann mir dich dort oben übrigens gut vorstellen. Viele Frauen hätten vermutlich ein Problem damit, in eine so große Familie einzuheiraten und Tür an Tür mit der Verwandtschaft zu wohnen. Du machst auf mich den Eindruck, als könntest du es lieben."

„Ich muss aber wirklich nach Marseille zurück", wandte Lisa nüchtern ein, obwohl ihr die Vorstellung, zusammen mit Charlotte, Heinrich und Johann – und vor allem mit Robert – im Forsthaus zu wohnen, winzige Wellen puren Glücks durch den Körper jagte.

Ellen nickte und bedeutete ihr auszusteigen. Kaum dass Lisa draußen in der Kälte stand, wendete Ellen den Wagen und ließ den Motor dabei unnötig laut röhren. Vermutlich sollte das so viel heißen wie: Robert, es hat geklappt, sie ist hier.

Stille und Behaglichkeit, pures Weiß und lichtes Blau umarmten Lisa. Wie es oben auf dem Berg gewesen war.

Wenige Augenblicke später tauchte eine Gestalt zwischen den Bäumen auf, die den Campingplatz umgaben. Mit tief in den Jackentaschen vergrabenen Händen kam Robert auf sie zu. Er war unrasiert, sein Haar sah aus, als habe er es sich mehrfach gerauft, und auf seinem Gesicht lag ein beinahe schüchternes Lächeln, das in Lisa ein so ungewöhnlich berauschendes Gefühl hervorrief, als öffneten die Lilien bereits jetzt im Winter ihre Blüten. Sie neigte leicht den Kopf und sah ihm entgegen. Ihr Herz schlug heftig in ihrer Brust, ihre Beine zuckten, als wollten sie loslaufen. Sie beschloss, ihnen ihren Willen zu lassen, weil sich das einfach nur richtig anfühlte.

Robert breitete lachend die Arme aus, fing sie auf und zog sie an seine Brust. Kraftvoll und entschlossen. Und das war definitiv ein Versprechen.

Kapitel 13

Zufrieden sah Charlotte zu, wie Robert, in seiner Uniform, Arm in Arm mit Lisa die kleine Kirche auf dem Hügel oberhalb von Vierbrücken verließ. Mit Maiglöckchen im aufgesteckten Haar und einem weißen Kleid aus edler französischer Spitze wirkte Lisa wie eine Frau, die in eine Großstadt gehörte, doch Charlotte wusste, dass dies täuschte. Sie gehörte hierher. Zu Robert, zu ihrer Familie, zum Liliensee.

Ja, sie hatte auf den falschen Sohn getippt, und das schmierten Heinrich und Johann ihr noch immer bei jeder Gelegenheit aufs Brot. Aber ihr war das gleichgültig. Sie hatte endlich eine Schwiegertochter im Haus. Eine junge Frau, die ihrer aller Herzen im Sturm erobert hatte. Morgen würden die beiden jedoch erst einmal für eine Woche nach Marseille reisen, da Lisa Robert zeigen wollte, wo sie aufgewachsen war.

Trudi, das überglückliche Blumenmädchen, kam ihrer Aufgabe äußerst gewissenhaft nach, und Johann sah in seinem neuen Anzug fabelhaft aus und hielt sich deutlich aufrechter als zuletzt. Er hatte den Anbau gern für das frischgebackene Ehepaar geräumt und war unter das Dach gezogen. Die Treppen würden ihn fit halten, behauptete er. Der Anbau würde wohl bald erweitert werden müssen, das hoffte Charlotte zumindest, immerhin stand ihr nächstes Projekt schon fest: Enkelkinder.

Ihr Blick fiel auf die Trauzeugen. Sowohl Georg in voller Zimmermannsmontur als auch Ralf in seinem modernen Anzug machten eine ausgesprochen gute Figur. Die beiden würde sie auch noch verheiratet bekommen!

Jedenfalls war Georg in die erste fertig ausgestattete Campinghütte gezogen. Er fand es praktisch, näher bei der Arbeit zu wohnen, zumal an Ostern die Saison begonnen hatte.

Charlotte hatte seinem Umzug ans Seeufer nicht widersprochen, denn so würde er mehr Zeit mit den jungen Campern verbringen können. Sie hoffte darauf, dass darunter schon bald eine ebenso liebenswerte Frau wie Lisa sein würde.

Das erste Auto, mit Johann als Fahrer und dem Brautpaar auf dem Rücksitz, brauste an Charlotte vorbei. Sie hob entsetzt die Augenbrauen, küsste Robert seine Lisa doch so ungestüm, dass sie es schockierend fand. Charlotte sah sich heimlich um, aber niemand außer ihr schien das gesehen zu haben. Also erlaubte sie sich ein siegessicheres Lächeln. Ja, die Enkel würden nicht lange auf sich warten lassen.

Weitere Autos fuhren los, darunter auch ein Traktor mit angekoppeltem Erntewagen, auf dem die jungen Leute aus Vierbrücken saßen. Sie alle würden mit ihnen oben auf der Terrasse des Forsthauses feiern. Prüfend blickte Charlotte zum Himmel. Der Frühsommertag war warm, keine einzige Wolke wagte es, das strahlende Blau zu verdecken. Alles war perfekt.

Mit sich und der Welt zufrieden, sah sich Charlotte nach Heinrich um. Er sprach noch mit Pfarrer Schlecht, der eigentlich längst im Ruhestand sein sollte. Doch es war nicht einfach, einen Geistlichen für eine ländliche Gegend wie diese zu finden, zumal der bereit sein musste, viele verstreut liegende Gemeinden aufzusuchen, und das sommers wie winters.

Ihr Blick wanderte zurück zu Ralf. Ihr Jüngster war seit Studienbeginn unübersehbar erwachsen geworden. Nun lehnte er am einzigen Fahrzeug, das noch auf dem Platz stand, und wartete, während Georg damit beschäftigt war, die jungen Birken, die vor dem Portal als Schmuck gedient hatten, von den weißen Stoffschleifen zu befreien. Er würde die Jungbäume später abholen und auf dem Campingplatz einpflanzen. Gerade als er damit fertig war und sich umdrehte, schoss ein Fahrrad über den kleinen Kirchplatz.

Charlottes Warnruf kam zu spät. Das Rad und Georg stießen zusammen. Die Schachtel mit den Bändern flog durch die Luft, ihr Sohn landete im Staub und auf ihm ein Fahrrad und … eine junge Frau.

Alle drehten sich nach der Lärmquelle um. Die Frau mit der braunen Lockenpracht und der sportiven Kleidung musste aus dem Wald oberhalb des Hügels gekommen sein. Charlotte konnte sich nicht erinnern, dass dort oben auf dem schmalen, steilen Wanderweg schon einmal jemand Rad gefahren war. Und dann erst diese hohe Geschwindigkeit, mit der die Radlerin über den kleinen Kirchplatz geschossen war! Entrüstet schüttelte Charlotte den Kopf.

Georg schob zuerst die Frau, dann das schwere Rad von sich hinunter und erhob sich. Anstatt der Fremden beim Aufstehen behilflich zu sein, stemmte er die Hände in die Hüfte und schaute sie von oben herab vorwurfsvoll an. Sein weißes Hemd war an einem Ärmel gerissen und auch seine Hose hatte Schaden genommen.

„Haben Sie einen Waffenschein für Ihr Rad?“, fuhr er die Touristin an.

„Hätten Sie die Augen nicht auf den Firlefanz in der Schachtel, sondern auf die Umgebung gerichtet, hätten sie mich gesehen. Sie hätten einfach stehen bleiben können.“

„Sie könnten langsamer fahren.“

„Ich kam von rechts. Beherrschen sie die Verkehrsregeln?"

„Dies ist ein Kirchplatz, keine Rennbahn."

„Ich fahre Fahrrad, keinen Rennwagen."

„Das ist, als …"

Während die beiden weiterdiskutierten, stützte Charlotte einen Ellenbogen mit ihrer Hand und legte das Kinn auf die andere Handfläche. Dieses temperamentvolle Mädchen war ja mal eine *sehr* interessante Erscheinung.

Energisch zwängte sie sich vor ihren Mittleren und sagte: „Es ist nun mal, wie es ist. Ich hoffe, Sie haben sich nicht verletzt?"

Die schlanke Frau rappelte sich auf und schüttelte verneinend den Kopf.

„Gut, dann begleiten Sie uns doch einfach hinüber zum Liliensee. Wir feiern heute eine Hochzeit und Sie sind hiermit herzlich eingeladen."

Ich habe dein Gebet gehört und deine Tränen gesehen.
Aus Jesaja 38,5

Binokel und Dank

Ein paar kleine Erläuterungen zum Thema „Binokel“:
Binokel ist ein altes Kartenspiel, das seinen Ursprung im württembergischen Raum hat, entsprechend wird es mit dem Württembergischen Blatt gespielt. Dieses ist eigentlich überall erhältlich.

Reizen: Der Versuch, anhand der eigenen Karten auf der Hand abzuschätzen, wie viele Punkte man beim „Melden“ und im Spiel erlangen kann. Wer hier den höchsten Wert angibt, darf (unter anderem) die Trumpffarbe ansagen.

Melden: Das „Einbringen“ erster Gewinnpunkte durch das Ansagen des „Wertes“ der Karten auf der Hand. (Bsp.: Binokel: Schell-Unter & Schippen-Ober = 40 Punkte / Familie: alle fünf unterschiedlichen Kartenwerte einer Farbe = 100 Punkte, bei Trumpf = 150 Punkte usw.)

Im Roman passte es einfach perfekt, dass Robert nichts zu „melden“ hatte. Ich liebe derlei Zweideutigkeiten.

Ein paar (weniger kleine) Dankesworte:

Wie immer haben sehr viele Personen dazu beigetragen, dass dieser kleine Roman Wirklichkeit geworden ist.

Allen voran mein Mann Christoph, der mich auf vielfältige Weise unterstützt, sowohl, was dieses konkrete Projekt angeht, als auch das Autorenleben im Allgemeinen, ebenso wie das „Drumherum“

des alltäglichen Lebens. Oft genug ermutigt er mich, bremst mich auch mal und hört sich sowohl meine Klagen an als auch meine (manchmal zu) enthusiastischen Erzählungen über all das, was zum Schreiben so dazugehört. Wir sind ein gutes Team!

Ein ganz besonderer Dank gebührt Niklas, der sich eigens für diesen (und einen weiteren) Roman das Binokelspielen beigebracht, es mir geduldig erklärt und zusammen mit seiner Frau (Danke, Jule!) mit mir gespielt hat. Oder besser: gegen mich. Womit nun jeder wissen dürfte, dass ich nicht wirklich eine Gewinnchance hatte.

Danke, Marika, Joni, Natalie, Michal, Silas, Jonathan und Nathanael für eure Unterstützung und jeden Spaß, den ihr mitgemacht habt; für jedes Lachen, das ihr mir entlocken konntet.

Herzlichen Dank auch an die Mitarbeiter von Gerth Medien: Johannes Leuchtmann für die gute Zusammenarbeit, Caro Kilian für ihr wachsames Auge auf meinen Text und ihr Feilen daran, Hanni Plato für das wunderschöne Cover, Hannes Böhm, Ralf Hermann und Susann Peter für ihren Einsatz, um das Buch bekannt zu machen, Clarissa Gröschen für die Pressearbeit. Danke auch an all die fleißigen Mitarbeiter im Vertrieb, im Kundenservice, im Lager, in den Buchhandlungen …

Und vielen Dank an Sie, liebe Leserinnen und Leser. Ich freue mich darauf, Sie online kennenzulernen oder Sie bei einer Lesung zu treffen und Ihnen eines meiner Bücher zu signieren.

Falls Sie mal in der Gegend von Schiltach und dem Kinzigtal wandern oder Rad fahren und dabei Vierbrücken, den Liliensee oder den Schiltrück entdecken sollten, sagen Sie mir bitte unbedingt Bescheid. Dann gehen wir dort gemeinsam auf Entdeckungstour. *zwinker*

FSC
www.fsc.org
MIX
Papier aus verantwortungsvollen Quellen
FSC® C014496

1. Auflage 2020
Bestell-Nr. 817661
ISBN 978-3-95734-661-2

Umschlaggestaltung: Hanni Plato
Umschlagfoto: Verlagsausgabe Shutterstock / Yury Taranik
Clubausgabe: Shutterstock / Natalia Bucha
Lektorat: Carolin Kilian
Satz: Apel Verlagsservice, Bad Fallingbostel
Druck und Verarbeitung: GGP Media GmbH, Pößneck
Printed in Germany

www.gerth.de